Heinrich Drink

Dönken

Eine Kindheit auf dem Lande

Deutsche Bibliothek - CIP - Einheitsaufnahme

Herstellung und Verlag: Books on Demand GmbH, Norderstedt
ISBN 3-8334-1251-8

Für Henrik
zum 1. August 2004

I.

Rund einhundert Jahre, nachdem Goethe in der berühmten Residenzstadt Weimar die Augen zugemacht hatte, machte ich sie in dem schlichten Dörfchen Holzhausen auf. Das genaue Datum war der siebte Februar des Jahres neunzehnhundertzweiunddreißig. Es war ein Sonntag.

Dieses Dörfchen Holzhausen liegt im Weserbergland, hart an der Grenze Niedersachsens zu Westfalen. Die ungefähren geographischen Koordinaten bestimmen der zweiundfünfzigste nördliche Breitengrad sowie die mehr als acht Grad westliche Länge. Der Punkt zwischen diesen Werten trifft den damals noch ländlichen Ort vor den Toren des alten Kur-Bades Pyrmont. Weit über eintausend Jahre nach seiner ersten Erwähnung bei der Dotation der kleinen Siedlung an das Kloster Corvey, wurde Holzhausen 1937 in die inzwischen unmittelbar angrenzende schöne niedersächsische Kurstadt eingemeindet und ist seitdem ein Ortsteil dieses alten Heilbades. Aber es blieb ländlich.

Meine Äugelchen machte ich in meinem Elternhaus und nicht, wie heute üblich, in einer Klinik auf, obwohl es mit meinem „Erscheinen" kritisch zu werden drohte. Meine Mutter Luise hatte insofern ein „ertragreicheres" Ergebnis erwartet, als sie Zwillinge zu bekommen vermutete. Sie war oder fühlte sich nämlich so ungewöhnlich dick. Doch der alte Doktor Quasdorf, ihr Gynäkologe, hatte auch nach einer der letzten Untersuchungen nochmals versichert, daß er wirklich außer ihrem eigenen nur einen einzigen Herzton höre. Demnach konnte es sich, wenn schon nicht um zwei, nur um ein Schwerstgewicht handeln, was da zur Welt kommen sollte. Und wegen der stolzen zwölf Pfund Startgewicht hatte es sicherlich einige Schwierigkeiten, die Augen richtig aufzumachen. Aber nun war der kleine Heinrich da und schrie sich fast die Lunge aus dem Hals, so daß das ganze Haus auf dem Hof in Holzhausen das Ereignis zur Kenntnis nehmen konnte.

Holzhausen war damals noch ein kleines Dörfchen. Etwa zweitausendfünfhundert Seelen lebten dort überwiegend von der Landwirtschaft, von der Heimarbeit für Zigarrenmanufakturen, von einer kleinen holzverarbeitenden Industrie, von Handwerk und bescheidenem Gewerbe sowie von den Anforderungen aus dem nahegelegenen Kurbad. Die Eltern des gerade „Erschienenen", der zunächst „Heinemückelchen" genannt wurde, lebten in dem Dörfchen von und in ihrer Landwirtschaft. Ein schönes zweihundert preußische Morgen großes Hofgut war ein Teil ihrer Welt, in die das Heinemückelchen oder nach der Taufe amtlich „*Heinrich* August Wilhelm" Drinkuth genannt, zur Gesellschaft seines drei Jahre älteren Bruders Fritz hineingeboren wurde.

In Colmar ist im Unterlindenmuseum ein spätmittelalterliches Gemälde zu sehen, welches einen schönen kleinen Garten zeigt, der von einer Mauer umgeben und voller wunderschöner Blumen, überwiegend Rosen ist. Auf den Bäumen sind viele Vögel zu sehen und im Hintergrund leuchtet eine kleine Kapelle. In der Mitte sieht man Maria und ein oder zwei Engel über ihr. Alles ist schön, friedlich, beschützt und Maria wirkt glücklich und zufrieden. Das Bild heißt „*hortus conclusus*" und ist aus der Schule von Martin Schongauer. Von ihm selbst ist das berühmte Werk „Maria im Rosenhag" nur wenige hundert Meter weiter in der Dominikanerkirche zu bewundern und man könnte meinen, daß die dortige Maria ebenfalls, wenn auch nicht mit solch glücklichem Blick, in einem „*hortus conclusus*" sitzt. Nur daher, aus Colmar, ist mir der lateinische Begriff des ‚*geschlossenen Gartens*' vertraut, den man sonst in keiner Enzyklopädie findet. Und wenn ich an die Bilder in Colmar denke, so meine ich mich, mein kindliches Zuhause, das Elternhaus mit der großen Hoffläche, die Zier-, Obst- und Gemüsegärten und die dicken, hohen Mauern rings herum, vor meinem geistigen Auge zu sehen.

Natürlich war mein „*hortus conclusus*" nicht so lieblich, wenn auch wunderschön, wegen des harten alltäglichen Lebens nicht ganz so friedlich, aber auch beschützt und sicher, und es waren bestimmt auch Schutzengel über mir. Aber wie dem auch sei – und wenn es ein verklärter Traum sein mag, denn ich war ja noch ganz klein – lebe ich in der Erinnerung und weiß, daß mein kindliches Leben auf unserem Hof mit der dicken Mauer und den vertrauten Menschen, den vielen verschiedenen Tieren, all den herrlichen Früchten, den vielen Gebäuden und den weiten Räumen die glücklichste Zeit meines Lebens gewesen sein muß. Auch wenn ich gelegentlich „Streß“ hatte, wie man heute sagt, oder traurig über irgend etwas war, gar weinte, so ist in meiner Erinnerung mein Dasein in diesem *hortus conclusus* doch nur schön gewesen.

Zunächst war da für mich nur das Elternhaus mein *hortus* und meine Welt, ein damals fast dreihundert Jahre altes gepflegtes niedersächsisches Bauernhaus von 1643, in dem ich mit der Zeit etwa fünfzehn Räume entdeckte, einschließlich der kleinen Besenkammer-Mansarde „hinter dem Badezimmer“. Diese diente viel später gelegentlich für meine zwei Brüder und mich als Arrestzelle, wo es auch schon einmal etwas mit dem „nassen Handtuch“ gab, was damals durchaus noch erlaubt war. Und dann gehörten die Wirtschaftsgebäude (Stallungen, Scheunen, Geräteschuppen, Gewächshaus, „Immeschauer“ und das alte Backhaus) zu meinem *hortus* ebenso wie der innere Hofraum, umgeben von all den Gebäuden und dem Wohnhaus. Darum herum dann der übrige oder äußere Hofraum mit dem Ziergarten, der Gärtnerei und den Nutzflächen, wie der Kälber- und der Sauenweide. Alles in einem hundert mal hundert Meter großen Quadrat, burgähnlich umgeben von jener etwas martialischen, rund zwei Meter hohen und etwa einem halben Meter dicken Bruchsteinmauer. Diese Mauer war in meinen Kinderaugen riesig, unüberwindbar, geschlossen - sie hatte auch nur wenige Durchlässe. So war sie für mich von allerfrühster Kindheit und Zeit meines Lebens Symbol meiner Geborgenheit gegen jegliche Gefahr von außen gewesen. Wohlgemerkt bedeutete die Mauer vor allem Behütetsein, nicht Abgrenzung von der übrigen Welt, zumal gleich „hinter der Mauer“ die hofeigenen Ländereien weitergingen und sich meine Welt dort fortsetzte - soweit die kleinen Beinchen trugen und das Köpfchen es wollte oder zuließ. So vermittelte mir die Mauer Obhut, hinter ihr fühlte ich mich sicher und erlebte in diesem großen Freiraum meine ersten Abenteuer. In diesem Sinne waren das Haus, der Hof und die Mauer der *„hortus conclusus“* seit meiner zartesten Kindheit bis hin in mein fortgeschrittenes Alter.

Die innere geborgene Welt war meine Familie mit den Eltern, mit dem älteren und später noch gefolgten jüngeren Bruder, mit dem Großvater,

„unserem“ Opa, dessen älterem Bruder Wilhelm, den wir „Winnemonkel“ nannten und den ein beeindruckender und gepflegter weißgrauer Vollbart zierte. Diese sechs Menschen waren die Familie, die mich schützend umgab und mir die innere Geborgenheit vermittelte, vom frühen Morgen bis zum Abend und die ganze Nacht. Diese sechs Menschen oder zumindest einer davon war immer zugegen und es waren da keine anderen, abgesehen von Personal oder Besuch, die auf mich aufzupassen oder mich zu beschützen brauchten. Es waren also keine „Tagesmütter“ oder dergleichen nötig und auch kein Kindergarten, den es zwar im Dorf gab, den wir aber nie regelmäßig besuchten - ich schon gar nicht. Wir lebten in einer „Großfamilie“, alle unter einem Dach, unter dem auch alle an einem Tisch saßen und alle an einem Strick zogen - weit überwiegend sogar in der gleichen Richtung.

II.

Mein Urgroßvater väterlicherseits war Johann Heinrich *Daniel* Drinkuth oder Siemsmeier, der nur plattdeutsch „Dönken" genannt wurde und 1820 in Kleinenbremen, einem kleinen Dörfchen einige Kilometer südlich von Bückeburg, geboren worden ist. Er war Bauer auf dem Hofe Nr. 41 in Kleinenbremen. Zusammen mit Sophia *Christine,* geborene Vogt oder Schlee aus dem nahen Wülpke führte er, wie das Kirchenbuch vermerkt, eine gute Ehe. Seine Eltern waren der Colonus, das ist der Landmann und Ortsvorsteher Carl *Daniel* Drinkuth oder Siemsmeier und dessen zweite Ehefrau Christine *Wilhelmine*, ebenfalls eine geborene Vogt oder Schlee, die auch aus Wülpke kam. - Seine erste Ehe war er im März 1814 mit der damals 20jährigen *Friederike* Dorothea Charlotte Bredemeyer aus Wolfshagen eingegangen. Die liebevolle Zweisamkeit währte aber leider nur sieben Monate, denn Friederike verstarb ganz plötzlich schon im Herbst des gleichen Jahres.

Diese beiden, Dönken und Daniel waren die „Verursacher" des Drinkuthschen Ortswechsels von Kleinenbremen nach Holzhausen. Dadurch wurde der neue Familiensitz später mein Geburtsort und diese Veränderung bei den Drinkuths oder Siemsmeiers hatte folgende Gründe.

Seit Jahrhunderten hatten die Drinkuths oder Siemsmeiers, wie sie früher auch genannt wurden, ihren kleinen Meierhof Nr. 41 in Kleinenbremen. Die Lage und Bodenqualität wie auch die Topographie der Nutzfläche war nicht gerade optimal, die Arbeit deshalb schwer und der Ertrag hielt sich in den entsprechenden Grenzen. Dieser Zustand behagte beiden Vorfahren nicht sonderlich, zumal sie strebsam waren und auch über nicht geringen Unternehmergeist verfügten. Deshalb bemühten sie sich, ihre Erwerbsflächen zu arrondieren und bei bescheidenen freien Mitteln etwas zu vergrößern. Das gelang ihnen aber nicht in dem Maße, wie sie das erstrebten, weil sich entweder nicht genügend Gelegenheiten boten, zu arrondieren oder zu kaufen oder weil die anderen Bauern im Dorf das vielleicht aus Neid oder anderen Gründen verhinderten oder zu hintertreiben suchten. Jedenfalls ärgerten sich die beiden mehr und mehr darüber, so daß langsam die Überlegung Platz griff, vielleicht ganz woanders die Träume zu verwirklichen und gegebenenfalls Kleinenbremen den Rücken zu kehren. Solche Überlegungen müssen für diese erdverbundenen Menschen in jener Zeit - vor etwa 150 Jahren - außerordentlich schwerwiegend gewesen sein. Denn Bodenständigkeit war seit Jahrhunderten die Devise, man war nicht welterfahren und hatte wegen der traditionell kargen Ertragslage ja auch keine großen finanziellen Spielräume.

Aber da war nicht nur der Ärger über die Schwierigkeiten, sich in Kleinenbremen zu vergrößern, die zu ganz neuen Überlegungen Anlaß gaben. Da waren auch noch andere „Vorkommnisse", die Verdruß bereiteten und den Entschluß verstärkten, von Kleinenbremen fortzugehen: Zum einen geschah es, daß Carl Daniel, also mein Ururgroßvater, irgendwann um die Mitte des neunzehnten Jahrhunderts in seiner Gemeinde bei der Neuwahl zum Ortsvorsteher nicht wiedergewählt wurde. Das hat ihn, obwohl schon in recht fortgeschrittenem Alter, was man damals mit Anfang der Sechzig durchaus schon war, außerordentlich geärgert, wie mir unser Opa öfters erzählt hat. Das andere Vorkommnis betraf meinen Urgroßvater Johann Heinrich Daniel, „Dönken", selbst und drehte sich um ein Jagderlebnis dieses leidenschaftlichen Nimrods, welches in der Familie unter dem kurzen Titel „Der Hirsch" berichtet wurde und was ich nun nacherzählen will.

Es muß noch sehr früh an diesem kalten und nebligen Novembermorgen des Jahres 1874 gewesen sein, als der alte Werkmeister aufgeregt und noch ganz außer Atem an Daniels Kammerfenster klopfte und in Plattdeutsch rief: „Dönken, Dönken, kumme rut, ünnen inne Wisch steit en Hirsk, Dönken, en Hirsk!" So schnell war Johann Heinrich Daniel Drinkuth lange nicht mehr aus dem Bett gekommen: Hirsch hören, das schwere Oberbett beiseite reißen, nur das Allernötigste anziehen, die neu erstandene alte Waffe greifen - sein Landesvater, der Fürst von Bückeburg, hatte seine Soldaten einige Jahre vorher, nach dem Dänischen Krieg von 1864, von den alten Vorderladergewehren auf modernere umgerüstet und Daniel konnte über dunkle Kanäle solch ein ausgemustertes Gewehr erwerben - also diese „Donnerbüchse" greifen und über den Hof zur Wiese, das alles war eins. Halb rannte er, halb stürzte er durch den alten Hohlweg aus dem Dorf, dann rechts hinter dem Ellerkamp die Böschung 'rauf, den Vorderlader in der linken Hand und im Laufen denelben laden, die rechte nach irgend etwas im Halbdunkel tastend, weil zudem dichter Nebel fast gänzlich die Sicht versperrte. Jetzt war er oben aus dem Hohlweg heraus, es wurde etwas lichter, wenn auch von Sicht keine Rede sein konnte. Das Herz schlug rasend in Daniels Brust, einesteils wegen des wilden Laufes, mehr aber durch das Waidfieber. Und die Aufregung, daß er da nun stehen sollte. Er, der Hirsch, dem er nun schon seit Wochen in jeder freien Minute seines, weiß Gott ausgefüllten und schweren Tagesablaufs nachgestellt hatte. Daniel war unendlich aufgeregt und ganz von seiner Jagdpassion ergriffen. Als er sich langsam fing und mit größter Behutsamkeit die nasse Wiese auf allen Vieren durchpirschend, unweit der alten Weide im dichter werdenden Nebel den Hirsch ahnte, glaubte er, wie das nur bei einer glückhaften Beschäftigung wahrhaftig möglich sein kann, einen flüchtigen Vorgeschmack der Glückseligkeit zu ahnen.

Er war weitergepirscht und es konnten nur noch dreißig, vielleicht vierzig Schritt sein, die ihn von dem erträumten jagdlichen Höhepunkt dieses Morgens, dieses Jahres, nein seines Lebens, wie er meinte, trennten. Der Nebel war noch dichter geworden, von „Ansprache" keine Rede, auch gar nicht nötig, er kennt ja den Hirsch. Endlich zeigte sich der Nebelschatten in der richtigen Entfernung - gleich, fürchtete er, dann wird er fort sein. Und die Entfernung stimmt, dachte er, denn das war die Hauptsache, als Daniel die Umrisse im Nebel und Korn seines neuen, aber eigentlich uralten Vorderladers hatte. Er konnte den Finger nicht mehr gerade lassen: Der Knall des tödlichen Schusses aus Dönkens Gewehr war von dem Nebel noch nicht verschluckt und der „Hirsch" bei der letzten Flucht noch nicht zusammengebrochen, als ein anderes, allzu vertrautes metallen klapperndes Geräusch Johann Heinrich Daniel Drinkuth aus dem träumerischen Vorfeld der Glückseligkeit zurückholte: ...War das nicht - argwöhnte er - verdammt, ja, das war doch, mein Gott, ... der stand doch bei der alten Weide dieser Ungerade ... die Lauscher ... nein, er war es nicht. Das metallene Klappern, das sind Hufe, Pferdehufe, Hufeisen, die zusammenschlagen - mein Gott, das ist ja fürchterlich: Ein Gaul - das Pferd eines Nachbarn hatte er geschossen!! - Es ging wie ein Lauffeuer durch Kleinenbremen.

Beim Kirchgang am nächsten Sonntag sagte einer, der mit einigen anderen halbwegs schräg hinter ihm herging, wenn auch nicht laut, so doch unüberhörbar: „Na Dönken, gifft et bi jück van doage hirskbroaen?" Daniel Drinkuth veränderte in Sekunden seine Gesichtsfarbe durch das heiße Blut, welches ihm in den Kopf schoß. Er nahm all' seine Kraft zusammen, um sich möglichst wenig anmerken zu lassen und versuchte beschämt aber voll Würde die heimischen Penaten zu erreichen. Das Mittagessen schmeckte ihm an diesem Sonntagmittag nicht besonders und er dachte darüber nach, wie oft er in Zukunft und von wem diese bittere Frage zu hören - oder was noch schlimmer war, nicht zu hören - bekommen würde. Eine solche Vorstellung war zuviel und brachte das Faß zum Überlaufen: Weg von Kleinenbremen!

Johann Heinrich *Daniel* Drinkuths Entscheidung stand fest, und er war nach weiteren reiflichen Überlegungen entschlossen: Der Hof in Kleinenbremen, seit Jahrhunderten im Besitz der Familie, wird verkauft, und es wird ein neuer Hof erworben, der größer ist, bessere Bodenqualität hat, dessen Fläche ebener ist und die weitestgehend arrondiert ist und wo keine Ortsvorsteherwahl ansteht und wo kein Pferd zu erlegen ist. So sah die Zielvorstellung für das Neue aus, und das Alte sollte unter Erzielung eines maximalen Erlöses verkauft werden. Dieses konnte er nur dadurch erreichen, daß man nicht den Hof als Ganzes, sondern in möglichst günstigen Teilen verkaufte. Den ganzen Hof zu verkaufen hätte einen „Großinvestor" erforderlich gemacht, den es aber im Dorf und in der übersehbaren Umgebung nicht gab - und wenn es einen gegeben hätte, so würde der mit seiner Nachfragemacht den Preis diktiert haben, was einem maximalen Erlös entgegenstand. Also war für Daniel das scheibchenweise „Verhökern" die Richtschnur der Verkaufsstrategie. Das Problem bestand dabei natürlich darin, daß durch dieses Vorgehen die Ertragsfläche und damit die Lebensbasis von Hof und Familie immer kleiner wurde, ganz abgesehen von den Risiken der Geldanlage und dem möglichen Kaufkraftverlust des erlösten Kapitals. Diese Problematik will ich aber hier nicht weiter verfolgen und ich weiß auch nicht im einzelnen, wie mein Urgroßvater damit fertig geworden ist. Jedenfalls aber ist er damit fertig geworden und sein Gesamtkonzept hat Erfolg gehabt, denn er konnte in relativ kurzer Zeit, wohl in einigen wenigen Jahren den Hof Nr. 41 in Kleinenbremen sowie einiges an Vieh und an Inventar so günstig verkaufen, daß es ihm möglich wurde, im Jahre 1881 den ziemlich über einhundert Morgen großen Severingschen Vollmeierhof in Holzhausen zu kaufen.

Bevor es aber soweit war und während er seinen Hof in Kleinenbremen scheibchenweise versilberte, reiste er unablässig in der Gegend herum, um sich Höfe, die zu verkaufen waren, anzusehen. Dieses tat er mit seinen Söhnen Friedrich *Daniel*, der 1848 geboren und später Rechnungsrat in Paderborn war, mit Friedrich *Wilhelm*, der 1852 geboren und später Imker auf dem Holzhäuser Hof wurde und vielleicht auch mit *Heinrich* Daniel, der 1858 geboren war. Ganz gewiß war auch schon gelegentlich sein jüngster Sohn, mein Großvater, Heinrich *Friedrich* Wilhelm bei den Hofbesichtigungen mit von der Partie. Er war 1861 geboren und muß zur Zeit der Suche nach „neuer Bleibe" um die fünfzehn Jahre alt gewesen sein. „Dönken" wird ihn allein deshalb des öfteren mitgenommen haben, da er ihn, obwohl der Jüngste der Söhne, bereits damals schon zum späteren Erben ausersehen hatte, weil er ihn wohl für den fähigsten hielt. Daniel begleiteten aber auch Verwandte und Freunde, soweit das möglich und nötig war, denn es stellte für Daniel ein ungeheures Unternehmen dar, voll von Anstrengung, Aufregung und Dramatik, ganz abgesehen von Entbehrungen und Gefahren. Schließlich war das Reisen in jener Zeit außerordentlich beschwerlich und für einen einfachen Bauern auch nicht wenig aufwendig, weshalb alles mit größter Einfachheit und Sparsamkeit vor sich ging. Größtenteils wurde natürlich mit eigenem Pferd und Wagen gereist, in diesem Gefährt auch geschlafen und sich dabei selbstverständlich nur mit mitgenommener Verpflegung versorgt. Und die Reisen gingen, wenn es sein mußte, bei Tag und Nacht, um Zeit zu sparen und um sobald wie möglich wieder auf dem Hof bei der Arbeit zu sein. Mein Großvater hat von solchen Reisen Geschichten erzählt, deren Glaubhaftigkeit vielleicht durch Halluzinationen oder ähnliche Befindlichkeiten als Folge von völligen Übernächtigungen zu erklären sind, denn erfunden oder gelogen waren sie sicherlich nicht.

So habe ich die oft erzählte Geschichte in Erinnerung, daß während einer solchen nächtlichen Reise plötzlich ein kleines, koboldähnliches Wesen mit einer Lampe in der Hand, mal vor dem Wagen, mal hinter diesem, mal auf der einen und mal auf der anderen Seite in niedriger oder größerer Höhe über dem Boden umhertanzte und mit der Zeit den Urgroßvater und seine Begleitung nicht wenig verwirrte. Diese haben sich den Spuk eine ganze Zeit lang mit wachsender Verunsicherung angesehen und versucht, den Teufelskerl zu verscheuchen, indem sie mit der Peitsche nach ihm schlugen oder ähnliches zu ihrer Befreiung versuchten. Allein, nichts hatte Erfolg und das Wesen tanzte immer dreister vor allem vor Dönkens Kopf und Augen umher. Sie versuchten auch dadurch der Pein zu entfliehen, daß sie energisch auf die Pferde eindroschen, was sonst natürlich nicht ihre Art war. Nur fort war die Devise, denn es wurde ihnen immer „mulmiger" und obwohl sie ansonsten wirklich furchtlose Leute waren, bekamen sie es doch mehr und mehr mit der Angst zu tun, zumal sie gelegentlich auch etwas abergläubisch waren und glaubten, daß der leibhaftige Teufel ihnen wohl Gesellschaft leiste. In dieser beängstigenden Situation, stockfinsterer Dunkelheit der Nacht und beklemmender Enge dieses ausgefahrenen Hohlweges wirkte es geradezu wie ein Befreiungsschlag, als Dönken in einer Verfassung aus Angst, Zorn und Verzweiflung bei einem erneuten und diesmal besonders kräftigen Peitschenschlag nach dem imaginären Wesen mit der Lampe in Plattdeutsch fast schrie: „Wenn du leuchten willst, dann leuchte - sonst aber schere dich zum Teufel!" Just in diesem Moment und bei dem Stichwort Teufel verschwand das umhertanzende, leuchtende Wesen von der Bildfläche und ward nicht mehr gesehen, während langsam von Daniels Gesicht und von denen seiner Begleiter der Schrecken verschwand. Der kalte Schweiß stand ihnen auf der Stirn. Schweigend ging die stürmische Fahrt weiter den Hohlweg hindurch und ein Aufatmen war erst, als das Gefährt wieder freies Feld erreicht und ganz langsam die Morgendämmerung das Vertrauen zurückgebracht hatte.

So ging die Suche weiter und Daniel mit seinen Begleitern meinten fast fündig geworden zu sein, als sie das zweite Mal aus Mecklenburg zurückkamen. Die Reise war wieder lang und voller Strapazen gewesen, aber sie waren zufrieden, ja fast beglückt und ziemlich entschlossen zur Entscheidung. Fast vierhundert Kilometer nach heutigem Maß hatten sie hinter sich, als sie an jenem Septemberabend in die Hofeinfahrt von Nummer 41 in Kleinenbremen einbogen und die zurückgebliebenen Pferde im Stall die Ankommenden „bewieherten". Vier Tage vorher waren sie aufgebrochen über Stadthagen, Wunstorf nach Celle. Von dort weiter an Ülzen vorbei nach Dannenberg, in Dömitz über die Elbe und dann ein Stück den großen Fluß abwärts bis in die Gegend von Laave. Dort war das Gut, zu dem sie nun schon wieder gefahren waren: Ein wunderschöner Hof, wie der Großvater erzählte, nahezu zweihundert Morgen groß, alles ebenes Land in fast einem geschlossenen Stück, auf der westlichen Seite begrenzt durch die Elbedämme, auf den anderen durch die umliegenden Güter. Es war vorzüglicher Boden und Ställe wie Scheune präsentierten sich in guter Verfassung. Auch das Wohnhaus schien akzeptabel zu sein und Daniels Geld reichte gerade. Nur die Sache mit dem Vorkaufsrecht beunruhigte. Zum einen konnte Daniel es nicht recht bewerten und andererseits war ihm das alles auch etwas unheimlich mit solch einem „Anrecht". Aber dennoch, meinte er, dieser Hof sollte es sein, vorausgesetzt, daß auch sein Schwager *Friedrich* Wilhelm Vogt oder Schlee ihm zureden sollte.

Daniel hatte in den Tagen nach der Rückkehr aus Mecklenburg seiner Frau Sophia Christine wieder alles und noch viel mehr und noch genauer als letztes Mal erzählt. Auch mit seinem Schwager Friedrich aus Wülpke hatte man verabredet, sobald wie möglich noch ein weiteres Mal und dann zusammen zu fahren. Alles sollte erneut angesehen und besprochen werden, besonders die Sache mit dem Vorkaufsrecht. Seinem Schwager Friedrich, der gleichaltrig war, vertraute Daniel sehr und beide beratschlagten seit langem die wichtigsten Angelegenheiten zusammen, vor allem seit Daniels Schwiegervater Johann Heinrich Vogt oder Schlee, geborener Prange 1847 an Typhus gestorben war. Nebenbei gesagt hieß der Mann mit seinem Geburtsnamen Prange, den er nicht beibehalten konnte, weil es damals so war, daß ein Mann, wenn er auf einen anderen Hof einheiratete, den Namen der Ehefrau annahm. Friedrich war unverheiratet und bewirtschaftete den elterlichen Hof im Nachbarort. Er war ein solider, umsichtiger und erfahrener Mann, der nicht nur Daniel, sondern auch seiner jüngeren Schwester Christine sehr zugetan war. Mit ihm also beratschlagte sich Daniel und beide beschlossen, noch im gleichen Monat erneut nach Mecklenburg zu reisen, um dann, wie man heute sagen würde, „Nägel mit Köpfen" zu machen.

Die Reise über die Elbe verlief verhältnismäßig gut, ebenso die erneute Besichtigung des zukünftigen Anwesens. Die Stallungen und die große Scheune wurden nochmals eingehend inspiziert, ebenso das Inventar und danach kritisch die Ländereien. Alles zu Fuß natürlich, denn man muß ergehen, was man erkennen will. Friedrich war wie schon Daniel von allem beeindruckt, wenngleich er hier und da nicht an differenzierenden Bemerkungen sparte. Doch waren das alles Dinge, die zu lösen waren - bis sie in die Nähe der Elbe kamen und Friedrich den großen Deich sah, der das Land vor den Fluten schützte. Friedrich hatte in seinem Leben weder einen solchen Deich noch einen so mächtigen Strom gesehen. Die Weser war ihm vertraut, aber die war fast ein Rinnsal gegen dieses Gewässer. Sie kletterten auf den Deich, von wo sie einen großartigen Blick über den großen Fluß und nach Osten über das flache Land hatten, welches sich in der abendlichen Septembersonne bis an den Horizont vor ihnen ergeben ausbreitete. Schweigend ließen sie alles auf sich wirken und gingen nachdenklich und wortlos vom Deich, um langsam wieder zurück zum Hof zu kommen. Als sie den Deich verlassen und wieder ebenen Boden unter den Füßen hatten, hielt Friedrich inne, blickte nochmals sinnend zurück auf den Deich und sagte zu seinem Schwager nur diesen einzigen Satz: „Dönken, wenn düsse Deik bricht, versöpet jei olle...".

Damit war das Projekt Mecklenburg gestorben und Daniel konnte sich wegen des Vorkaufsrechtes, welches auf dem Hof lag, seiner quasi schon informell eingegangenen Kaufverpflichtung entziehen. Das Abschlußgespräch mit dem Hofverkäufer war verbindlich und relativ kurz und die Rückfahrt nach Kleinenbremen anfangs ziemlich einsilbig. Aber Daniel war ein nüchterner Mensch, zu realistisch und zu wenig emotional, als daß er Friedrichs Einwand übel nahm. Schließlich war er dankbar - und wir Nachkommen können Friedrich auch nicht dankerfüllt genug sein, denn sein Einwand und die daraus getroffene Entscheidung haben uns unendlich viel Kummer erspart, den wir erlitten hätten, als im Frühjahr 1945 die Russen Mecklenburg besetzten. So gesehen war es ein Wink des Himmels.

Mit unverminderter Energie ging die Suche weiter, doch währte sie nicht mehr so lange wie sie schon gedauert hatte. Im Frühjahr 1881, mein Großvater war fast zwanzig Jahre alt, entschied Johann Heinrich *Daniel* Drinkuth, „Dönken", das Severingsche Gut in Holzhausen bei Pyrmont zu kaufen. Dieses war zwar nicht so groß wie das in Mecklenburg, auch bei weitem nicht so eben in seinen Flächen und zudem nicht arrondiert. Die einzelnen Felder lagen zum Teil weiter auseinander und die Weiden in den Niederungen des kleinen Emmer-Flußes waren gar eine halbe Fahrstunde entfernt. Die Ackerflächen zwischen dem Hof und dem nahegelegenen Kurbad wurden noch von Hohlwegen durchzogen, die so tief waren, daß ein voll beladener Erntewagen darin verschwand. Aber der Boden hatte überwiegend hervorragende Qualität und die Lage des ganzen Anwesens vor den Toren des weiter aufstrebenden Kurbades erschien günstig. Ob Daniel seinerzeit wußte, daß irgendwann „verkoppelt", das heißt „flurbereinigt" und somit arrondiert würde und ob er ahnte, welches Potential in dem Hof infolge der Stadtnähe lag, weiß ich nicht zu beurteilen, doch könnte ich es mir denken. Jedenfalls wurde der Hofkauf perfekt gemacht und eines Tages das Rechtsgeschäft vollzogen, indem Daniel den Kaufpreis entrichtete und Zug um Zug sein neues Eigentum in Besitz nahm, wozu noch die folgende Geschichte im Zusammenhang mit der Bezahlung nicht in Vergessenheit geraten darf.

Nicht, daß Daniel den Banken mißtraute, aber er wollte das Geld - an die hunderttausend Goldmark - in bar und persönlich entrichten. Ob er das Geld überhaupt einer Bank, Sparkasse oder dergleichen jemals anvertraut hat, weiß ich nicht, aber es wurde früher vom Opa oder meinem Vater nicht davon gesprochen, so daß ich nicht ausschließe, daß er den

Erlös aus dem Verkauf seines Hofes in Kleinenbremen „im Strumpf", ja wenn schon, dann sicherlich in einer ganzen Reihe von Strümpfen aufbewahrt hatte. Wie dem auch sei, als es jedenfalls in Holzhausen ans Bezahlen ging, wurde das in Kleinenbremen nicht ohne Aufregung vorbereitet, hatte man doch mit so viel barem Geld bisher nichts zu tun gehabt. Überhaupt war die Situation ganz außergewöhnlich wenn man sich vorstellt, daß Dönken oder die ganze Familie in diesen Wochen und Monaten ihre ganze Habe in den hunderttausend Goldstücken in einer Kiste im Haus aufbewahrte. Durch Diebe, eine Feuersbrunst oder andere Katastrophen hätten sie in Minuten bettelarm sein können. Aber was nicht war, hätte ja noch jederzeit kommen können, was sich Dönken schon seit langem gesagt und entsprechende Vorkehrungen zur Sicherung seiner Habe getroffen zu haben schien. Als es nun ans Bezahlen ging, hatten Dönken und seine beiden älteren Söhne Daniel und Wilhelm das ganze Geld nochmals aufgerechnet und die abgezählten Goldstücke in eine eigens dafür vorbereitete schwere Holzkiste, eine Art Truhe mit festen Eisenbeschlägen, gepackt und gut verschlossen auf den schweren Kastenwagen gestellt, der im Schutze der Diele „parkte". Die Söhne Daniel und der junge Friedrich hielten auf der Diele mit den geladenen Gewehren bis zum Morgengrauen die Wacht an dem Wagen, mit dem sie an dem frühen Morgen nach Holzhausen fuhren und mit dem sie noch eine Menge anderer Dinge mitnahmen. Zwei der zuverlässigsten Pferde waren für diesen Transport, von dem im übrigen sonst niemand im Dorf etwas wußte, ausgesucht und mit schwerem neuen Geschirr ausgestattet. Der Wagen war zwar außerordentlich stabil, aber nicht zu schwer, vielmehr wendig und ein Planwagen, so daß die Ladung geschützt und nicht zu sehen war. Die Geldkiste stand auf dem Wagen gut befestigt und als es losging, übernahmen Wilhelm und Heinrich, natürlich ebenfalls mit den alten Vorderladern bewaffnet, von den Brüdern die Bewachung während der Fahrt nach Holzhausen. Die Fahrt ging über Rinteln, durchs Extertal an den Externsteinen entlang bis Barntrup und von dort über die kleinen verschlafenen Dörfer Klus, Graben und Hagen nach Holzhausen. Die gut fünfzig Kilometer waren etwa in vier Stunden zurückgelegt, so daß sie gegen Mittag in Holzhausen eintrafen. Alles war gut gegangen und gleich nach dem Mittagessen wurde das Geld an Severing übergeben, wozu man sich in die obere Wohnstube begeben hatte, um dort in Ruhe die Kaufsumme zu zählen.

Das Zählen fand auf der Drinkuthschen Seite natürlich im Beisein von Dönken und seinem jüngsten Sohn Friedrich - unserem Großvater - statt und dauerte Stunden um Stunden, schließlich waren Hunderttausend in Münzen ein Haufen „Zeug", welches in Zwanzigmarkstücken, also fünftausend Goldmünzen, die fast vierzig Kilogramm gewogen haben müssen, durch die Finger gereicht werden wollte. Dönken und Fritz waren hellwach, so wie zunächst auch Severing, der aber, wie der Opa erzählte, mit der Zeit etwas lustloser oder müde wurde. Und nachdem mehr als dreiviertel des Geldes gezählt war, fragte Severing unseren Dönken, ob denn wohl auch der Rest des Betrages stimme, was Dönken selbstverständlich bejahte, hatte er doch vorher schon so manches Mal seine Habe gezählt. Nach einer weiteren Weile meinte Severing, inzwischen des Zählens noch müder, ob man nicht aufhören solle, er akzeptiere den Rest und wolle die entrichtete Summe quittieren. Dönken bestätigte nochmals, daß das Geld auf „Heller und Pfennig" stimme, er selbst aber deshalb keine Veranlassung sähe, mit dem Zählen aufzuhören. Er habe Zeit und wenn gewünscht, könne man auch ein Pause machen. Aber davon wollte Severing nichts wissen, er hatte wohl keine Lust mehr oder wollte sein Geld haben, so daß man es „gut sein lasse" und die Zählerei beende. Dönken konnte ihn nicht davon abhalten und so wurde die Geldübergabe beendet, die Kaufsumme als ordnungsgemäß erhalten quittiert und das Geld in Severings Kiste zur Waldeckschen Bank in Pyrmont abtransportiert. Erleichtert verabschiedete Dönken seinen Partner und Friedrich entlud beruhigt die beiden Vorderlader, die er seit dem Morgen nicht aus der Hand gelegt hatte.

Nach dem aufregenden Tag genoß Dönken mit seinen Söhnen in dem neuen, zweihundertachtunddreißig Jahre alten schönen und großen Bauernhaus die verdiente Nachtruhe. Die Spannung und Aufregung um das Geld waren geschwunden und verdrängt durch ein bescheidenes Gefühl des Glückes und vielleicht auch des Stolzes nach einem entbehrungsreichen, zähen und mit größtem Einsatz von einer ganzen Familie

„gefahrenen“ Bemühen um eine bessere Zukunft. Mehr als ein halbes Leben hatte Dönken dafür geopfert und er konnte in dieser Nacht nicht wissen, daß ihm sein Herrgott im Himmel noch zehn Jahre zugedacht hatte, sich seiner Mühen zu erfreuen. Während des bescheidenen aber nahrhaften Frühstücks am Morgen, als sie auf die Ankunft der „Nachhut“ warteten - Dönkens Frau mit den übrigen Kindern und zwei Knechten samt „Sack und Pack“ - hat der Vater mit den Söhnen schon wieder neue Pläne gemacht, die sich aber auf den gerade erstandenen Hof bezogen und die gleich mit der Mutter besprochen werden sollten. Doch das Warten auf den Rest dauerte länger und man machte sich natürlich schon Sorgen, als gegen Mittag nicht die Ehefrau in die Küchenstube trat, sondern ein Angestellter der Bank, der im Auftrage des Herrn Severing kam. Man habe, sagte der Mann, in der Bank das Geld nochmals gezählt und festgestellt, daß fünfhundertundsiebzig Goldmark fehlten und Herr Severing darum bitte, ihm, dem Bankangestellten - selbstverständlich gegen Quittung - die Restsumme noch auszuhändigen. Dönken, nicht wenig verwundert, nahm Positur ein, ohne sich vom Tisch zu erheben, machte kurz aber ganz unmißverständlich deutlich, daß der Betrag auf den Pfennig gestimmt habe, daß Severing aus eigenem Entschluß und ohne Not so kurz vor dem Ende des Zählens dasselbe abgebrochen habe. Für ihn sei damit die Angelegenheit erledigt, was er bat, Herrn Severing auszurichten! Der Bankangestellte erlaubte sich keine Widerrede, machte, wie es üblich war, vor Johann Heinrich Daniel Drinkuth oder Siemsmeier eine devote Verbeugung und verließ rückwärts gehend die Arena. Um ein Haar wäre Sophia Christine, die just in diesem Moment hereinkam, von ihm umgerannt worden.

In jenen Tagen, Wochen und Monaten des Jahres 1881 sind die „neuen“ Drinkuths in Holzhausen noch einige Male nach Kleinenbremen gefahren, um lebendes und totes Inventar zu holen, um die Verwandten wiederzusehen und um das Heimweh zu stillen. Denn dieses Unternehmen, wenn auch ein vergleichsweise kleiner und unbedeutender Schritt für die Menschen ihrer Umgebung und ihrer Zeit, war doch ein riesiger Schritt für Daniel Drinkuth und sein Haus! Man kann sich das heute nicht mehr vorstellen, was das für diese Familie gewesen ist und bedeutet hat: Einen

Hof und ein Dorf zu verlassen, wo man seit Menschengedenken gelebt hatte. Von Verwandten und Freunden fortzugehen, mit denen man von Kindesbeinen an täglich verbunden war. Es war eine Umgebung, eine Heimat aufgegeben, in der man vertraut war und die Geborgenheit bedeutet hat. Man muß sich dazu vorstellen, daß diese Menschen in jener Zeit, wenngleich sie nur hundertundzwanzig Jahre zurückliegt, einfache Landleute, ehrenhafte Bauern in einer doch noch vorindustriellen Zeit waren. Seit mehr als tausend Jahren hatte sich für sie und ihre Ahnen nichts Wesentliches verändert. Immer waren sie auf dem Feld in ihrer Gegend. Kriege waren gewesen, viele und grausame, Elend, Seuchen, Knechtschaft wechselten ab mit etwas friedlicheren Zeiten, mit bescheidener Habe und Fröhlichkeit im engsten Kreis. Einförmigkeit und Gottvertrauen waren die Normalität. Keine Freizeit, nie rechten Wohlstand, wenn auch keine Armut, kein sogenannter Fortschritt, kein Freiraum für die Umsetzung von Ideen - die nützten nichts, selbst wenn man sie hatte, sie waren nur Utopien. Und in dieser Zeit erdreistete sich Johann Heinrich Daniel eine Idee, für ihn große Idee, in die Tat umzusetzen und eine solche Unternehmung zu wagen, ein unsagbares Risiko einzugehen, Haus und Hof aufs Spiel zu setzen und sich und seiner Familie Strapazen aufzuladen, von denen wir uns heute kein Bild mehr machen können. Das war schon etwas und Dönken muß eine starke Persönlichkeit gewesen sein, so wie seine Sophia Christine, meine Urgroßmutter, eine starke Frau war, wie mir von ihrem Sohn, dem Opa und ihren Enkeln oft gesagt wurde. Und während ich diese Tat, das Unternehmen eines damals über sechzigjährigen Bauersmannes zu Papier bringe, muß ich an Abraham und seine Frau Sara denken, denen Gott gesagt hatte: „... Geh aus deiner Heimat und von deiner Verwandtschaft und aus Deines Vaters Hause, in ein Land, das ich Dir zeigen will ... Da zog Abraham aus, wie der Herr zu ihm gesagt hatte ... Abraham aber war fünfundsiebzig Jahre alt, als er aus Haran zog ...um ins Land Kanaan zu reisen ...“ (1.Mose 12).

III.

Da waren sie nun Bürger und Hofbesitzer in Holzhausen: Dönken, seine Frau Christine, die Söhne Wilhelm, also „Winnemonkel“ und Friedrich oder Fritz, unser Großvater sowie die Tochter Christine, die bei uns „Stinetante“ genannt wurde. Der älteste Sohn Daniel lebte ja schon seit 1878 in Paderborn und Heinrich, bereits Soldat, war auch nicht mit nach Holzhausen gegangen.

Dönken hatte somit noch zehn Jahre in Holzhausen auf seinem neuen Hof wirken und sich mit den Seinen im neuen Habitat einleben können, was ihm wohl gelungen zu sein schien. Wie es meistens den Leuten ergeht, die neu in eine andere Gegend kommen, wurde auch er und seine Familie freundlich aufgenommen. Nachbarn und das ganze Dorf waren froh, daß der Severingsche Hof, der in der letzten Zeit schon etwas heruntergekommen war, in anscheinend „ordentliche“ Hand kam und daß man freundliche, fleißige und zurückhaltende Leute ins Dorf bekommen hatte. Alle waren hilfsbereit, so daß man sich relativ schnell eingewöhnte und ganz guten Kontakt bekam. Die Drinkuths, die sich nun nach vielen Jahren der „umzugsbedingten“ Unruhe endlich wieder „besinnen“ und auf ihre angeborenen Aufgaben konzentrieren konnten, bekamen auch den Hof ziemlich schnell in den Griff, nicht zuletzt, weil sie ein hervorragendes „Team“ und zu arbeiten gewohnt waren: Draußen wirkte Dönken mit seinen beiden Söhnen Wilhelm und Fritz, der eine neunundzwanzig und der andere zwanzig Jahre alt, und im Haus waltete Christine mit ihrer Tochter Christine, die siebzehn Lenze zählte, dazu die Knechte, Mägde sowie Tagelöhner aus dem Dorf.

Lange bevor Dönken 1891 starb, hatte er ja entschieden, daß sein jüngster Sohn den Hof in Holzhausen einmal übernehmen sollte. Und so nahm unser Großvater neunundzwanzigjährig im Januar 1891 in Holzhausen die Zügel in die Hand und übergab sie siebenunddreißig Jahre später seinem ältesten Sohn Fritz, unserem Vater. In der Zwischenzeit hat unser Opa sein Erbe nicht nur so in Besitz genommen, sondern im Goetheschen Sinne durch ebenfalls harte Arbeit und kluges Verhalten wahrhaft „erworben“. Doch bevor er das so richtig tun und sich entfalten konnte, hat er ein Weib erwählt und diese Wilhelmine *Auguste* Tölle, die damals achtundzwanzig Jahre alt war und aus dem nahegelegenen Humfeld stammte, geheiratet. Leider ist diese Holzhäuser Oma schon 1924, also mit sechzig Jahren durch einen Unfall, wie man erzählte, gestorben, so daß der Erzähler sie nicht gekannt hat. Aber nach allem, was ich von Opa, von meinem Vater und seinen Brüdern wußte, muß sie eine großartige Frau gewesen sein, die Haus und Hof zusammenhielt und der wahre Mittelpunkt der Familie war. Obwohl entschieden, stark und von ständiger Tätigkeit geprägt, muß sie sensibel, musisch und von großer Nachsicht und Güte, ruhig und ausgeglichen gewesen sein. Sie war der wohltuende Gegenpol zu dem umtriebigen, rastlosen, allzu oft von neuen Ideen erfüllten und nicht selten impulsiven, ja auch mal jähzornigen, in jedem Fall aber liebevollen, fairen und souveränen Ehemann. Sie mußte gar manches Mal die Wogen glätten, die Ruhe wieder einkehren lassen und alle zu neuen Taten rüsten, um nicht zu sagen aufrüsten. Fritz und Auguste hatten sich in ihrer fünfunddreißigjährigen Ehe geliebt und gegenseitig verehrt, hatten an einem Strang gezogen. Sie haben Haus und Hof unter Kontrolle gehalten, beides für die vier Kinder vermehrt und diese mit Umsicht, Liebe und Vorbild großgezogen. Diese Vier waren mein Vater als Ältester, der spätere Rechtsanwalt Heinrich, Wilhelm nachmals diplomierter Ingenieur bei Siemens-Schuckert in Berlin und die Tochter Gustchen, die Bauersfrau in Wülfer bei Bad Salzuflen wurde. Übrigens waren Heinrich und Wilhelm sowie Gustchens Ehemann August Funke meine Patenonkel, weshalb ich auf die Namen Heinrich August Wilhelm getauft wurde. Und ich kann nicht umhin, von diesen Patenonkeln, die mich mein Leben lang anteilnehmend begleiteten, markige Sprüche zu zitieren. Diese blieben mir stets in Erinnerung und hatten alle einen tiefen sowie mehr oder weniger bemerkenswerten Sinn. So stammt von Heinrich, wenn wir uns, nach Schillers Ausspruch: „Schnell ist die Jugend mit dem Wort“, zu irgend etwas voreilig äußerten, der Satz: „Vorsicht! Stets äußert sich der Weise leise, vorsichtig und nur bedingungsweise“. Wenn jemand über seinen Job, seine Vorgesetzten oder irgendwelche kritischen Umstände klagte, ist von Wilhelm oft der Spruch zitiert: „Wer nie bei

Siemens-Schuckert war, bei AEG und Borsig, der kennt des Lebens Ernst noch nicht, der hat ihn erst noch vor sich". Und Onkel August meinte nicht selten vorausahnend, wenn seine Anordnungen nicht befolgt wurden, mahnen zu müssen: „Wenn ich einmal die Augen zumache, dann gehen sie euch auf"!

Unser Holzhäuser Großvater hatte also nach dem Tode seines Vaters den Hof übernommen und das erste bedeutende Unternehmen, welches sich für ihn nach seiner Heirat mit Auguste und der folgenden Geburt des ersten Kindes, unseres Vaters im Jahre 1893, ereignen sollte, war die Verkoppelung oder in der damaligen Amtssprache die „Zusammenlegungssache", was heute „Flurbereinigung" heißt. Diese Sache kam in Holzhausen Mitte der neunziger Jahre in Gang und ist von Dönken bereits sehnlichst erwartet worden. Für den „Jrossvatter" wurde die Angelegenheit zu einer großen Herausforderung, denn es kam darauf an, in Frieden und Harmonie mit den anderen Bauern, eine für Drinkuths Hof „günstige" Lösung zu finden. Das bedeutete im Idealfall, an Stelle der recht verstreut liegenden Felder und Wiesen nicht nur eine einzige zusammenhängende Fläche zu bekommen, sondern auch eine solche, die in möglichst unmittelbarer Nähe zum Hof lag und zwar so, daß ein größtmöglicher Teil östlich vom Hof bis hin zur Stadtgrenze von Pyrmont lag. Diese Zielsetzung war das Maximum, welches außerordentlich schwer realisierbar war, weil die anderen „Kollegen" sehr ähnliche Interessen hatten und es natürlich schon gar nicht hätten verkraften können, wenn gerade dieser „zugezogene" Drinkuth in der Richtung bedient worden wäre. Das alles war unserem Großvater natürlich ebenso klar wie die strategischen und taktischen Konsequenzen, die für ihn daraus resultierten: Es bedeutete für ihn, außerordentlich zurückhaltend, flexibel, ideenreich und verbindlich zu taktieren, soweit wie möglich diskret zu bleiben und zu gegebener Zeit „Verhandlungsmasse" zu haben, um diese zu eventuell nötigen Ausgleichsaktionen in die Waagschale werfen zu können.

Die „Zusammenlegungssache" wurde von der „Königlichen Spezial-Commission" in Arolsen - Arolsen war die Residenzstadt des Fürstentums „Waldeck-Pyrmont", welches seit 1867, der Gründung des Norddeutschen Bundes unter der Verwaltung des Königreichs Preußen stand - durchgeführt. Es galt deshalb, auch zu dieser einen guten Kontakt zu pflegen. „Jrossvatter“ erreichte das durch Verbindungen, die er inzwischen zur „Administration“ des Waldeckschen „Curbades“ Pyrmont geknüpft hatte. Sein Vertrauter war dort der Stadtinspektor, wie man heute sagen würde, Garschhagen, immer nur „der alte Garschhagen“ genannt, mit dem er sich nötigenfalls beriet und der ihm wohlgesonnen gelegentlich gute Ratschläge erteilte und Verbindungen herstellte.

Nach unendlich vielen Diskussionen, Vorgesprächen und zähem Ringen mit allen Beteiligten war eines Tages die ganze Sache ziemlich festgefahren, denn alle Bauern in Holzhausen und insbesondere die größeren wollten natürlich nur Filetstücke und diese selbstverständlich ein jeder vor seiner Haustür. Filetstücke hieß: Land so eben wie heute ein Fußballplatz, größtmögliche Flurstücke und erstklassige Bodenqualität. Das hätte der Quadratur des Kreises gleichkommen müssen, so daß eine Lösung nur möglich war, wenn einer oder mehrere der Beteiligten größeres Entgegenkommen zeigten. Das war nun Friedrich Drinkuths große Stunde: Jetzt war Diplomatie gefragt und Verhandlungsmasse nötig. Aber keiner hatte mehr etwas anzubieten, nur der „Jrossvatter“: Wie ich schon früher berichtete, hatte Dönken den Holzhäuser Hof gekauft, obwohl da einige Dinge waren, die nicht so begeisterten, vor allem die zwei oder drei tiefen Hohlwege, die durch jene Ländereien gingen, welche zwischen dem Hof und der Stadtgrenze zu Pyrmont lagen und die ja so tief waren, daß ein vollbeladener Erntewagen darin verschwand. Diese Hohlwege stellten Opas Verhandlungsmasse dar, die er jetzt selbstlos, versöhnlich und scheinbar ganz unspektakulär auf den Tisch vor die Kollegen und die „Commission“ legte: Es sei ja alles schwierig, meinte er und alle hätten ja besten Willen gezeigt - was in Wirklichkeit keiner getan hatte - und man müsse ja zu einem Ende kommen und da würde er sagen, daß er, was seine Interessen beträfe, wenn auch ungern aber zur Not akzeptieren würde, wenn durch sein Land auch mal ein Hohlweg oder notfalls auch zwei gingen! Ein großes Schweigen in „Otten Saal“, wie man den großen Tanzraum im „Gasthaus Otte“ nannte, dann ein Raunen und ein Köpfe Zusammenstecken bei den anderen Bauern und Friedrich Drinkuth hörte förmlich, obwohl kein gesprochenes Wort vernehmbar war, die Einschätzung seiner Kollegen: „De dümme Fritschen, just hewet we ihn". „Dat is en Wöat, Drinkuth", sagte der alte Hundertmark, der seit alters her sozusagen der Sprecher der Holzhäuser Bauernschaft war und er konnte sich nicht genug beeilen der „Commission" vorzuschlagen, daß man Drinkuth doch dann „das Land nach Pyrmont hin", wie man in Holzhausen sagte, geben sollte. Das wäre doch schön und eben und wenn Drinkuth nun mit Hohlwegen einverstanden wäre, so könnte doch das die Lösung sein. Die „Commission" zeigte sich immer noch erstaunt, schaute Drinkuth an und dieser meinte verhalten und ganz ruhig mit einem undurchschaubaren Pokerface „Nun ja, das habe er sich natürlich nicht vorgestellt, denn in dem Gebiet seien ja nicht ein oder zwei Hohlwege drin, sondern drei und dazu noch die tiefsten in der ganzen Gemeinde". Wieder Totenstille, und die Angst, daß Drinkuth zurückziehen würde, stand den Bauern auf ihren Gesichtern geschrieben. Vor allem wurde Hundertmark etwas blaß, denn er fürchtete, mit seinem Vorschlag doch etwas überzogen zu haben und daß Drinkuth so dumm vielleicht doch nicht sein würde, sich wirklich dieses Land andrehen zu lassen. Die „Commission", geführt von Regierungsrat Butze aus Arolsen, sah sich gerade genötigt in dieser kritischen Situation vermittelnd einzugreifen, als Jrossvatter halblaut mit aufgesetzt betrübter Miene in das Schweigen eintrat und meinte, daß er der „Commission" und dem Gesamtinteresse nicht im Wege stehen, seine Anregung nun nicht kleinlich zurückziehen wolle und deshalb den Vorschlag akzeptiere, wenn man ihm als kleines Trostpflaster noch das eine oder andere zugestehen würde, was schnell bejaht wurde. Aufatmen bei allen und die „Sache" war zum Ende gekommen. Weitere Verschiebungen im Interesse der übrigen Bauern war eh nur noch Formsache und Drinkuth wurde mit durchsichtigen Argumenten und Ratschlägen zu beruhigen versucht, was aber aus Sicht unseres Großvaters natürlich gar nicht nötig war. Er triumphierte zwar nicht, doch tat er sich innerlich wohl an der Genugtuung, seinen Kollegen eine Freude gemacht und allen - der „Commission", den Bauern und sich selbst - ein „gutes Geschäft" im ehrlichsten Sinne vermittelt zu haben, denn Geschäfte sind gut, wenn alle Beteiligten glauben, am besten abgeschnitten zu haben.

Der Großvater hatte in Sachen „Verkoppelung" damit den ersten Teil seines Zieles erreicht. Sein Hof war arrondiert, die Felder zu einem großen Teil ziemlich eben gelegen und von guter Bodenqualität sowie günstiger Lage - ja so günstiger Lage, daß die Früchte dieser weitsichtigen und klugen „Operation“ schon dem nächsten und noch mehr dem übernächsten Hoferben mühelos in den Schoß fallen sollten. Aber da stand natürlich noch der zweite Abschnitt der Operation Verkoppelung aus: Das Problem Hohlwege konnte und sollte so nicht bleiben. Um sich dieser schrecklichen Hindernisse zu entledigen und um den Teil der Flächen, die sie durchzogen, zu zusammenhängenden Feldern zu machen, mußten die Hohlwege zugeschüttet und eingeebnet werden. So war die Zielrichtung evident, allein die Umsetzung sollte eine Herkulesarbeit werden. Es war aber dem Opa klar, daß sie erheblichen Einsatz erforderte, denn es waren Tausende von Kubikmetern Erde - hundert Meter Hohlweg verschlangen rund tausend Kubikmeter - oder vergleichbares „Füllmaterial“ nötig und die Frage war, woher und wie dahinbringen? Unzweifelhaft eine gewaltige Aktion für die Möglichkeiten der damaligen Zeit, wo es ja noch keine Baustellen heutiger Größenordnung mit den entsprechenden Erdaushüben gab. Auch hatte man keine Zwanzigtonner-Sattelzüge und auch keine Planierraupen oder dergleichen Werkzeuge. Aber man hatte gute Pferde und Wagen wie auch fleißige Menschen.

So machte der Großvater zunächst alle prinzipiell verfügbaren „Materialvorkommen“ aus, Abfall, Schutt, Steine sowie Mergel und von diesem Sedimentgestein aus Lehm und Ton gab es in der Gegend genug. Mit solchem Zeug konnte zunächst in großer Menge die Basis der Hohlwege aufgefüllt werden. Dann wurde langsam besseres Material nötig, das sich beim Ausgleich von Bodenunebenheiten schlechter und sodann auch besserer Flächen anbot. Um alle Möglichkeiten auszuschöpfen, hatte der Opa erklärt, in der ganzen Gemeinde regelmäßig die vielen, vielen Gräben, die sogenannten „Vorfluter“, rechts und links neben den Feldwegen der Holzhäuser und Pyrmonter Gemarkung „auszuschlagen“, also die halb- bis ganzjährig von starken Regenfällen zugeschlemmten und in regenärmeren Perioden zugewachsenen Gräben wieder sauber zu machen. Die Gemeinden waren heilfroh, daß Drinkuth das machte, weil sie dadurch von dieser mühevollen Arbeit entlastet waren. Die Verfügbarkeit der nötigen Arbeitskräfte wurde, was die eigenen Kräfte, wie Knechte und Tagelöhner betraf, durch Verlagerung des Vorhabens in die Spätherbst- und Winterzeit gelöst. Zum anderen durch die Inanspruchnahme von damals noch billigen „Fremdarbeitern“. Das waren polnische Saisonarbeiter, die auf den größeren Gütern in der Erntezeit geholfen hatten und froh waren, wenn sie die Saison verlängern konnten. Pferde und Wagen waren zur Genüge auf dem Hof und wenn es einmal „eng“ wurde, lieh man Pferde oder Wagen von den anderen Bauern aus. So ging es unmittelbar nach der Verkoppelung ans Werk und die Aktion zog sich von der Zeit kurz vor der Jahrhundertwende über fast zehn Jahre hin. Berichtet wurde uns öfters eine Geschichte, die in diesem Zusammenhang meinen Vater betraf, der zu Beginn dieser Aktion etwa sieben bis zehn Jahre alt und somit ein kleiner Knirps gewesen sein muß: Wenn er den Arbeiten zusah oder den „Leuten“ das Frühstück oder den Kaffee gebracht hatte, dann sagten diese zu ihm auffordernd, „nun Fritz, schaufele mal eine Schubkarre voll oder tue wenigstens ein paar Schaufeln voll darauf und bringe so die Erde in den Hohlweg, dann kannst du später deinen Kindern oder Enkeln sagen, du habest bei diesem Unternehmen so manche Karre Erde in die Hohlwege geschüttet“! Diese Geschichte wurde uns Kindern immer zur Motivation erzählt, wenn wir irgend etwas auf dem Hof machen sollten, wozu wir keine große Lust hatten. So führten die dem Großvater eigene Zähigkeit und seine Ideen das Unternehmen zu einem erfolgreichen Ende. Und noch in meiner Jugend sah man im Frühjahr an der Erdfärbung, wenn die Felder „vor dem Kurpark“ bestellt wurden und die Fläche frisch bearbeitet war, die alten Hohlwegtrassen deutlich die Felder durchqueren, was mir immer die Geschichten um die Verkoppelung in mein Gedächtnis rief.

Im Zusammenhang mit dieser „Zusammenlegungssache“ war anfangs die Rede von „dem alten Garschhagen“, einem Vertrauten und honorigen Berater meines Großvaters. Nun war jener ehrenwerte Mann selbstverständlich nicht sein einziger Freund und Gewährsmann. Ich will deshalb noch von einem wegen einer besonders witzigen Anekdote, die man sich von ihm erzählte, berichten. Der gute Mann war der seinerzeitige Chef des Pyrmonter Amtsgerichts. Eine solche Schiedsstelle hatte zwar schon vor der Bismarckschen Reichsgründung als „Gerichtsdeputation" Arolsens zunächst periodisch in Pyrmont getagt. Nach der späteren Justizreform (1879) wurde das Gericht dann als eigenständige und feste Einrichtung, die dem Landgericht in Hannover und dem Oberlandesgericht in Celle unterstand, aufgebaut. Das dazu erforderliche eindrucksvolle Gerichtsgebäude wurde 1906, als Pyrmont 1.500 Einwohner zählte, gebaut. In diesem residierte als einer der ersten Vorsteher der Amtsgerichtsrat von Bardeleben. Dieser nicht ganz unvermögende Mann war einer der Honoratioren der Badestadt, der das Landleben schätzte und vor allem die Jagd liebte. Auf diese Weise war er auch mit dem „Jrossvatter" vertraut geworden, man schien sich gegenseitig zu schätzen. Was ich aber eigentlich erzählen will, hatte mit unserem Großvater nichts zu tun, sondern wurde mir von diesem nur geschildert: Von Bardeleben hatte dem Fiskus seine Steuererklärung über Einkommen und Vermögen machen müssen und das sicherlich auch mit aller Sorgfalt und Ehrlichkeit eines preußischen Beamten getan. Dennoch erhielt er kurze Zeit darauf eine Postkarte des Arolser Finanzamts mit dem folgenden implizit auffordernden Inhalt: „Sehr geehrter Herr v. Bardeleben, … wir erhielten Ihre Steuererklärung, vermissen aber das Vermögen Ihrer Frau, …". Von Bardeleben griff zur Feder und schrieb auf die erhaltene Postkarte, bevor er dieselbe dem Finanzamt zurücksandte nur diese zwei Worte: „Ich auch …!"

Während damals die „Aktion Hohlwege" lief, war der Opa natürlich außer seiner täglichen Arbeit sowie seiner nebenamtlichen Tätigkeit als Mitglied der Landwirtschaftskammer von Waldeck-Pyrmont noch mit anderen Aufgaben beschäftigt, die dem Wohle des Hofes dienten und von der spektakulärsten will ich jetzt berichten. Am nord-östlichen Rande der Ländereien des Hofes, unmittelbar an der Westgrenze Pyrmonts lag ein kleiner Bauernhof, der amtlich das „Gut Holzhausen" war, von uns auch „Blanks Hof" genannt wurde und dessen Besitzer, eben die Familie Blank - sich um die Jahrhundertwende ziemlich verschuldet hatten. Der Hof mag etwa fünfzig Morgen oder größer gewesen sein, mit einigen Wirtschaftsgebäuden und einem relativ großen und für den kleinen Hof viel zu repräsentativen Wohnhaus, dreistöckig mit zwei breiten Balkons und großer Freitreppe nach Süden. Mit anderen Worten: Die Blanks hatten sich wohl neben anderem mit diesem villenähnlichen Haus übernommen. Die Situation war für sie derart prekär geworden, daß der Hof „unter den Hammer" kommen sollte, wovon der Jrossvatter nicht zuletzt dank der guten Verbindung zum alten Garschhagen rechtzeitig „Wind" bekommen hatte und ein großes Interesse an diesem Anwesen hatte. Es bedeutete für ihn nicht nur eine Vergrößerung des Hofes, sondern auch eine weitere Arrondierung und nicht zuletzt Bodengewinn unmittelbar vor den Toren Pyrmonts am späteren „Bergkurpark". Es war aber für den Großvater von entscheidender Bedeutung, sein Interesse an dem Hof gar nicht bekannt werden zu lassen, um nicht schlafende Hunde zu wecken. Und wenn ihn die Leute darauf ansprachen, daß der Blanksche Hof zu verkaufen sei, versuchte er mit verschiedensten Argumenten deutlich zu machen, daß er kein gesteigertes Interesse habe, vor allem, weil ihm derzeitig das Geld nicht reiche, sein Hof ihm auch groß genug sei und er damit hinsichtlich der vielen Arbeit kaum zurecht käme. Es ist ihm dann auch ziemlich gut gelungen, sein in Wirklichkeit außerordentliches Interesse an dem Objekt zu verbergen.

Um nun aber in der Sache weiterzukommen, mußte er natürlich handeln und im Hintergrund Fäden spinnen, vor allem, als der Versteigerungstermin näher rückte. Er mußte den für ihn vertretbaren Wert des Objekts und einen verläßlichen Menschen finden, der an seiner Statt bot, denn er selbst durfte aus Gründen der Diskretion in dieser Funktion nicht in Erscheinung treten. Schließlich war es nötig, das Preislimit, welches er sich gesetzt hatte, bis zum Zuschlag des Auktionators für sich zu behalten. Bezüglich realistischer Preisvorstellungen hatte Opa in Erfahrung gebracht, daß von den wirklich ernstlichen Bietern nur der ihm wohl vertraute Jude Goldschmidt hoch bieten würde, um eine Hypothek, die auf dem Hof als Sicherung für einen Kredit von ihm lag, auszubieten. Was das konkrete Bieten betraf, so wollte sich der Opa natürlich eines Strohmannes bedienen, der in Pyrmont unbekannt und in ganz hohem Maße vertrauenswürdig sein mußte. Diese Voraussetzungen erfüllte sicherlich sein Schwager Heinrich Ludwig Tölle aus Humfeld. Er war der ältere Bruder der Holzhäuser Oma und in Humfeld Vollmeier und Bürgermeister, was ihn auch als soliden, klugen und gewandten Mann auswies. So trat die Pyrmonter Spar- und Leihkasse als Bieter auf, um ihre, an erster Stelle abgesicherten Kredite hereinzubekommen und dann kam Goldschmidts Hypothek und Opa ging davon aus, daß beide Beträge zusammen in etwa das Limit sein müßten. Er erwartete nicht, daß andere Interessenten darüber hinausgingen. Der Betrag, um den es sich handelte, lag bei etwa sechzigtausend Goldmark, was zu der damaligen Zeit ein ganz schöner Batzen Geld war. So waren am Tage der Versteigerung, im Herbst 1904, die drei wesentlichen Voraussetzungen für ein erfolgversprechendes Unternehmen gegeben: die Diskretion schien gewahrt zu sein, ein zuverlässiger Strohmann, den in Pyrmont niemand kannte, war da und die Preisvorstellung klar, so daß es an dem herbstlichen Vormittag losgehen konnte, nachdem Heinrich Tölle aus dem achtzehn Kilometer entfernten Humfeld auf dem Hofe in Holzhausen „zur Vorbesprechung" eingetroffen war. Vorzubesprechen war vor allem der Ablauf der Versteigerung und wo der Opa in dem Versteigerungslokal Platz nehmen und nicht besonders auffallen würde. Sein Sitzplatz sollte deutlich machen, daß er nicht Bieter, sondern nur Zuschauer sein müsse. Andrerseits mußte er so sitzen, daß Heinrich ihn gut sehen konnte, um Zeichen, die er zur Steuerung seines Schwagers geben müßte, auch einwandfrei von diesem erkannt würden. Denn da war vor allem ein Zeichen, auf welches Heinrich angewiesen war, nämlich das Preislimit. Dieses hatte unser Großvater aus reiner Vorsicht und nach einem seiner oft ausgesprochenen Grundsätze „was zwei wissen, weiß einer zuviel" auch seinem Schwager bei der Vorbesprechung nicht gesagt. Aber das Zeichen, welches man am Morgen verabredet hatte hieß, daß der Opa, wenn ihm das Limit erreicht zu sein schien, seinen Hut aufsetzen würde, und dann solle Heinrich noch einmal mit einem Betrag von „fuffzig" Mark ein letztes Gebot machen.

Der Auktionator nannte sein Anfangsgebot, welches zunächst in verhältnismäßig zügiger Weise von den verschiedensten Bietern hochgetrieben wurde. Auch Goldschmidt bot zunächst zögernd, dann öfters ebenso Heinrich Tölle, der wie viele andere Leute in dem Versteigerungsraum niemandem bekannt war. Als die Pyrmonter Spar- und Leihkasse ihre Darlehenssumme erreicht hatte, nahm ihre Aktivität, wie der Opa empfand ab, so wie langsam immer mehr Bieter „ausstiegen", zumal man schon bei über fünfzigtausend Mark war. Es boten nun nur noch drei Leute: der Jude Goldschmidt, ein anderer, den auch niemand kannte und Heinrich Tölle aus Humfeld. Als das Gebot sich nochmals erhöhte, verabschiedete sich auch der andere Fremde, so daß nur noch Goldschmidt und Heinrich Tölle boten, wobei Goldschmidt gerade achtundfünfzigtausend des Auktionators zustimmend quittierte. Nach dem Ausreizen der äußersten Frist, just bevor der Mann mit dem Hammer „zum Dritten" kam, erhöhte Tölle nochmals und nach einer Überlegungszeit überbot Goldschmidt mit fünfhundert Mark auf neunundfünfzigtausend. Das war nun der Moment an diesem Morgen für den bis dahin fast stumm und unauffällig dasitzenden Friedrich Drinkuth aus Holzhausen, den die Bauern in Plattdeutsch „Fritschen" nannten: Im entscheidenden Moment, rechtzeitig für Heinrich, setzte er in dem vor Spannung knisternden Versteigerungslokal und für die anderen etwas unmotiviert, seinen alten Hut auf, was auch der Auktionator sowie der Jude Goldschmidt nicht übersahen. Letzterer schien Böses zu ahnen, denn seine Gesichtsfarbe begann sich zu verändern. Sie wurde augenblicklich vollends weiß wie der Kalk an der Wand, als der letzte Unbekannte laut und vernehmlich in plattdeutscher Sprache zum Großvater gerichtet rief „Na, Fritschen, wiwe ün nun bammeln loaten?" - Totenstille war im Lokal, als der Opa sich leicht von seinem Sitz erhob, ohne richtig aufzustehen und seinen Schwager anwies: „Hannerich, denn noch fuffzich Mark!" Der Schwager bot die letzten „fuffzig" und nach dem „Zum ersten, zum zweiten und zum dritten" des Auktionators fiel dessen Hammer und Heinrich Ludwig Tölle aus Humfeld hatte Blanks Hof ersteigert und im gleichen Moment sein Gebot an den Landwirt Friedrich Drinkuth aus Holzhausen rechtskräftig abgetreten, während Goldschmidt ganz, ganz langsam begann, sich von seinem Schrecken zu erholen. Hätte Tölle nämlich nicht weiter geboten und Goldschmidt dadurch den Zuschlag erhalten, so hätte der den Hof abnehmen und natürlich unverzüglich die volle Summe auf den Tisch legen müssen. Das aber wollte und konnte Goldschmidt gar nicht, so daß er in erhebliche Schwierigkeiten gekommen wäre, woran es dem Opa aber gar nicht gelegen hatte. Er wollte nur, daß Goldschmidt aufhörte zu bieten und das hatte er erreicht. So ging dieser aufregende Tag für den Opa erfolgreich zuende. Dann aber wollten es natürlich alle im Dorf gewußt haben, daß Drinkuth den Blankschen Hof zu kaufen beabsichtigt hatte. Die Leute waren also auch damals schon immer schlauer, wenn sie „aus dem Rathaus heraus kamen".

In den folgenden Jahren einer verhältnismäßig ruhigen Entwicklung nahm der längst flurbereinigte Hof in Holzhausen mehr und mehr Form an und man startete als neues Konzept eine gewisse Diversifizierung der wirtschaftlichen Tätigkeit, indem durch Opas älteren und unverheirateten Bruder, den „Winnemonkel", eine Imkerei auf dem Hof eingerichtet wurde, die in ihrer größten Zeit über tausend eigene Bienenvölker umfaßte. Nachdem der Winnemonkel 1937 gestorben war, wurde die Imkerei vom Großvater sozusagen als Altersbeschäftigung weiterbetrieben, jedoch stark verkleinert. Zum Schluß, als der Opa schon an die neunzig Jahre alt war, pflegte er aber immerhin noch mindestens hundert Völker, wobei ihm Binders Lui, ein Zimmermann aus dem Dorf und als sozialdemokratischer Kommunalpolitiker „Ratsherr" in Pyrmont, tatkräftig half. So erinnere ich mich noch sehr gut an die Arbeit in der Imkerei, denn wir mußten als Kinder dem Großvater oft helfen, vor allem die Bienen mit Zuckerwasser füttern. Dabei haben wir ihm in den schlechten Zeiten des Kriegsendes und der unmittelbaren Nachkriegszeit vor allem den Zucker kiloweise gestohlen, um diesen auf primitivste Weise in sahnebonbonähnliches Zuckerwerk umzuwandeln oder auf dem „Schwarzen Markt" zu verhökern. Wir mußten auch bei der Vorbereitung helfen die Bienen zu verladen, um sie in die Gegend von Schwarmstedt in die Lüneburger Heide zu transportieren, wo die kleinen fleißigen Biesterchen in den Sommermonaten blieben. Dorthin wurden sie schon seit der Gründung der Imkerei vor dem ersten Weltkrieg gebracht. Man hatte deshalb bei einem Heidebauern ein Stück Land gepachtet, auf dem man ein einfaches, aber sehr stabiles „Bienenschauer" aufgestellt hatte. In diesem wurden die Bienenkörbe untergestellt. Wohlgemerkt Körbe, nicht die heute üblichen

Bienenkästen, die aus Strohringen bestanden, welche mit breiig angemachten Kuhfladen zum Schutz gegen schlechte Witterung bestrichen waren. Ein- oder zweimal bin ich mit dem Opa und Binders Lui in die Heide mitgefahren, was immer zu einem großen Erlebnis wurde.

Zunächst gestaltete sich die Bienenreise aus meiner Sicht schon zu einer riesigen Aktion, um den Transport der Bienen vorzubereiten, denn es waren durch die natürliche Generierung junger Bienenvölker im Sommer immer weit über dreihundert Bienenkörbe. Jeder mußte auf der unteren, offenen Seite mit quadratischen Leinentüchern, an deren vier Ecken große dicke, lange Stecknadeln waren, verschlossen werden. Das machte die Bienen schon etwas unruhig und sie summten einem deshalb ständig um die Ohren. Danach wurde der Lastwagen, ein Vorkriegsmodell mit Holzgasantrieb, mit den verschlossenen Bienenkörben beladen, wobei man immer noch von hunderttausend Bienen „umsummt" wurde. Es war inzwischen zehn Uhr abends, als man noch eine kleine Brotzeit machte und sich langsam auf die Reise begab: Opa, damals (1946) schon 85 Jahre alt, Binders Lui, der LKW-Fahrer und ich. Wir „vier Kameraden" saßen gemeinsam im Führerhaus und ratterten über die natürlich noch stark kriegsbeschädigten Straßen in Richtung Hannover und weiter in die Heide. Nördlich von Hannover wußte niemand mehr so recht den Weg, Straßenschilder gab es selten, Karten hatte man nicht, und zudem war es stockfinstere Nacht. Als Navigator agierte allein der Opa, der, wie ich den Eindruck hatte, nur nach „Gefühl und Wellenschlag" an den Kreuzungen entschied, ob nach links, geradeaus oder nach rechts zu fahren war. Langsam verließ uns die Dunkelheit der Nacht und wir begegneten nach Stunden dem ersten Menschen, der mit einem klapperigen Fahrrad auf dem Wege irgendwo zur Frühschicht zu strampeln schien. Opa gebot dem Fahrer anzuhalten, und Binders Lui wurde beauftragt auszusteigen, um den Menschen nach dem Weg zu fragen oder wenigstens zu erkunden, wo wir waren. Nach einigen Minuten kam er zurück und antwortete auf Opas Frage, wo wir denn seien, mit dem erlösenden „In der Gegend von Schwarmstedt!" Der Großvater hatte uns also aus langjähriger Erfahrung und wegen seines ausgezeichneten Gedächtnisses todsicher geführt und meisterte nun den letzten Teil der Strecke ebenso souverän. Im Morgengrauen kamen wir an unserem Standplatz an, wo das „Immeschauer" (Imme, plattdeutsch für Biene und Schauer, plattdeutsch für Schutzdach oder offener Schuppen) seit fünfzig Jahren stand. Zügig mußten die Bienenkörbe entladen und der verschließenden Tücher sowie Moos-Stopfen in den Ausfluglöchern entledigt werden, bevor die Sonne aufging. Es war ein unvergeßlicher Junimorgen in der stillen Einsamkeit dieser traumhaften Heidelandschaft zwischen Dämmerung und Sonnenaufgang.

Nachdem wir mit allem fertig waren, fuhren wir zu dem Heidebauern, auf dessen Besitz das Immeschauer stand, frühstückten dort nach herzlicher Begrüßung und bei interessiertem „Vatellen" (Erzählen). Danach ging es nach Holzhausen zurück und es war klar für mich vierzehnjährigen Knaben, daß ich nach den acht bis zwölf Wochen, in denen die Bienen dort waren, wieder mitfuhr, um sie auch abzuholen. Dazu fuhren wir mit dem Zug einen Tag früher in die Heide, da das „Abbaumen" einschließlich des Verkaufs eines kleinen Teils schönen Wabenhonigs, Reparierung des Immeschauers und vieler anderer Notwendigkeiten mehr doch einige Zeit erforderte. Wir waren deshalb am Vorabend dorthin gefahren und hatten bei dem Heidebauern in dessen guter Fremden-Schlafstube übernachtet, was ebenfalls in unvergeßlicher Erinnerung blieb: Es handelte sich um eine Stube mit schräger Mansardendecke, zwei großen Betten, jedes mit dickem Unterbett und noch dickerem Oberbett voll dicker Federn. Unter dem Bett für jeden ein großer Nachttopf und sonst ein schwerer, aber wunderschöner eichener Kleiderschrank nebst obligatem Waschtisch mit „Kumme" (Waschschüssel), in der natürlich kaltes Wasser war. Alles auf kiefernem Dielenfußboden und auf den Nachttischen als Lichtquelle eine Kerze im Halter wie bei der „Darmol-Werbung"! Das Abendessen, der erquickende Schlaf und das schon bekannte Frühstück am nächsten Morgen sind als sentimentale Sehnsucht nach einer lange verflossenen Zeit in lebhafter Erinnerung geblieben.

Wir sind wieder zurück auf dem Hof, wo sich das tägliche Leben in relativ normalen Bahnen und gemäß Zarathustras „ewiger Wiederkehr des Gleichen" vollzog. Dieses Landleben war gekennzeichnet durch einen harten und langen Arbeitstag infolge der weiter fortgeschrittenen Diversifizierung, insbesondere durch eine neue „Dienstleistung", die man mittlerweile entwickelte: In dem aufstrebenden Kurbad Pyrmont hatten sich mehr und mehr Gasthöfe, Pensionen und Hotels etabliert, einige bestanden aber schon über hundert Jahre und hatten längst ein großes Renommee. In den Küchen dieser Häuser fiel eine Menge Abfall an, der auf dem Hof bestens zur Schweinemästerei gebraucht werden konnte. Außerdem mußten die Häuser die Produkte menschlicher Entsorgung loswerden, und der Opa sah hier hervorragende Möglichkeiten, den Düngerbedarf für seinen Hof kostengünstig zu decken. So entwickelte man einen „Gastronomie-Service", wie man heute sagen würde und fuhr jeden Morgen, den Gott werden ließ und egal ob es regnete, schneite oder trocken war, ob man auf dem Felde viel oder wenig zu tun hatte, ob Leute da waren oder nicht, die Küchenabfälle, die „Wäsche" genannt wurden, ab. Ebenso regelmäßig, aber morgens noch eine bis zwei Stunden früher, wenn auch nicht an jedem Morgen, wurden die Fäkaliengruben der Hotels geleert und entweder direkt auf die Felder gebracht oder auf dem Hof in einem besonderen Silo zwischengelagert. Dabei war dieses Leeren der Gruben eine ganz besondere Aktion: Das mußte morgens sehr früh geschehen - zwischen drei und fünf Uhr - um bei dieser duftenden Arbeit nicht mit den feinen Gästen in Berührung zu kommen, zumal die Gruben der Etablissements in den meisten Fällen ganz schlecht anzufahren waren, so daß man bei der Entsorgung sehr oft gezwungen war, die Schiete durchs Haus zu transportieren. Dazu bediente man sich spezieller dicker und besonders an den Verbindungsstellen absolut luftdichter Schläuche, die jedesmal durch die Korridore zu verlegen waren. Spezielle Pumpen saugten die Gruben dann ab. Dabei mußte alles, das Verlegen der Schläuche, das Abpumpen und die Demontage der Schläuche in Windeseile und absolut geräuschlos vor sich gehen, ein nicht zu bagatellisierendes logistisches Problem, was besonders kritisch wurde, wenn einmal trotz aller Vorkehrungen ein Schlauch undicht wurde oder sich eine Verbindungskupplung löste und die ganze Soße auf den Korridorteppich lief! Das war dann schon eine wirklich Sch..., die zu dramatischen Szenen führte, wenn gerade in dem Moment eine „Herrschaft" über den

Korridor kam, um das Etagenklo aufzusuchen. Man muß sich vorstellen, daß die Männer des Drinkuthschen Services keine, heute überall üblichen, Verhaltenstrainings genossen hatten, so daß es auf den Korridoren gelegentlich zu erregten Wortwechseln kam, insbesondere wenn die Notsituation schwer unter Kontrolle zu bringen war. Man kann sich heute kaum noch ein Bild davon machen, was auf diesem Hof gemacht wurde, um „voran" zu kommen.

Übrigens bot in Pyrmont in dem Maße nur der Drinkuthsche Hof diesen Service an, weil die anderen Bauern dazu entweder wenig Lust hatten, was verständlich wird wenn man bedenkt, daß sie gewöhnlich über keine oder nur wenige Hilfskräfte verfügten oder absolut nicht in der Lage waren, die erforderliche technische Ausrüstung vorzuhalten. Mit der Kanalisation Pyrmonts in den zwanziger Jahren nahm der Gruben-Entsorgungs-Service sein Ende, während die Wäsche-Abfuhr bis in die fünfziger Jahre betrieben wurde, wobei wir drei Jungen dabei gelegentlich mitmachen mußten, sei es, um die Tonnen zu reinigen oder den Pferdewagen zu fahren.

Das erste Jahrzehnt dieses 20. Jahrhunderts ging relativ geordnet dahin, wenn auch mit stets neuen Aktivitäten, bis der „Erste Weltkrieg" jeglicher Normalität ein Ende setzte. Bis dahin war auf dem Hofe das „junge Volk", die vier Kinder meiner Großeltern, groß geworden. Diese Kinder waren mein Vater Fritz, mein Patenonkel Heinrich, der andere Patenonkel Wilhelm und Tante Gustchen (Auguste). Als der erste Weltkrieg ausbrach, waren diese einundzwanzig, siebzehneinhalb, dreizehn und elf Jahre alt. Mein Patenonkel Heinrich, der sich sofort dem Kriegsabitur unterzog sowie mein Vater meldeten sich als Kriegsfreiwillige, machten vom ersten bis zum letzten Tag den Krieg mit und kamen, wenngleich Onkel Heinrich mehrfach verwundet, doch lebend wieder heim, wodurch eine unvergleichlich sorgenvolle Zeit für meine Großeltern zuende ging. Nach dem Krieg wurde mein Vater auf dem elterlichen Hof mitverantwortlich tätig, während sein jüngerer Bruder Heinrich mit dem Studium begann. Zunächst studierte er Landwirtschaft in Göttingen, brach das aber ab, weil er sich zur Juristerei hingezogen fühlte. Beiden jungen Leuten fiel der Einstieg in das bürgerliche Leben nicht leicht, insbesondere Heinrich nicht. Die Studienzeit wurde auch nicht leichter, als 1924 die Mutter starb. Der jüngere Bruder Wilhelm, der inzwischen in München Ingenieurwissenschaften studierte und ein begeisterter Verbindungsstudent bei den Münchener Schwaben, einem Corps des „Weinheimer Senioren-Convents" war, hielt sich naturgemäß nur in den Ferien zu Hause auf, so daß neben meinem Vater nur noch die Schwester „Gustchen" da war. Sie versuchte nach besten Kräften die „Männerwirtschaft" zu versorgen. Ich sage versuchte, denn Gustchen war gerade einundzwanzig, als ihre Mutter starb und hatte sicherlich oft etwas anderes im Kopf als Hauswirtschafterin auf dem großen Hof und bei den vielen Männern zu sein.

So gingen die Jahre auf dem Hof dahin, auch gekennzeichnet durch die politischen Nachkriegswirren sowie die Weltwirtschaftskrise mit der ersten großen Inflation. Zurechtzukommen war die Devise und Pläne machen für bessere Zeiten aufzuheben. Ein ganz wesentlicher anderer Grund für die Stagnation war natürlich der Unfalltod meiner Großmutter. Wie täglich oft mehrmals und seit Jahrzehnten ging sie auf den Heuboden über den Viehstallungen, um von dort Futter für das Vieh zurecht zu machen oder irgend etwas zu holen. Aber an diesem späten Januarabend stürzte sie durch die Luke auf den fünf Meter tieferen Boden der Viehstalldiele. Sie war sofort tot. Warum und wie das passieren konnte ist rätselhaft geblieben. Ich habe auch dazu erklärende, aber nie überzeugende Kommentare gehört, weder von meinem Vater, noch von seinen Geschwistern, noch vom Opa.

Die ersten fünfzig Jahre nach der Inbesitznahme des Hofes in Holzhausen durch Dönken gingen dem Ende entgegen, als meine Eltern 1928 heirateten, mein älterer Bruder im Jahr darauf geboren und sich im Frühsommer 1931 „mein Erscheinen" ankündigte. Wenngleich ich auf meine Familie, meine Abstammung und meine Vorfahren später noch eingehe, möchte ich aus gutem Grund an dieser Stelle schon einmal etwas zu meinen Eltern vorausschicken. Dabei ist von unserem Vater schon etwas gesagt und ich will nur hinzufügen, daß er fünfunddreißig Jahre alt war, als er die siebenundzwanzigjährige Luise Pfingsten aus Algesdorf in der Nähe von Bad Nenndorf ehelichte. Aus Opas Sicht war es höchste

Zeit gewesen, daß der Hoferbe das Flattern von Rose zu Rose beendete, was der Großvater ohnehin schon seit Jahren zum Teil mißbilligend betrachtet hatte. Nicht, daß mein Vater ein Frauenheld oder dergleichen war und ein sogenanntes „bewegtes Leben" führte, im Gegenteil. Aber es gab hin und wieder Damen, die seine Aufmerksamkeit auf sich zogen oder umgekehrt. Schließlich war Fritz Drinkuth ein stattlicher junger Mann und keine schlechte Partie. Und gerade das war es, was den Vater, unseren Großvater, beunruhigte. Er befürchtete, daß sein Sohn, der schließlich Landwirt war und einen großen Hof bewirtschaften mußte, nicht eine „passende" Frau bekam, ohne die die Bewältigung der fraulichen Hofaufgaben undenkbar war.

Und so machte sich eines Tages der inzwischen schon auf die „Siebzig" zugehende Vater persönlich auf, um für seinen Sohn eine Frau zu suchen von der man annehmen mußte, daß sie die richtige sein könnte. Erneut entwickelte er mit klarem Blick für das Wesentliche und zu einem ziemlich richtigen Zeitpunkt eine Initiative von weittragender Bedeutung: Von Freunden oder weitläufigen Verwandten hatte er den Hinweis auf einen „Kollegen" in jenem Algesdorf bekommen, der ein hervorragender Landwirt mit einem Tophof sein sollte und dazu noch über zwei hübsche heiratsfähige Töchter verfügte. Wie der Kontakt zustande kam, was gesprochen wurde und wie man „verblieb", weiß ich natürlich nicht, aber jedenfalls lernten sich daraufhin Vati und Mutti kennen, schätzen und lieben, was dann schließlich und ganz kurze Zeit, nachdem unser Vater ein angeblich bestehendes Verlobungsverhältnis mit der Schwester vom „Suppenkrüger" in Pyrmont gelöst hatte, zur Hochzeit von Fritz und Luise führte. Auch diese Geschichte von dem Intermezzo mit der Suppenkrüger-Schwester war mir immer ziemlich unklar und macht es erforderlich, sie auf ihren Wahrheitsgehalt hin zu überprüfen. Mir scheint, daß sie von der Suppenkrüger-Sippe in dieser Form in die Welt gesetzt worden ist, weil diese nicht sonderlich erfreut war, als Luise Pfingsten auftrat und die Suppenkrügers einsehen mußten, daß ihre Felle bei Fritz Drinkuth davon schwammen.

Jedenfalls hat die wohl wichtigste und zugleich letzte Großtat des Opas zu einem, für den Hof und meine Familie, entscheidenden Ereignis und zugleich zu einer Ehe geführt, die vernünftig, glücklich, von gegenseitiger Achtung, von Liebe sowie vor allem von bedingungsloser Verläßlichkeit und Treue geprägt war. Sie durfte vierzig lange Jahre andauern, bis der Tod meines Vaters im Sommer 1968 dieser Zweisamkeit ein Ende setzte. Und wenn ich zurückschaue, dann weiß ich nicht, ob ich für mein Leben meinem Großvater oder meinen Eltern dankbarer sein soll, denn was wäre geschehen, wenn nicht Luise Pfingsten, sondern die Schwester vom Suppenkrüger meine Mutter geworden wäre? Ohne sentimental werden zu wollen, meine ich, daß das Ereignis von 1928 eine Sternstunde für mich, unsere Familie und den Pyrmonter Hof, mein *hortus conclusus* gewesen ist.

IV.

Auf der Bühne dieser Welt soll ich ja mit einem Startgewicht von zwölf Pfund erschienen sein, was ich nicht recht glauben möchte und annehme, daß die Waage, mit der man dieses festgestellt haben will, wahrscheinlich nicht so genau ging, was bei den „Präzisionsgeräten“ auf einem Bauernhof schon einmal vorkam. Und ich habe auch noch nie von einem solchen Startgewicht bei Neugeborenen gehört. Aber wie dem auch sei, es wurde stets davon geredet und deshalb will ich es trotz meiner Bedenken annehmen. Es hat aber nicht sehr lange gedauert, bis ich ein, meinem jeweiligen Alter sowie meiner demgemäßen Größe entsprechendes normales Gewicht bekam, welches sich nach dem Erwachsensein bis zu meinem fünfzigsten Lebensjahr nicht änderte. Dann nahm mein Gewicht um ein paar Kilogramm zu, was aber, wie ich mir selbstberuhigend sage, wohl altersbedingt ist und zudem auch keinen Anlaß zur Beunruhigung gibt.

In meinen ersten Lebenswochen hatte ich neben meiner Mutter und den gelegentlichen Visiten meines älteren Bruders sowie der sonst mich in Augenschein nehmenden und um mich besorgten Besucher, in unmittelbarer Nähe ständige Gesellschaft meines Vaters. Dieser lag damals wegen einer schweren Gelenkrheumatismus-Erkrankung lange Zeit zu Bett. Unser Kinderzimmer schloß sich direkt an das Elternschlafzimmer an, so daß er mich auf jeden Fall immer hören konnte. Gottlob erholte sich mein Vater nach einiger Zeit wieder, wodurch ich dann weniger Gesellschaft und endlich meine Ruhe hatte.

An den Verlauf der weiteren Monate und ersten Jahre erinnere ich mich natürlich nicht mehr. Aber vermutlich vollzogen sie sich ohne besondere Vorkommnisse, bis im April 1934 mein Bruder Wilhelm auftauchte, um Fritz und mir nun Gesellschaft zu leisten. Die Freude auch dieses Ereignisses war groß, wenngleich sich meine Eltern, wie eigentlich schon bei meinem Herannahen, sehr ein Mädchen „gewünscht“ hatten. Aus heutiger Sicht hätte ich mir das auch gewünscht. Aber nun war es wieder ein dennoch willkommener Junge, mit dem dann aber die Familienplanung dieser Generation auf dem Hofe offenbar abgeschlossen wurde.

Wir waren also nun zu dritt, alle in mehr oder weniger gleich guter allgemeiner „Form“, äußerlich natürlich unterschiedlich, Fritz mehr nach dem Vater, Wilhelm und ich mehr nach der Mutter, vielleicht aber auch umgekehrt - ich habe dafür nicht den richtigen Blick. Fritz und ein wenig auch Wilhelm hatten rötliches bis rotblondes Haar, während ich ganz hellblond war. Wir wuchsen heran, wobei anfangs Fritz mich „bewachte“, dann bewachten Fritz und ich Wilhelm und schließlich bewachten wir uns gegenseitig, wobei bewachen eine Mischung aus aufpassen, beschäftigen und leiten oder gelegentlich kommandieren oder „maßregeln“ war. Dabei gab es selbstverständlich die natürliche „Hackordnung“, die aber in gewisser Weise von einer anderen, einer von Dritten geprägten „Präferenzfolge“ überlagert wurde: Fritz war als ältester, Erstgeborener und gesetzlicher Hoferbe ohne jede Frage der „Wichtigste“ - in dem Sinne, daß wir alle gleich und gleich wichtig waren, aber er galt als der Gleichere und der Wichtigere - dann folgte aus meiner Sicht Wilhelms Wichtigkeit, weil der ja der Kleinste war und ihm somit ganz besondere Aufmerksamkeit gebührte. Ich war also in der Mitte, brauchte nicht so wichtig genommen zu werden wie Fritz und benötigte nicht so viel Aufmerksamkeit wie Wilhelm. Das war so, es wurde natürlich gar nicht thematisiert, man praktizierte das ganz unbewußt so, es war selbstverständlich und dabei schien keiner offensichtlich oder absichtlich „zu kurz“ zu kommen. Ich sage „schien“, denn in Wirklichkeit kam ich zumindest auf lange Sicht zu kurz, eben als „nicht so wichtiger Mittlerer“.

Ich habe kaum konkrete Erinnerungen an meine frühste Kindheit der ersten drei bis vier Jahre, außer, daß ich gern oder am liebsten auf dem Hof zu Hause und am liebsten draußen war und vor allem bei denen, die da etwas machten. Unter „machen“ muß ich vorwiegend „handwerkern“ verstanden haben, was die Knechte, der „Winnemonkel“, der Opa und der Vater auf solch einem Hof dauernd taten. Es gab überall immer irgend etwas zu reparieren, draußen an den Wagen oder Maschinen, an den Gebäuden oder dergleichen Dingen. Und dann stellte ich mich dazu in meinem kindlichen Aufzug und normalerweise mit einer kleinen Schürze, um wenigstens den gröbsten Schmutz von meinem sonstigen „outfit“ fern zu halten. Ich stand also in meiner Schürze daneben, das Bäuchlein etwas

′rausgestreckt, die kleinen, dicken Pfötchen tief in der Tasche vergraben und beobachtete genau, was die da machten und wie sie es machten. Auch hörte ich natürlich genau zu, was die sagten und war besonders begierig, Schimpfereien, Flüche oder so etwas außergewöhnliches zu hören, um dann unverzüglich zu meiner Mutter zu laufen und ihr davon zu berichten. Meine Mutter schickte mich dann wieder ′raus mit dem Auftrag zuzuhören, ob vor allem Vati wieder „solch ein böses Wort" sagt. Da er das natürlich relativ selten sagte und ich dementsprechend lange darauf warten mußte, war meine stets außerordentlich beschäftigte Mutter mich immer wieder für eine Weile los.

Aber nicht nur immer auf dem Hofe dabei zu sein, war ein großes Bedürfnis meiner frühen Kindheit, sondern auch mitgehen oder noch lieber mitfahren wollte ich immer, wenn sich eine Gelegenheit bot. So bin ich einmal mit meinem Vater - ich muß etwa vier Jahre alt gewesen sein - auf einem Einspänner-Wagen mit kleiner Ladefläche hinter dem Sitz mit nach Pyrmont gefahren. Vater hatte dort verschiedenes zu tun und wollte vor allem zum Kinderheim „Friedrichshöhe" irgend etwas bringen. Ich saß links neben meinem Vater auf der bequemen Sitzbank des Wagens, die „Ninon", ein bildschönes und edles Pferd mit Araberblut, welches Vati seinerzeit vom Rennplatz weg gekauft und mit der er Großes vorhatte, war angespannt. Die Fahrt ging, nachdem wir unter den kritischen und ob meiner Mitfahrt nicht ganz begeisterten Augen meiner Mutter den Hof in moderatem Schritt verlassen hatten, in leichtem Trab nach Pyrmont. Zuerst zu „Friedrichshöhe". Wir fuhren durch die Toreinfahrt in den kleinen Park vor dem Hauptportal ein und hielten vor diesem an. So stand die Ninon mit dem Wagen, auf dem ich saß, vor dem Portal von „Friedrichshöhe", die Leine ordnungsgemäß an der Handbremse festgebunden, während mein Vater die hintere Wagenklappe öffnete, die Sachen entnahm und ins Haus brachte. Als alles erledigt war, kam er zum Wagen zurück und schlug hinten mit etwas zu großer Vehemenz die Klappe zu. Dieses Geräusch erschreckte die araberblütige Ninon und noch ehe mein Vater reagieren konnte, nahm sie mit mir auf dem

„Bock“ (Kutscherbank) in vollem Galopp reißaus, preschte in elegantem Bogen aus dem kleinen Park und sicher durch die Eingangspforte auf die Bismarckstraße in Richtung Stadtmitte. Die Straße hatte ein starkes Gefälle. Ich war inzwischen von meinem Sitz heruntergefallen und lag auf dem hinteren Ende der Deichsel. Im Stechtrab bis im Galopp ging's weiter und nach wenigen Minuten fiel ich von der Deichsel vor das linke Vorderrad auf die Straße und wurde im nächsten Moment von dem Rad und möglicherweise auch dem linken Hinterrad an meinem rechten Oberschenkel überfahren. Da lag es nun überfahren auf dem Straßenpflaster, das arme „Heinemückelchen“, das sicherlich schrecklich schrie. Aber ob Geschrei oder nicht, die Menschen am Straßenrand erlebten das hauteng mit und „erbarmten“ sich natürlich meiner, bis nach wenigen Augenblicken auch schon mein ganz entsetzter Vater da war und mich in seine Obhut nahm. Andere Leute holten ganz schnell eine Autodroschke herbei und Vati sauste mit mir zu unserem Hausarzt, Doktor Adrian Schücking. Dieser diagnostizierte zur Beruhigung meines Vaters eine Prellung mit Schürfwunden am Oberschenkel, bandagierte diesen kräftig und ordnete Bettruhe sowie die Stillegung des Beinchens mittels rechts und links von diesem angeordneten Sandsäcken an. Er brachte mich mit meinem Vater in seinem Auto persönlich nach Haus, vor allem, um meine fast zu Tode erschrockene Mutter zu trösten, daß dem „Kerlchen“, wie er uns immer nannte, nichts Schlimmes passiert sei.

Meiner Mutter, zwar ohne genau zu wissen, was sich ereignet hatte, war natürlich klar, daß irgend etwas bei der Fahrt passiert sein mußte, denn inzwischen war die Ninon auch wieder auf dem Hof - fast so nackt, wie der liebe Gott sie geschaffen hatte. Sie war nämlich in flottem Trab, der schließlich in einen Galopp überging durch Pyrmont gefegt, zunächst noch mit dem Wagen hinter sich. Dieser löste sich aber nach jeder Straßen- oder Häuserecke, die „rasiert“ wurde mehr und mehr auf, bis daß Wagen und Geschirr in „Granatenfetzen“ waren, wie immer gesagt wurde. So kam das Pferd also ganz „erleichtert“ und in mittlerem Trab und unversehrt auf dem Hof an, und die Leute gewahrten Ninon vor dem Futtertrog ihrer Boxe.

Nun lag ich da ja in meinem Bettchen und schlief inzwischen, an meinem linken Daumen nuckelnd, während ich mit den übrigen vier Fingern in den rechten Schlafanzugärmel gegriffen hatte und mit dem Näschen den Ärmelrand „beschnüffelte". So lag ich da und unmittelbar, nachdem ich aufwachte, befreite ich mich von meinen Sandsäcken. Immer wieder und von allen lieben Leuten, die an mein Bett kamen, wurden die Sandsäckchen erneut richtig positioniert - bis ich sie wieder fortstrampelte. Das ging so einige Tage bis eine Woche, dann hatte ich nur noch den festen Bandageverband um den Oberschenkel und war damit noch etwa drei Wochen im Bett, um danach für einen Moment, dann für etwas länger aufzustehen und etwas herumzuhumpeln. Ich machte aber relativ schnell weitere gute Fortschritte und nach einiger Zeit war der „Zwischenfall" zunächst einmal vergessen. Erst nach ungefähr einem Jahr fiel meinen Eltern oder den Leuten auf dem Hof auf, daß ich immer den Kindern, mit denen ich spielte, hinterher lief, von diesen sozusagen immer „abgehängt" wurde. Und dann wird eines Tages bemerkt, daß ich sogar das rechte Bein etwas nachzuziehen schien.

Diese Beobachtungen waren dann natürlich Anlaß für eine umgehende sorgfältige Untersuchung, die ergab, daß bei dem Sturz das Bein nicht geprellt, sondern gebrochen und dann bei der „Sandsack-Behandlung" schief angewachsen war! Zur Therapie wurde ich unversehens ins „Anna-Stift", eine als „Krüppelheim" bezeichnete Unfallklinik, nach Hannover gebracht, wo das kleine Beinpfötchen neu „gebrochen" und sodann gerichtet wurde. Statt in die Schückingschen Sandsäcke, wurde ich mit beiden Beinen und bis zum Bauchnabel in Gips verpackt (das Nageln von Knochen kannte man damals natürlich noch nicht) und zwölf Wochen im „Anna-Stift" belassen. Die „Eingipsung" wurde selbstverständlich und ordnungsgemäß in gewissen Abständen entfernt und neu wieder angelegt, wobei der Gips von Mal zu Mal weniger wurde. Dennoch war diese Korsage nicht besonders toll, vor allem wenn sich durch Unebenheiten der Gipsdecke oder durch kleine Gipskörnchen, die irgendwie zwischen Gips und Haut kamen, Wundstellen bildeten, die weh taten. Vor allem aber war der relativ lange Krankenhausaufenthalt nicht die große „Erfüllung", obwohl ich doch hin und wieder Besuch bekam. Aber mehr als hin und wieder konnte kein Besuch kommen, denn die Fahrt von Pyrmont nach Hannover war doch ziemlich zeitraubend und ein Auto hatten wir meines Wissens damals nicht. Aber an all das glaube ich mich noch heute ziemlich genau zu erinnern, vor allem an einen Besuch der „Habrihäuser", der angeheirateten Verwandtschaft von Mutters Bruder Heinrich in Algesdorf. Die hatten mir ein so riesiges Paket voller Süßigkeiten mitgebracht, daß wir in dem Krankenzimmer, in dem ich mit etwa fünf bis sechs anderen Kindern lag, für vierzehn Tage Vorrat hatten, der natürlich von den Schwestern ökonomisch verwaltet wurde.

Soweit die Geschichte von dem Beinbruch, den der „Onkel Doktor" Adrian Schücking dummerweise als Prellung diagnostiziert hatte. Das veranlaßt mich nun noch etwas zu diesem ansonsten sehr netten Hausarzt zu sagen. Denn Adrian verstand viel von Pferden und von seiner Hobby-Reiterei. Und so schien Adrian manchmal weniger ein Arzt, als vielmehr ein Reitersmann zu sein. Ein Herrenreiter von eindrucksvoller Gestalt, elegantem Äußeren und feiner Erziehung und Bildung, wenn es ihm gelegentlich auch an hinreichend viel Einfühlungsvermögen zu mangeln schien. Dafür hatte er ein ansehnliches Geldvermögen und besaß eine großartige Villa im neuklassizistisch-italienischen Stil in bevorzugter Lage Pyrmonts, unmittelbar am Kurpark. Er hatte auch Grundstücke und Ländereien, die er von seinem Großvater und Vater geerbt hatte. Ein großes Stück Ackerland vor dem Kurpark, welches an unsere Ländereien angrenzte, hatten wir von Schücking gepachtet, so daß sich mein Vater schon allein deshalb veranlaßt sah, ihn als Hausarzt stets gerne in Anspruch zu nehmen. Adrians Großvater war übrigens der Schriftsteller Levin Schücking, der von 1814 bis 1883 lebte und durch Vermittlung von Annette von Droste-Hülshoff, mit der er befreundet war, Bibliothekar auf der Meersburg wurde. Er war zuerst Schriftleiter irgendeiner Literaturzeitschrift, schrieb Novellen und Romane, meist über den Adel und die Bauern seiner westfälischen Heimat und arbeitete später als Journalist für bekannte Zeitungen der damaligen Zeit.

Doch nun zu dem, was man von Schückings ärztlichem Engagement erzählte: Eines Tages wurde Adrian während seiner vormittäglichen Praxis zu einer Entbindung in ein Nachbardorf gerufen. Froh, die Alltäglichkeit seiner Praxis unterbrechen zu können, setzte er sich in sein Auto und fuhr in die Richtung des besagten Nachbardorfes. Auf halbem Wege sah er am Straßenrand Zigeuner mit einigen Pferden lagern und es war klar, daß es Pferdehändler waren, deren „Material" Adrian natürlich brennend interessierte. Er hielt an, besah alle Pferde genau, ritt das eine oder andere zur Probe, fing an zu handeln und wurde nach längerer Zeit - vielleicht nach ein oder zwei Stunden - mit den Zigeunern handelseinig. Er bezahlte aus der „Westentasche" und ritt, sein Auto dort stehenlassend, stolz wie ein Spanier zurück zu seiner Villa und Praxis. Dort angekommen, fragte natürlich seine Sprechstundenhilfe zuerst nach dem Verlauf der Entbindung, worauf Adrian kaum entsetzt nur etwas betreten antwortete, „Donnerwetter, die habe ich vergessen"! - Ja, das war mein „Leibarzt" der frühen Jahre.

Aber da war noch eine ganz amüsante Geschichte von Adrian und von unserem Großvater. Dabei ist Adrian als Ausgangspunkt der Story aber nur eine Nebenfigur auf dem Pferdemarkt in Willbarsen, was irgendwo im Lippischen an der Bahnlinie Hameln-Lage-Bielefeld liegt. Zu diesem, in der Gegend berühmten Pferdemarkt im Herbst nach der Ernte, strömte alljährlich alles an Bauern und Pferdenarren, was Zeit und Beine hatte. So auch unser Opa und ebenso Adrian Schücking. Wenn nicht mit dem Kutschwagen, so fuhr man mit der Bahn und unser Opa als sparsamer und vorsichtig disponierender Mann kaufte für die Reise nach Willbarsen stets nur eine einfache Fahrkarte und keine Rückfahrkarte, weil er nicht ausschloß, dort jemanden mit Pferd und Wagen aus unserer Gegend zu treffen, mit dem er zurückfahren konnte. So hatte er auch diesmal wieder nur „einfach gelöst", als er zu Ende des Markttages Adrian Schücking traf, der dort gerade wieder ein Pferd gekauft hatte und mit diesem Vierbeiner natürlich heimreiten wollte. Er fragte den Opa, ob er schon eine Fahrkarte habe, was dieser verneinte. Schücking bot ihm an, seine zu nehmen, was der Jrossvatter gern tat, zumal es sich um eine Fahrkarte für die erste Klasse handelte. Mit verbindlichem Dank verabschiedete sich Drinkuth vom Doktor und begab sich am Ende des Markttages zum Zug wie die meisten Besucher. Da die Zeit schon fortgeschritten war und der Zug in Kürze abfahren sollte, rief der Stationsvorsteher oder wie man sagte, der „Mann mit der roten Mütze" und ein ausgedienter „Zwölfender" mit lauter Stimme den herantrabenden Bauern ziemlich herrisch und unwirsch zu, sich zu beeilen. Unwirsch war bei den Zwölfendern, die nach ihrer zwölfjährigen Militärzeit meist zur Bahn oder zur Polizei gingen, das Normale und war besonders ausgeprägt, wenn sie es mit diesen „auswärtigen" Bauern zu tun hatten, die zudem ja auch nur vierter Klasse fuhren. Das entspricht nach heutigem Komfortbegriff in etwa einem Viehwagen mit Sitzbänken. Die Schreierei des Stationsvorstehers ließ Fritz Drinkuth aus Holzhausen bei Bad Pyrmont, zumal im Vollbesitz seines „Erster Klasse Billetts" völlig unbeeindruckt und er bewegte sich im Gegensatz zu seinen, neben ihm vorbei rennenden Kollegen, in majestätischer Würde und gemessenen Schrittes in Richtung Zug, wobei er seine eilenden Kollegen fast verlor. „Ei, Kerl", schrie ihn der Mann mit der roten Mütze an, „das gilt auch für Dich, Beeilung, Beeilung, Mann!" Drinkuth blieb unbeeindruckt, auch noch, als er nun langsam in die unmittelbare Nähe des Stationsvorstehers kam, alle Bauern längst im Zug waren und der „Bauernbändiger" gerade die Pfeife in den Mund nehmen wollte, um den Zug trotz oder gerade wegen dieses letzten bockbeinigen, unverschämten Kerls, abfahren zu lassen. Doch gerade als er in die Pfeife zu pusten ansetzte, sprach ihn der Großvater, mit der linken Hand in seine Westentasche nach dem Billett greifend, würdevoll erhobenen Hauptes sehr höflich mit der Frage an: „Mein Herr, wo ist bitte die „Erste Klasse?", wobei er ihn des inzwischen habhaft gewordenen Billetts ansichtig werden ließ. Der größte Teil der längst im Zug sich drängenden und aus den Fenstern gaffenden Bauern beobachtete die Szene, was den Opa natürlich erfreute, besonders als mittlerweile der völlig überraschte, aus der Fassung geratene und von preußischem Drill zum echten Untertan sich mutierende Stationsvorsteher nach militärischer Art Haltung angenommen hatte. Mit hochrotem Kopf legte er die Hand mit tiefer Verbeugung an die Mütze, antwortete endlich auf Opas Frage, wo denn die „Erste Klasse" sei, geleitete ihn dorthin, riß die Außentür des Coupés auf und verabschiedete sich mit dem untertänigsten Gruß für eine gute Reise, was Drinkuth wohlwollend und höchst befriedigt quittierte.

Nach dem erwähnten Unfall erholte ich mich bald zu der alten Form, in der ich mit den Spielkameraden wieder mithalten konnte, so daß mein kindlich verspieltes Leben in der Großfamilie auf dem Hofe seinen gewohnten Fortgang solange nehmen konnte, bis ich ein Jahr vor Kriegsbeginn in die Volkschule mußte. Vorher aber war im Jahre 1937 siebenundachtzigjährig der „Winnemonkel" gestorben, woran ich mich direkt nicht mehr erinnere, doch indirekt an ihn selbst insofern, als wir bei Tisch nicht mehr auf Winnemonkels „Schnurrbartstasse" zu achten brauchten. Das war eine große Kaffeetasse, etwa mit einem französischen „Bol" vergleichbar. Aus dieser Schnurrbartstasse wollten wir immer so gern trinken, was Mutti aber nicht wollte - vielleicht weil sie meinte, daß das doch nicht so ganz hygienisch wäre, wenn sie der Winnemonkel, der eben den kräftigen Schnurrbart trug, benutzt hatte. Aber vielleicht wollte sie das auch deshalb nicht, weil sie befürchtete, die große Tasse würde uns aus unseren kleinen Pfötchen fallen und dann war sie nicht einfach durch eine andere Tasse aus der ansonsten reichlich vorhandenen und vielfältigen Küchenausstattung zu ersetzen. Außer der Schnurrbartstasse erinnert mich auch noch anderes an den Winnemonkel, der für den Opa die entscheidende Stütze und in gewisser Weise auch der ruhende Pol auf dem Hof gewesen war. Ihn zeichnete eine stattliche und kräftige Gestalt aus, stets „ordentlich" gekleidet und von freundlichem und verbindlichem Wesen. Auf dem Hof galt er als eine Art „Libero", nicht nur weil er alle anfallenden Arbeiten und Aufgaben beherrschte - von den einfachsten Reparaturen bis zu den speziellsten Fragen der Land- und Viehwirtschaft. Zudem war er neben seiner Ausgeglichenheit auch absolut zuverlässig und sein ganzes Interesse galt nur dem Hof - sonst war er „vom Weltlichen" ab. Er hatte zwar manches Interesse und erfreute sich an vielen Dingen, die ihn umgaben und die er sich gönnte.

Sein Ledigsein rührte daher, daß er in seiner reiferen Jugend und im Sturm und Drang, jedoch in ledigem Familienstand, Vater einer lieblichen Tochter geworden war. Die Familie aber, vor allem sein Vater, unser berühmter „Dönken", wollte diese Liaison nicht legalisieren lassen und „verurteilte" Wilhelm sozusagen als Strafe zur Ehelosigkeit. Die Alternative wäre gewesen, zu „Preußens" abkommandiert zu werden, was Wilhelm aber auf gar keinen Fall wollte und deshalb Subordination übte und als Junggeselle auf dem Hof in Kleinenbremen als eine Art „Großknecht" tätig wurde. So streng waren damals noch die Bräuche, vor allem, wenn es um die sogenannte „Moral" ging. Damit hat der Winnemonkel zweifellos eine außerordentliche Bürde und einen Verzicht auf sich genommen, der nach heutigen Wertvorstellungen überhaupt nicht mehr nachvollziehbar ist. Dieser vermeintliche „Großknecht" wurde für den Hof und die Pläne der Familie, respektive für Dönkens und später für Opas Vorhaben von unschätzbarem Wert wegen seiner qualifizierten Arbeitskraft, seiner Belastbarkeit, Zuverlässigkeit und ungebrochener Motivation als Familienmitglied, zumal eine Frustration wegen des „Vorfalls" überhaupt nicht mehr zur Diskussion stand.

Soviel zum Winnemonkel, dem eigentlich allein wegen seiner großen Imkerei ein ausführlicheres Kapitel zu widmen wäre. Bei seiner Imkerei habe ich ihm nämlich immer besonders gern zugeschaut in meiner Schürze, mit dem herausgestreckten Bauch und „eingesackten" Pfötchen, nicht zuletzt deshalb, weil er auch dabei meistens interessante Dinge tat, spannende Geschichten erzählte und immer besonders freundlich zu uns war und in ungewöhnlich lieber Fürsorge auf uns achtete. Er nahm uns auch stets in Schutz, was immer wir „ausgeheckt" hatten, soweit man das im Alter zwischen drei und acht Jahren überhaupt schon tut.

V.

Bevor ich von weiteren familiären Persönlichkeiten und Vorfahren berichten will und dabei die Ergebnisse der wissenschaftlichen Ahnenforschung meines Patenonkels Wilhelm heranziehe, möchte ich, sozusagen zur Einstimmung, diesem Kapitel einen eher lyrischen „Bericht“ vorausschicken. Er ist keine eigene Schöpfung, sondern das literarische Werk der Schriftstellerin Lulu von Strauß und Torney, die 1873 in Bückeburg geboren worden ist und allein deshalb mit Land und Leuten der Heimat meiner Vorfahren besonders vertraut war. Sie hat eine Ballade mit dem Titel „Chronik“ geschrieben, die mir stets in lebhaftester Erinnerung geblieben ist:

Daniel Drinkuths Kopf ist weiß wie der Schnee auf dem Ackerland./ Wie die rissige Borke am Weidenbaum, so braun seine faltige Hand,/ Seine Stimme ist rauh wie über dem Wald der Winterkrähen Schrein,/ Wenn er Feierabends am Ofen hockt und starrt in den Flammenschein.

Das Feuer ist warm und das Dach ist dicht, u. der Winter kann nicht ins Haus./ Es gab eine böse Zeit im Land, da sah es hier anders aus,/ Vierzehn Höfe das Dorf entlang, im Brandschutt ihrer elfe,/ Und in der Kirche zu Segedörp jungten die grauen Wölfe.

Der Winterschnee war rot von Blut, der große Krieg ritt drüber her,/ Und als die Zeit zum Säen kam, da waren die Scheuer von Saatkorn leer,/ Und als die Zeit zum Schneiden kam, da wuchsen nur Disteln schulterhoch,/ Aber es fuhren von früh bis zur Nacht die Erntewagen doch!

Die Erntewagen fuhren doch, geschichtet breit und dicht,/ Aber sie fuhren nicht Roggen ein und gelben Hafer nicht,/ Die Sense, die diese Ernte schnitt, schlug alle Tage schärfer:/ Das schwarze Sterben ging um im Land, reihum durch Höfe und Dörfer.

Es packte den Knecht vom Meierhof, den Bauer und die Frau,/ Im Bettstroh stöhnte die Jungemagd mit Lippen verdorrt und blau./ Der Erntewagen fuhr schwer vom Hof um Abend am dritten Tag,/ Als der Räucherfeuer Wacholderqualm blau über der Hofstatt lag.

Aber der Arm war allzu rasch, der die Garben des Todes lud,/ Die Jungemagd war stramm und stark, ein zwanzigjährig Blut,/ Die lag erstarrt nur im Fieberschlaf und fühlte der Gäule Traben,/ Und hörte an den Flügelschlag und das böse Krächzen der Raben.

Sie tastete seitwärts wie im Traum und griff in ein kaltes Gesicht,/ Da schrie sie und tat die Augen auf und starrte wirr ins Licht,/ Und fuhr mit den Händen über sich in der grünen Linde Geäst,/ Und hielt da oben am Knorrenwerk in hellen Ängsten sich fest.

Der Knecht hieb wild auf den Braunen los: "Hilf Gott, die Toten stehen auf!"/ Da jagte der Wagen unter ihr rasselnd berg-hinauf,/ Sie glitt zur Erde vom Baum herab und stand in den Räderspuren,/ Und sah ihren stummen Gesellen nach, die dort in die Grube fuhren.

Sie schlich in den leeren Hof zurück, matt und mit weißen Lippen,/ Vier Kühe lagen, vor Durst verreckt, vor ihren leeren Krippen,/ Sie schnitt der letzten das Häckselstroh im Trog, wie sich´s gehört,/ Und setzte sich an der Frauen Platz, auf der breiten Diele am Herd! -

Da war ein fremder Bauernknecht, der schlug sich hungernd durchs Land,/ Der hatte nichts als sein frisches Blut und den Schwarzdorn in der Hand,/ Der klopfte am ersten Hofe an um einen Bissen Brot,/ Aber Diele und Kammer im ersten Hof lagen öde und tot.

Über des zweiten Hofes Schutt schoß Distel und Dorn empor,/ Und da der Bursch an den dritten kam, eine Leiche grinste am Tor,/ Da griff ihn ein wildes Grauen an, er wandte sich jäh und lief,/ Und stand erst still am letzten Hof und horchte, was hinter ihm rief.

Am Brunnen lehnte im roten Rock die Magd mit leerem Kruge,/ Er wand ihr Kette und Eimer hoch und trank in durstigem Zuge,/ Die Hand, die er in die seine nahm, war warm wie das liebe Leben,

Als sie wieder über die Hofstatt schritt, da ging der Knecht daneben!/ Über das wüste Brachland stob der welken Blätter Schwarm,/ Da treibt durch Schollen und Distelkraut den Pflug ein starker Arm.

Es wuchs eine junge Wintersaat über Jammer und Krieg und Morden,/ Der Knecht ward Meier vom Rösehof, und ist mein Ahn geworden!/ Als ich barfuß hinter den Ziegen lief und war wie das Hecktor hoch,/ Da stand vorm Dorfe am Kirchweg die alte Linde noch.

Und die Hude lag hinterm Ellerbach, die wir den Pestkamp nannten / Wo manchen lustigen Herbsttag lang unsere Feuer brannten. / Das ist nun schon viele Winter her, und ich bin grau und greis.

Bald lebt im Dorf wohl keiner mehr, der das noch kennt und weiß. / Menschenleben sind Rauch im Wind, wer kann die Jahre halten?/ Wenn das junge Volk an die Tische rückt, ist Schlafenszeit für die Alten!

Lulu von Strauß und Torney lebte 1916 in Jena, von wo aus sie enge Verbindung zu einem Schriftstellerkreis um Börries Freiherr von Münchhausen hielt, der sich um die Erneuerung der Ballade bemühte. Die obige Ballade ist ihrem Werk „Reif steht die Saat" entnommen, wo sie mein Patenonkel Heinrich Karl entdeckte und als Student von Göttingen aus 1921 der Schriftstellerin schrieb, um zu erfahren, wie sie auf unseren Namen und die Geschichte gekommen sei. Aus unserer Ahnenforschung oder anderen Überlieferungen sei ihm die Begebenheit nicht bekannt, hatte er sie wissen lassen. Sie antwortete liebenswert, daß sie den Namen in der Mindener Gegend gehört habe und daß er ihr in besonders typischer und eindrucksvoller Weise niedersächsische Art ausgedrückt und deutlich gemacht habe. Die Geschichte selbst sei von ihr frei erfunden und aus anderen Familiengeschichten der Gegend abgeleitet. Wir sollten sie gern „als Wildwuchs um unseren Stammbaum ranken lassen".

So möchte ich nun zurück zu den wirklichen Ahnen kommen. Bisher habe ich ja schon eine ganze Reihe von Vorfahren namentlich erwähnt, wobei an erster Stelle natürlich „Dönken" steht. Andere waren unsere Humfelder Großmutter, die Algesdorfer Großeltern Pfingsten oder zuletzt der „Winnemonkel". Allein diese richtig einzuordnen ist etwas schwierig, solange man keine konkretere Vorstellung von der ahnenkundlichen Struktur des Drinkuthschen Stammbaums hat.

Aber auch wenn man allgemeines genealogisches Wissen hätte, ist es schwer, die Altvorderen unterzubringen, insbesondere wenn der Stammbaum viele Generationen zurückreicht. Der oben erwähnte „Chefgenealoge" unserer Familie, unseres Vaters Bruder Wilhelm spürte den Vorfahren bis in die graue Vorzeit nach. So gibt es dank einer außerordentlich intensiven, präzisen und engagierten Forschung eine Aufzeichnung der Ahnen auf breiter Basis, die detailliert bis in die zehnte Generation zurückreicht, also bis um das Ende des Dreißigjährigen Krieges. Und da sind von ihm ungefähr eintausend Namen dokumentiert mit zum allergrößten Teil allen genealogisch relevanten Daten. Vor allem die Namen natürlich und alle Vornamen, aber auch Geburts-, Tauf-, Verheiratungs-, Sterbe- und Beerdigungsdatum. Weiter Geburts- sowie Sterbeorte, Aussagen über Inhalte von Eheverträgen oder Sterbeurkunden, in denen etwa die Todesursachen und Krankheiten vermerkt sind oder anderes Merkwürdige. Beispielsweise bei Johann Vogt oder Schlee, der 1652 geboren wurde und schon im Alter von „nur" neunundfünfzig Jahren und acht Wochen bei Kleinenbremen starb, weil - wie es im Kirchenbuche steht - *„...dieser Mann ein gottloser Branntweinsäufer ist, welchen Gott durch ein langwierig Lagerzeit zur Buß gnädiglich gegeben hat"*. Ja, so haben es meine Ahnen auch getrieben und dies wurde sogar in Bücher geschrieben! „Doch Heilige", wie Börries von Münchhausen meinte, „sind es nicht gewesen, von denen ich in den Büchern gelesen. Unsere Ahnen waren derb und hart, Niedersächsische Bauernart! Wenn ihrer einer über die Hofstatt ging, schwer die Erde an seinen Stiefeln hing und seinen Fäusten sah man es an, daß er nicht Wunder damit getan".

Wie ich schon erzählte, hatte mein Vater 1928, sozusagen „auf Vermittlung" seines Vaters, des Jrossvatters, unsere Mutter *Luise*, geborene Pfingsten, geheiratet. Diese war die älteste von drei Kindern des Ehepaars Pfingsten aus Algesdorf bei Bad Nenndorf. Die beiden anderen Geschwister unserer Mutter hießen Heinrich und Maria.

Unser Algesdorfer Großvater Heinrich Pfingsten hatte 1899 die damals zwanzigjährige Luise Sophie Marie Hahne aus dem Nachbardorf Rodenberg geheiratet und beide führten eine glückliche, unglaublich lange Ehe, die nach siebenundsechzig Jahren, also zwei Jahre nach ihrer „eisernen Hochzeit" endete, als beide im gleichen Jahr 1966 und im Abstand von nur drei Monaten starben. Meine Großeltern mütterlicherseits waren somit mehr als zwei Generationsspannen vom Ende des vorigen Jahrhunderts bis der Tod sie schied in segensreicher Harmonie vereint gewesen. Und der Verlust dieser glücklichen Eintracht sowie die Trauer und die Einsamkeit meiner Großmutter um den Tod ihres geliebten Heinrichs war wohl so groß, daß sie ihm schon nach wenigen Monaten in den mit Gottvertrauen erwarteten himmlischen Frieden folgte.

Die lange Ehe, die ich bewußt fast dreißig Jahre lang miterlebte, war Liebe, Eintracht und Treue und vor allem Arbeit, Mühe und Sorge gewesen. Für mich war das Leben dieser beiden Menschen in besonderem Maße Vorbild, welches mich fast mehr geprägt hat, als das nicht weniger vorbildliche Leben meiner Eltern. Und gerade in den Kriegsjahren weilten die Großeltern aus Algesdorf sehr, sehr oft und dabei meistens über Wochen bei uns auf dem Hof in Holzhausen, um meiner Mutter bei der Führung des Betriebes zu helfen. Sie haben uns mit erzogen, geführt und geformt. Die Algesdorfer Großeltern waren mehr Respektspersonen als unser Opa, den wir aber deshalb nicht weniger verehrten. Er hatte ja siebzehn Jahre mehr auf dem Buckel und war für uns deshalb mit seinen achtzig Lebensjahren wirklich schon „ein alter Opa“. Die Algesdorfer Großeltern spielten deshalb zusammen mit „unserem Opa“ in der Kriegszeit über eine Spanne von fast sechs Jahren (1939-1945) die Rolle von „Ersatzeltern“. Auf mich wirkten sie nachhaltig durch ihre strenge, aber dennoch liebevolle „Art und Weise“ sowie ihre Lebensführung. Und dies nicht zuletzt auch deshalb, weil sie damals uns gegenüber nie hart autoritär, fordernd oder verletzend waren. Das sahen meine beiden Brüder, die später bei den Großeltern auf dem Hof in Algesdorf landwirtschaftliche Lehren „durchlitten“ hatten, anders, wobei ihnen gegenüber besonders der Opa während der Lehrzeit fast niemals Großvater, sondern immer der Lehrherr war, der äußersten Einsatz, Leistung, Verantwortung, Loyalität und Subordination forderte.

Ich hatte die Großeltern so nie erlebt, wenngleich sie mit uns allen streng waren. So erinnere ich mich allzu gut an die Überwachung meiner Schularbeiten durch die Oma. In der Holzhäuser Volksschule, die ich von 1938 bis 1942 besuchte, hatten wir in den ersten Schuljahren noch die berüchtigten, weil zerbrechlichen und abwaschbaren großen, schwarzen Schiefertafeln, auf der einen Seite liniert, auf der anderen kariert strukturiert, also die eine Seite für Schreib- und die andere für Rechenarbeiten. Die Tafeln hatten einen soliden Buchenholz-Rahmen, der an der Schmalseite mit einem Loch versehen war, durch welches man ein grobes Band knüpfte, woran der Schwamm zum Säubern der Tafelseiten hing. Auf diese mußten wir auch unsere Hausaufgaben schreiben: Rechenexempel, Buchstaben linienweise, Wörter reihenweise, später Sätze und längere Texte. Und wenn wir dabei den geringsten Fehler machten, sei es eine schlecht geschriebene Zahl, ein falsches Ergebnis oder ein schlecht geschriebener Buchstabe oder fehlerhafte Worte, dann wischte die Oma gleich die ganze Tafel aus. Und wenn sich das einige Male während einer Schularbeit wiederholte, was gelegentlich vorkam, dann geriet sie so „in Rage", daß sie gar nicht auf die Nässe des Schwammes wartete, sondern echauffiert auf den Schiefer spuckte und alles abwischte. Das hat manche Träne gekostet, was unseren Vater - wenn er zufällig darauf zukam und wir in unserer Verzweiflung väterliche Fürsprache erhofften - mit der Bemerkung abtat, „ … was ihr weint, das braucht ihr nicht zu pinkeln …"! Und später, als wir in den Konfirmanden-Unterricht gingen und endlose Kirchenlieder, Katechismusartikel und anderes mehr auswendig lernen mußten, hat uns die Oma „abgehört" - bis zum geht nicht mehr, egal, wieviel Stunden vergingen oder was wir „vorhatten". Gleiches traf natürlich für die Gymnasialzeit zu, wenigstens, was die ersten Oberschuljahre betraf. Dabei saß sie bei oder meistens vor uns, strickte Strümpfe, Pullover oder Schals mit langen Nadeln, mittels derer sie sich auch ihre Kopfhaut unter den Haaren "massierte", während sie über ihre Lesebrille äugend uns so meist kritisch unter ärgster Kontrolle hatte.

Die Algesdorfer Großeltern waren beide einmal eine lange Zeit fröhliche junge Leute im dem noch „glücklichen" kaiserlichen Deutschland gewesen und hatten im Sommer 1899 geheiratet. Es soll eine „Bilderbuchhochzeit" gewesen sein: Heinrich, ein stattlicher Jüngling - etwa einsneunzig groß - von einundzwanzig Jahren, Erbe eines wunderbaren Bauernhofes, hervorragend veranlagter Landwirt, der bei Preußens als Rekrut in dem kaiserlichen „Garde du Corps" in Berlin zwei Jahre „gedient" hatte und in seiner „schneidigen" Uniform schon Eindruck gemacht haben muß. Vor allem auf Luise Hahne, die gerade im einundzwanzigsten „Feld" stand, wie die Jägersleute sagen. Luise stammte von dem stattlichen „Hahnenhof“ im nahen Rodenberg am Deister und war das einzige Kind des Vollmeiers Hans Heinrich *Christoph* Hahne und seiner Ehefrau *Maria* Katharine Engel, geborene Hinze. Sie war als „Einzige“ nicht nur eine „gute Partie“, sondern auch bildhübsch, wohlerzogen von den Eltern und den unverheirateten Tanten sowie eine fröhliche und „tüchtige“ junge Frau. So war da viel Zuneigung und Liebe, aber auch äußerliche Not, die beide veranlaßte, so jung zu heiraten. Der Hof in Algesdorf war nämlich seit Jahren ohne Frau. Opas Mutter war 1892 im Alter von neunundvierzig Jahren gestorben, die Schwester Wilhelmine hatte auf den Schütten-Hof nach Habrihausen eingeheiratet, Maria war von dem kinderlosen Ehepaar Wente in Soldorf „an Kindes statt“ angenommen und die jüngste Schwester Sophie 1876 im Alter von dreiundzwanzig Jahren gestorben. Oma mußte also sehr bald nach der Traum-Hochzeit die Zügel ihres neuen Aufgabenbereichs auf dem fremden Hof in Algesdorf fest in die Hand bekommen und ihrem ebenfalls noch ganz jungen Heinrich Ehefrau und Mutter zugleich sein. Da sie ein Kind der Gegend war und Land und Leute kannte, „zupacken“ konnte, von den Dingen viel verstand und zudem durch ihr liebenswertes Wesen die Menschen leicht für sich gewann, lebte sie sich schnell ein und wurde zum Stern des Hofes. Das Glück war fast vollkommen, als im Januar 1901 auf Algesdorf die kleine Luise, die später unsere Mutter wurde, auf die Welt kam. Ihr folgte drei Jahre später der Bruder Heinrich und weitere zwei Lenze darauf die Schwester Maria. So war die glückliche Familie komplett, die Zeit war gut und das Leben schön, wenngleich die Arbeit vom frühesten Hahnenschrei bis in die dunkle Nacht dauerte. Heinrich war der unangefochtene Chef draußen und vom Ganzen und Luise hatte die Kinder, das Haus und den Stall fest im Griff - bis im August 1914 der Kaiser „mobil machte“. Ganz Deutschland jubelte und Heinrich Pfingsten verließ in „feldgrau“ unter den stolzen aber angsterfüllten, tränenreichen Augen seiner geliebten Luise den Hof für vier lange, schreckliche Kriegsjahre in Richtung Westen - nach dem Rezept des berühmten „Schlieffenplans“ mit Marneschlacht, Stellungskrieg und den vielen anderen Schrecklichkeiten. Damit war der Traum vom weiteren Glück erst einmal zuende.

Gottlob kam der Opa relativ unbeschadet aus dem verlorenen Krieg zurück, für den die Familie, wie unendlich viele andere auch, nicht nur den Mann „zur Verfügung" gestellt, sondern sich auch des nahezu gesamten bescheidenen Geldvermögens durch Kriegsanleihen (Motto „Gold gab ich für Eisen") begeben hatte, die mit dem Kriegsende natürlich keinen Pfifferling mehr wert waren. Es folgten die schweren Nachkriegsjahre mit der Weltwirtschaftskrise, der großen Inflation und der unsäglichen „Machtübernahme" Hitlers. Doch konnten die Algesdorfer Großeltern durch ihre Konzentration auf die Arbeit und durch Sparsamkeit die schweren Zeiten meistern. Auch verkrafteten sie die Trennung von der Tochter Luise wegen ihrer Verheiratung mit dem Hofbesitzer Fritz Drinkuth aus Holzhausen bei Bad Pyrmont. Dieser „Verlust" war dann wohl vollends vergessen, als Muttis jüngerer Bruder Heinrich 1930 Linchen Rathing aus Habrihausen heiratete und dadurch eine neue „Tochter" auf den Hof kam. Es war in Algesdorf ein einziges Kommen und Gehen, denn im gleichen Jahr verheiratete sich Muttis jüngere Schwester Maria mit dem jüngeren Bruder meines Vaters Wilhelm Drinkuth. Damit hatten, was sich wohl nicht alle Tage ereignet, zwei Brüder zwei Schwestern geheiratet, wodurch ein besonders enges Band zwischen beiden Familien geknüpft worden war und was, nebenbei bemerkt, meinen Algesdorfer Opa ein „Schweinegeld" an Aussteuer gekostet hatte. - Der Inhaber des feinen Möbelhauses in Hildesheim, in dem Opa schon Muttis Möbelaussteuer gekauft hatte, versicherte ihm, als er auch Tante Marias Möbelrechnung beglich, er bedauere es außerordentlich, daß er nicht noch ein paar Töchter habe.

Die Hitlerzeit und der zweite Weltkrieg forderten von meinen Großeltern neue Opfer, wobei die „Hilfseinsätze" im heimatlichen Algesdorf und im sechzig Kilometer entfernten Holzhausen während der kriegsbedingten Abwesenheit des eigenen Sohnes Heinrich und des Schwiegersohns Fritz die geringsten Herausforderungen für die damals schon Mittsechziger waren. Das Schlimmste kam erst Wochen nach dem Kriegsende, als der Algesdorfer Postbote ahnungsvoll einen schwerwiegenden Brief, der an Linchen, geborene Rathing, also die Ehefrau von Opas Sohn, adressiert war, nicht direkt zum Hof brachte, wie es die Adressierung und die Geschäftsordnung der deutschen „Feldpost" erfordert hätte. Da er wußte, wes Inhalts der Brief sein könne, suchte er den Vater, unseren Algesdorfer

Opa, draußen auf dem Feld bei der Arbeit auf und händigte ihm das „amtliche" Schreiben dort aus. Der Opa, der sofort voll größter Sorge fühlte, nahm Hamening, so hieß der Postbote, den Brief ab, welcher wahr machte, was beide schon so lange befürchteten, daß Heinrich Pfingsten tot sei und somit nie mehr wieder komme. Der Großvater verpflichtete den ihm seit Kindesbeinen vertrauten Boten zu absolutem Stillschweigen über diese furchtbare Nachricht. Die beiden Männer verabschiedeten sich schweigend voneinander, wobei der Opa tiefsten Schmerz, aber äußerlich immer noch keine Regung zeigte, nur Haltung. - Als aber der Postbote ihn verlassen und schon ein gutes Stück des Weges im „großen Feld" 'runtergegangen war, brach ein alter, unendlich einsamer Mann dort draußen unter Gottes freiem Himmel in Tränen aus und weinte bitterlich. Der Sohn war, wie er erst viel später erfahren mußte, am 29. April 1945 südlich von Berlin schwer verwundet worden und seinen Verletzungen im Lazarett in Luckau in der Lausitz am 14. Juli 1945 erlegen.

Zu der Zeit war meines Onkels Ehefrau Linchen, geborene Rathing aus Habrihausen bei Hannover, die von alledem nichts gesagt bekam, ziemlich schwer erkrankt. Die Ursachen waren physischer und psychischer Natur, vor allem natürlich der tiefe Kummer über das unbekannte Schicksal ihres Mannes, der bis dahin als vermißt galt. Zudem verschlimmerte sich ihre Krankheit, weil die ganze Familie von tiefer Angst über die ungewisse und von Tag zu Tag besorgniserregendere Situation erfüllt war. Deshalb hat Opa die Todesnachricht für sich behalten und niemandem, auch nicht seiner eigenen Ehefrau, davon erzählt. Er trug in der ihm eigenen beherrschten und unbeugsamen Art das herzätzende Wissen allein mit sich herum: Auf den schier endlos erscheinenden Wegen hinter dem Pflug im „großen Feld", während der gemeinsamen Mahlzeiten mit der Familie und in der Einsamkeit seiner schlaflosen Nächte. Das hielt er solange aus, bis der nächste schwere Schlag ihn traf, als Tante Linchen Mitte August 1945 im zweiundvierzigsten Lebensjahr ebenfalls starb. Und noch über Tante Linchens Tod hinaus behielt er sein Wissen solange bei sich, bis er glaubte, daß die allerersten offenen Wunden sich zu schließen begännen, und ich nehme an, daß er noch länger als ein ganzes Jahr geschwiegen hatte.

Nachdem der größte Schmerz ein wenig verwunden war, mußte eine schwerwiegende Entscheidung getroffen werden: Des Enkels, meines gleichaltrigen Vetters Heinrich Eltern lebten nun nicht mehr. Er war noch keine vierzehn Jahre alt. Der Hof mußte bewirtschaft werden, was bedeutete, die Äcker zu bestellen, das Vieh zu versorgen, die Produkte zu vermarkten, den Maschinenpark betriebsbereit zu halten, die Finanzen zu verwalten und dem Enkel eine angemessene Ausbildung zuteil werden zu lassen. Die entscheidende Frage war: Den Hof verpachten oder weiter betreiben, was wiederum hieß, daß sie, die Großeltern, mit ihren inzwischen siebenundsechzig und achtundsechzig Jahren erneut und vorbehaltlos nochmals „in die Arena springen" müßten. Aber nicht wie bisher als „Altenteiler oder Leibzüchter" - wie man Ruheständler auf einem niedersächsischen Bauernhof nennt - sondern wieder „so richtig" von morgens um fünf bis abends um zehn und nicht nur mit Pferden und dem eigenen Mist, sondern auch mit Traktoren, Melkmaschinen, Pflanzenschutzmitteln, Agrarmarktordnung, Steuerbescheiden und so weiter und so weiter! Nach gewissenhaften und verantwortungsvollen Beratungen und ernsten Prüfungen entschieden die beiden Alten in aller Nüchternheit und ohne Illusionen, erneut die Zügel in die Hände zu nehmen, wobei die Liebe zum Enkel, die Verantwortung gegenüber dessen toten Eltern und das unbeugsame Pflichtbewußtsein die Motive ihres Handelns waren. Und diesen Beweggründen sind die Algesdorfer Großeltern dann noch fast zwanzig Jahre mit unglaublichem „Einsatz" für ihren Enkel gerecht geworden, wobei die frühe Verheiratung meines Vetters Heinrich mit Hiltraut, geborene Platte im Dezember 1956 keineswegs ein Ende, sondern lediglich eine Reduzierung ihres Engagements bedeutete. - Ein „Verdienstkreuz" haben sie für ihren fast übermenschlichen Einsatz nicht bekommen, doch ist ihnen die gesamte Familie und vor allem mein guter Vetter Heinrich Pfingsten für ihr aufopferndes Wirken bis zu ihrem Lebensende und danach in tiefer Dankbarkeit liebe- und hochachtungsvoll verbunden geblieben.

Die väterliche Linie der Drinkuthschen Vorfahren geht folgerichtig von mir über unseren Vater und den schon bekannten Holzhäuser Großvater, den „Jrossvatter", Heinrich *Friedrich* Wilhelm Drinkuth aus, der ja 1861 in Kleinenbremen geboren worden war. Dessen Ehefrau hieß Wilhelmine *Auguste*, geborene Tölle, die 1868 in Humfeld, einem kleinen Dorf zwischen Barntrup und Lemgo das Licht der Welt erblickt hatte. Beide gingen im Mai 1892, also ein Jahr nachdem „Dönken", der „Zwischenstammvater" als Nukleus unserer neuzeitlichen Familiengeschichte, gestorben war, in Humfeld die Ehe ein. Der Opa war einunddreißig und die Großmutter vierundzwanzig Jahre alt.

Friedrich Drinkuth und seine „weitaus bessere Hälfte" Auguste waren also die „Holzhäuser Großeltern", von denen ich schon soviel erzählt habe, daß kaum noch etwas Wesentliches hinzuzufügen ist, zumal erschwerend die Tatsache des frühen Todes meiner Oma Auguste, wodurch viel Familienwissen verlorenging, hinzukommt. Aber gerade in dieser bedauernswerten Tatsache schlummert für mich ein ganz bedeutender Aspekt oder eine sehr wichtige Frage, die sich auf den Umstand ihres Todes bezieht. Wie schon einmal angemerkt, habe ich auf diese Frage nie eine Antwort bekommen und es war kaum möglich, die Ermittlung auch nur in Gang zu bringen. Wenn ich das einmal versuchte, so wurde von der Frage abgewichen oder ausweichend geantwortet, was mich dann immer skeptischer machte. Skeptisch, weil ich mir dann eine „ganz normale Todesursache", worunter ich eine diagnostizierbare allgemein-medizinische Krankheit, eine Altersschwäche oder eine lückenlos nachvollziehbare Unfallursache verstehe, nicht vorstellen konnte. Ich mutmaße, daß emotionale Hintergründe bei ihrem Tode mitgewirkt haben mögen. Denn Auguste war sechsundfünfzig Jahre alt, als sie starb, wodurch wohl Altersschwäche ausscheidet. Von einer Krankheit war auch nie die Rede, sondern immer nur von dem Unfall infolge des Sturzes aus der großen Bodenluke des Heubodens über der Diele des Viehstalles. Aber den Heuboden kannte die Oma wie ihre „Westentasche", war sie doch zweiunddreißig Jahre lang fast täglich und an manchen Tagen sicherlich mehrmals auf dem Heuboden gewesen. Ebensogut muß sie die Lage der Luke gekannt haben, und sie wird immer mit dem gehörigen Abstand und äußerster Vorsicht um die Luke - die zwar auch noch bis in meine Jugendzeit kein ausgesprochenes

Sicherheitsgeländer hatte - gegangen sein, so wie sie es in über dreißig Jahren ihren Kindern, der Familie und den „Leuten" gepredigt haben wird. Einen versehentlichen Schritt kann ich mir deshalb nur schwer vorstellen, wenngleich er natürlich nicht auszuschließen ist. So wie zugegeben auch eine momentane Schwäche die Ursache gewesen sein kann. Doch auch das kann ich mir nicht denken. Allein deshalb nicht, weil auch dieser naheliegende Grund wie das Ganze nie eingehender von meinem Vater oder unserem Opa kommentiert worden ist, während andere Ereignisse, die sich um Tod, Verletzung oder Verwundung drehten, oft bis ins einzelne erläutert wurden. So bleibe ich skeptisch und frage mich, ob die sensible Frau aus äußerlich nicht erkennbaren Krankheitsursachen zu Tode kam. Tatsache ist hingegen auch, daß „man" und zu jener Zeit „so etwas" wie seelische Befindlichkeiten oder Sichtweisen nicht thematisierte. Das war zu nahe bei „nervenkrank", zu dicht an der „Klapsmühle". Ich weiß es nicht und diejenigen, die es vielleicht wußten, haben das Geheimnis, wenn es denn eins war, mit ins Grab genommen.

Der „Holzhäuser Opa", war ja das vierte Kind und der dritte Sohn von sechs Kindern „Dönkens" und seiner Ehefrau Sophie *Christine,* geborene Vogt oder Schlee aus Kleinenbremen. Und obschon selbst „Nachgeborener" und damit sogenannter „weichender Erbe" erhielt er nach der sogenannten „Höfeordnung" wenig folgerichtig den elterlichen Hof, während seine Brüder andere Berufe ergreifen mußten und „ausgezahlt" wurden, die Schwestern durch ihre Verheiratungen mit einer Aussteuer abgefunden wurden. Diesbezüglich stelle man sich bei Dönken nicht zuviel vor. Da er nicht nur ein außerordentlich sparsamer Mann war, sondern wegen seines Hofkaufs auch sein ganzes Vermögen investiert hatte, war natürlich für Abfindungen und dergleichen nicht mehr viel übrig. Aber natürlich hat Opas Schwester Sophie *Christine* Wilhelmine - die andere ganz gleichnamige Schwester Christine Wilhelmine war ganz jung gestorben - die 1890 in Holzhausen den angesehenen Schmiedemeister Carl Henze geheiratet hatte, eine angemessene Aussteuer erhalten, aber die Brüder Daniel, Wilhelm und Heinrich haben als Abfindung allenfalls einen neuen Anzug bekommen, vielleicht auch noch ein paar Goldmark an Bargeld, aber vielmehr ganz sicherlich nicht. Die Brüder mußten sich deshalb ein angemessenes Auskommen selbst suchen.

So wurde der älteste Sohn Daniel schließlich bei der Stadtverwaltung in Paderborn Rechnungsrat. Er war dort mit der Beamtentochter Charlotte, geborene Schalo, die römisch-katholischer Konfession war, verheiratet. Daniel hatte mit ihr acht Nachkommen, die dann natürlich auch alle katholisch wurden. „Fama est", daß es für den erzlutherischen „Dönken" in seiner protestantischen Heimat unvorstellbar war, den Hof katholisch werden zu lassen. Deshalb mußte sich der Erstgeborene zwischen Erbe und Liebe entscheiden. Da war Dönken ebenso unerbittlich wie er es bei unserem „Winnemonkel" blieb. Daniel stand zu seiner Liebe - und mußte weichen.

Aus meiner Kindheit war mir von den acht Kindern vor allem Daniel (Junior), „Danna" genannt, der Vertrauteste. Dann waren da die mir ebenfalls noch gut vertrauten Töchter Frieda und Christine, die als Ordensschwestern in der „Deutschen Provinz der *Kongregation der Schwestern der Christlichen Liebe*" zu Paderborn lebten und später in der „Filiale" des Ordens in Magdeburg als Studienrätinnen wirkten. Und es ist ein historischer Zufall, daß meine liebe Ehefrau Stefanie, unser guter Muck, während des Krieges in Magdeburg bei einer dieser wirklich netten Tanten, nämlich bei *Lucella* (das war Frieda) Klavier-Unterricht gehabt hat. Meine Brüder und ich haben bei Kriegsende und in der ersten Nachkriegszeit, als Magdeburg stark bombardiert und die Schwestern nach Pyrmont evakuiert wurden, bei ihnen auf dem Holzhäuser Hof Nachhilfeunterricht in Latein bekommen. Das hatten wir natürlich nicht besonders gern, aber trotzdem mochten wir die „Nonnen-Tanten" sehr. Die andere Nonnentante Christine hatte übrigens den Ordensschwestern-Namen *Marcionella*. - Ebenfalls recht vertraut war mir von Daniels Kindern der älteste Sohn Hans, der mit Klara, genannt Kläre, geborene Brambach aus Bielefeld verheiratet war und seit 1907 als Landmesser in Windhuk im ehemaligen „Deutsch Süd-West-Afrika" lebte.

Aber nochmals zurück zu Onkel Danna, der mir besonders vertraut war: Er war 1885 in Paderborn geboren, hatte nach der Schulzeit eine kaufmännische Ausbildung absolviert und auch eine gewisse Zeit einen kaufmännischen Beruf ausgeübt. Diese Tätigkeit hatte ihm aber keine Freude gemacht und er verspürte überhaupt nach solchen bürgerlichen Beschäftigungen kein allzu heißes Verlangen. Das aber fanden die braven Beamteneltern, zumal in der damaligen Zeit kurz vor dem ersten Weltkrieg, nicht besonders toll und wußten auch gar nicht, was sie mit diesem Knaben noch machen sollten. Aber da wußte der älteste Sohn Hans den Eltern Rat zu geben und schlug vor, Danna nach Afrika zu entsenden, wo Hans inzwischen die Farm „Osire" gekauft hatte, die er verwalten sollte. Das war eine so gute Idee, daß ihr auch bald Danna zustimmte. So reiste er nach Süd-West und wurde Farmer auf Osire, bis eine oder mehrere Weibchen der Anopheles plumbeus aus der Gattung der Stechmücken ihn bei der Straußenjagd heimsuchten, was zu einer Malariaerkrankung führte und das wiederum zu der Notwendigkeit seiner Rückkehr 1923 nach Deutschland. Dort heiratete er noch im gleichen Jahr Änne, geborene Odermatt, die Gastwirtstochter des Berggasthauses „Sennhütte" bei Pyrmont und wurde so Gastwirt daselbst. Und dieser Onkel Danna gehörte bei den Familienfesten auf dem Hof mit zu den beliebtesten Gästen, weil er ein hervorragender Unterhalter war und vor allem uns Kinder immer mit den unglaublichsten Geschichten, meistens aus Afrika, unterhielt. Aber mein Vater meinte jedesmal, daß keine einzige wahr sei, höchstens einige Teile davon. Danna und Änne hatten zwei Söhne, unsere Vettern Hans und Erich, die beide in den letzten Kriegswochen gefallen sind. Hans zwanzigjährig Anfang Mai 1945 bei Alt-Ruppin und Erich mit achtzehn Jahren bei Linz an der Donau. Das war ganz furchtbar für uns alle, zumal beide besonders liebenswerte Vettern waren und Onkel Danna wie auch Tante Änne daran nach langer und quälender Zeit des Kummers zerbrachen.

Dann erinnere ich mich noch gut an Daniels und Charlottes Tochter Anna Maria, genannt Änne, die mit dem Ingenieur Wilhelm Konze verheiratet war und die in Berlin lebten. In den letzten Kriegswochen fielen ihre beiden Söhne, meine älteren Vettern Ferdinand und Hans ebenfalls im Krieg. Änne und Wilhelm kamen kurz vor Kriegsende zu uns auf den Hof in Holzhausen, wo sie bis Ende 1945 blieben.

Mit diesem „katholischen Zweig" unsere Familie will ich das weite genealogische Feld verlassen. Ich habe mich dahinein begeben, weil die Menschen, die ich selbst kannte, aus deren Vitae ich Interessantes, wie auch Bewegendes hörte, mir in meiner Kindheit und Jugend viel bedeuteten. Es waren starke Äste mit reichen Früchten auf dem Stammbaum, der „Dönkens“ Wurzel entsprang und der wie ich im Weserbergland seine Heimat hatte.

VI.

„Die Heimat", sagt Cicero einmal in seinen Reden, „ist allenthalben, wo es gut (schön) ist", und meine Heimat im „Tal der sprudelnden Quellen" ist wirklich so schön, daß schon die ältesten Chroniken davon zeugen und die jüngsten nicht minder loben und meinen, die Landschaft könnte der Phantasie eines romantischen Malers entsprungen sein: „Ein tischebenes und fast kreisrundes Tal mit sattgrünen Wiesen und weidenden Kühen, mit locker hineingetupften Baum- und Buschgruppen. Und durch diese Parklandschaft schlängelt sich in vielen silbrig glänzenden Windungen ein Flüßchen, die Emmer, die südlich des Teutoburger Waldes am Eggegebirge entspringt und bei Hameln in die Weser mündet..." schreibt J. Grafs in seiner „Begegnung mit Pyrmont".

Besser als von meinem alten Deutschlehrer Wilhelm Mehrdorf, dessen lyrische Erzählqualitäten ich erst jetzt kennenlernen durfte, kann die Schönheit der Pyrmonter Landschaft nicht beschrieben werden, wie er zu Anfang seines Parts der „Chronik von Bad Pyrmont" schwärmt. „Eine umfassende Aussicht bietet sich uns vom Waldrande des Bomberges aus", wo ich selbst unendlich viele Male am Feldrain unseres großen Ackers mit dem Flurnamen „Unter dem Bomberg" träumend gesessen habe. „Blickt man", sagt Mehrdorf weiter, „von hier nach Süden über die Häuser von Pyrmont mit Holzhausen und die sich anschließende Weidelandschaft, so erkennt man im Hintergrunde das alte Städtchen Lügde mit dem schmalen Turm der Marienkirche und dem altersgrauen Bau der Kilianskirche. Weiter nach Süden zieht sich die langgestreckte, im blauen Dunst der Ferne verschwimmende Bergkulisse des Mörth hin. Wie ein großartiges Naturtheater ist die Landschaft hier vor uns aufgebaut. Die Höhenzüge beiderseits von Lügde gleichen riesigen Kulissen, die bis nahe an diese Stadt herangeschoben sind. Das Auge gleitet weiter entlang am Steilabfall der Ottensteiner Hochebene, die in südöstlicher Richtung den Horizont bildet und deren Hänge sich zum Tal der Emmer hinabsenken. Im Osten erblickt man die Kuppe der Hohen Stolle, die am nördlichen Ufer der Emmer den Eckpfeiler der Berge bildet, die das Tal schützend in weitem

Bogen umgeben. Im Norden sind die Landschaftsformen ausgeprägter, dort treten Bergvorsprünge deutlicher aus der einstigen Hochebene hervor. Hier werden der Iberg, der Bomberg und der ruinengekrönte Schellenberg noch überragt von dem dreihundertundsechzig Meter hohen Pyrmonter Berge, über den der alte Grenzweg zwischen dem früheren Fürstentum Pyrmont und dem Königreich Hannover verlief".

Viele, viele Male war ich in meiner Jugend auch an dem Grenzweg auf dem Pyrmonter Berg hinter der Sennhütte, um „meinen Wald" in Wehmut aufzusuchen. Jenes kleine Waldstück, welches ich von meinem Vater zum Abitur geschenkt bekam und das man mir später wieder „abnahm" mit dem Argument, daß ich mich ja doch nicht um den Wald kümmern könne, dieser aber regelmäßiger und nicht gerade geringer Pflege bedürfe. Da war zwar etwas daran, aber vom Hofe aus ist dann auch fast nie etwas an dem Wald gemacht worden, selbst nicht, als Windbruch in den 60er Jahren einen Teil der Tannen umgelegt hatte. Heute sieht „mein Wald" deshalb aus wie, metaphorisch gedacht, das biblische Sodom und Gomorra - wenn auch ohne Wüste!

„Im Westen und Südwesten", fährt Mehrdorf fort, „erkennt man jenseits von Holzhausen am Horizont die Häuser des schön gelegenen Dorfes Hagen auf dem hier sanfter aus dem Talboden ansteigenden Höhenzuge, der die stürmischen Westwinde abwehrt. Unseren Gesichtskreis begrenzen dahinter der geradlinige Rücken des Winterberges und im Süden die formschöne Herlingsburg, ein Berg, dessen Kuppe in alter Zeit zu einer Fluchtburg umgestaltet wurde". - Wegen dieser, die Westwinde abhaltenden Berge, vor allem des Winterberges, hat unser Großvater nie eine Hagelversicherung abzuschließen brauchen. - „Wächter des Tales", zitiere ich weiter, „ist der östlich in unmittelbarer Nähe von Pyrmont sich erhebende Königsberg mit dem Bismarckturm, morphologisch ein Berg ohne Zusammenhang mit den Höhenzügen ringsum, erst steil, dann sanft zur Talaue der Emmer abfallend. Dieser kleine Fluß zwängt sich, aus dem Eggegebirge kommend, bei Lügde durch die Berge und durchfließt bogenförmig und windungsreich in stillem Lauf die parkartige Wiesenlandschaft des Talbodens". Die Emmer quält sich durch die Lügder und Thaler Pforte nach Osten zur

Weser hin und folgt so einem natürlichen, auch für Straße und Schiene vorgezeichnetem Wege.

So ist meine frühe Heimat in diese anmutige Landschaft des westlichen Weserberglandes eingebettet, die wegen seiner Lage ein mildes, ausgeglichenes Schonklima hat. Mit der Feststellung, daß „Nicht himmelstürmende Berge und tiefe Schluchten mit tosenden Wasserfällen hier das Gemüt erregen, sondern uns vielmehr eine alte, ausgereifte Landschaft umgibt, welche die im All wirkenden Kräfte in unfaßbar langen Zeiträumen geformt haben. Die sanft ansteigenden Hänge, der ruhige Rhythmus der Höhenzüge, die Ausgeglichenheit der Oberflächenformen: die ganze Natur atmet Ruhe und Frieden", will ich meinen alten Lehrer über unsere wunderschöne alte Kurstadt ausreden lassen.

Wie heutzutage „Kurgäste" in deutschen oder europäischen Heilbädern leben, weiß man eigentlich, kann es sich gut vorstellen oder hat es gar selbst in Pyrmont, Baden-Baden oder im nahen Badenweiler erlebt. Aber wie sich das „Kuren" vor zweihundert Jahren abspielte, hat mich heute, nachdem sich so vieles am Leben und Stil von kassenärztlichen Bade- oder Gesundheitskuren verändert hat, doch oft nachdenklich werden lassen.

Ich könnte es nicht besser beschreiben, als es Gabriele Knoll in der „Frankfurter Allgemeine Zeitung" anläßlich einer großartigen Ausstellung zu der preußischen Königin Luise tat: „Für die Erinnerung an Luise braucht man in Bad Pyrmont kein Preußen-Jahr. Hier wird die ‚Königin des Herzens' - so nannte Novalis sie - schon seit knapp zweihundert Jahren verehrt. Kein anderer historischer Gast scheint so präsent wie sie, obwohl an Prominenz im Modebad des Hochadels und der Geisteswelt des 18. Jahrhunderts kein Mangel herrschte. Aus Marmor gehauen sitzt sie in entspannter Haltung noch heute im Lichthof der Wandelhalle im Zentrum des Kurgeschehens. Zur Neueröffnung im Jahre 1924 hatten die Berliner die von Emil Hundrieser 1895 – ursprünglich für die Nationalgalerie - geschaffene Skulptur ausgeliehen. Ein lebensbunteres Bild von Luise vermittelt ein Ölgemälde aus dem Jahr 1924 von Hans W. Schmidt. Es zeigt Ihre Majestät volksnah beim eigenhändigen Kauf eines Blumensträußchens auf der Kurpromenade. Heute adelt ihr Name Gebäude wie Gerichte und schmückt auch weniger Herrschaftliches, vom Gesundheitszentrum Königin-Luise-Bad bis zum Königin-Luise-Salat.

Dreimal war Königin Luise von Preußen in Pyrmont; doch es war nie ihre eigene Entscheidung. Das erste Mal 1777 war sie noch ein Säugling, als die in Hannover lebende Familie des Gouverneurs in englischen Diensten, Herzog Karl von Mecklenburg-Strelitz, zur Kur an den Hylligen Born fuhr. Der Familienvater galt als Hypochonder, der bei jeder leichten körperlichen Verstimmung gleich zu einer Kur nach Pyrmont aufbrach. Das zweite Mal reiste Luise 1797 als Kronprinzessin an, zum einen auf königlichen Befehl des Schwiegervaters Friedrich Wilhelm II. und zum anderen, um ihre Schwester Friederike von einem Skandal abzuhalten – einer Liebesgeschichte, die der erst siebzehn Jahre alten Witwe Friederike nicht zugestanden werden konnte. Den dritten Aufenthalt im Jahre 1806 verordnete Luise der Leibarzt des preußischen Königspaares, Christoph Wilhelm Hufeland, der sie auch begleitete. Die politische Großwetterlage erlaubte es dem Gemahl Friedrich Wilhelm nicht, sich zu einem unbeschwerten Badeaufenthalt nach Pyrmont zu begeben. Aber der Leibarzt hatte bei der angegriffenen Gesundheit und den psychischen Belastungen, denen die Königin in jener Zeit im privaten wie im öffentlichen Leben ausgesetzt war, gut daran getan, sie zur Kur zu drängen.

Vom 19. Juni bis 29. Juli hielt sie sich in Pyrmont auf und kurte erfolgreich. ‚*Alle Kräfte, die ich hier wieder sammele, sind bestimmt, dich zu trösten und dir das tragen zu helfen, was dir der Himmel auferlegt hat, und dir zu raten, wenn ich es kann*,' schreibt Luise in der letzten Woche ihres Kuraufenthalts ihrem Gatten.

Die Badereise nach Pyrmont hatte im preußischen Königshaus eine lange Tradition, selbst zu den Zeiten der Kurfürsten von Brandenburg suchte man bereits den Heiligen Born auf. Der Große Kurfürst nebst Gemahlin gehörten zu den hochrangigen Gästen des legendären ‚Fürstensommers', wie die Saison 1681 in den Pyrmonter Annalen heißt. Fürst Georg Friedrich von Waldeck-Pyrmont hatte in diesem Jahr den Hochadel zu einem politischen und diplomatischen Treffen geladen, und einunddreißig Regenten waren gekommen. Damit war der Grundstein für Pyrmonts Karriere als eines der führenden Modebäder Europas gelegt. Für die Majestäten aus dem Hause Preußen bestand selbstverständlich auch die Verpflichtung, auf dieser „Bühne" aufzutreten. Friedrich der Große kurte in den Jahren 1744 und 1746 jeweils von Mitte Mai bis zum Beginn der zweiten Juniwoche in Pyrmont.

Bevor 1777 das fürstliche Badelogierhaus mit ‚130 Gemächern und 12 Badekabinetten' seine Tore öffnete, quartierten sich die prominentesten Gäste bei dem jeweiligen Brunnenarzt ein; Friedrich II. wohnte zurückgezogen im Hause des Brunnenarztes Dr. Seip an der Brunnenstraße 16, wo vor ihm auch schon der englische König Georg I. abgestiegen war. Für das preußische Kronprinzenpaar stand dagegen im Sommer 1797 das Badelogierhaus als standesgemäßes Feriendomizil zur Verfügung.

Nicht nur dieses Gebäude am Brunnenplatz existiert noch, sondern auch andere Schauplätze, an denen sich die Majestäten aufgehalten haben. Die Kulissen des alljährlichen Stelldicheins der ‚high society' dienen noch dem heutigen Kurgast als Ambiente seiner Genesung. Mittelpunkt des historischen wie des aktuellen Kurbetriebs ist der Hyllige Born, die älteste und berühmteste Quelle unter den Pyrmonter Heil- und Mineralquellen. Von ihr zieht sich die Hauptallee mit ihren mächtigen Linden den Hang hinunter bis zum Lauf der Emmer. Man rühmt sich in Bad Pyrmont, mit dieser Lindenallee die älteste Kurparkanlage der Welt zu besitzen.

Im Tagesablauf des adligen Kurgastes war die heutige Hauptallee der erste Pflicht- und Treffpunkt. Frühaufsteher wie den Alten Fritz sah man bereits gegen sechs Uhr an der Quelle, Luise pflegte etwas später mit ihrem Kurprogramm zu beginnen. *‚Ich stehe um 7 Uhr auf, gehe um 8 Uhr zur Quelle hinunter, gehe bis 10 Uhr spazieren, schwitzend und bis zur Erschöpfung der Kräfte. Um 10 Uhr frühstücke ich, nach 11 Uhr gehe ich ins Bad,'* schildert sie den Ablauf ihres Vormittags, der völlig den Pyrmonter Gepflogenheiten entspricht. Zur Erleichterung bei den treibenden Kräften des Wassers gab es im Anschluß an das Badelogierhaus eine dreifache Reihe an Abtritten - verschämt ‚Secreta' genannt – für die Kurgäste. Jeder Gast von Rang besaß sein eigenes stilles Örtchen beim Promenieren auf der Hauptallee. In dieser zentralen Lage der einstigen Secreta befindet sich heute das erste Haus am Platz.

Die Hauptallee war zu Luisens Zeiten den adligen Gästen vorbehalten, für das gemeine Volk standen die parallelen Wege offen - und natürlich auch ein Seiteneingang zur Quelle. Wie nützlich und die Erholung fördernd ein abgeschirmtes Terrain für die kurenden Majestäten sein konnte, verraten die Überlieferungen aus Bad Ems, wo Kaiser Wilhelm bei seinen Promenaden ständig Ehrerbietungen von Soldaten, Schülern, Privatpersonen oder Ständchen von Chören entgegennehmen mußte. Da kann man beim Lesen der Aufzeichnungen schon Mitleid mit den Herrschaften bekommen.

An der Pyrmonter Hauptallee reihten sich die weiteren wichtigen Gebäude und Einrichtungen aneinander: das Ballhaus, das Theater und ein Kurcafé. Aber bei schönem Wetter frühstückte man gerne im Freien im Schatten der alten Linden. Es war eine besondere Ehre, von einer Persönlichkeit, die dort ein Frühstück gab, dazu eingeladen zu werden. Auch heute noch ist die Allee ein schöner Rahmen für ein Essen im Freien.

Wie zur Zeit des Modebads der Gesellschaft des 18. Jahrhunderts präsentiert sich nicht nur die Hauptallee, sondern auch der Kurpark noch weitgehend in seiner ursprünglichen Form. Die ausgedehnte Grünanlage mit ihren barocken Alleen und dem später hinzugefügten Palmengarten sind menschenleer im strömenden Regen des kühlen Junitags. Niemandem scheint sie bei diesem Wetter das Eintrittsgeld wert zu sein. Aber die Reize der historischen Parkanlage zeigen sich trotzdem. Man lernt den Schutz des dichten Blätterdachs der alten hohen Bäume schätzen, die Alleen vermitteln mit ihrem tunnelartigen Dunkel eine gewisse Geborgenheit. Die Farben der üppigen Blumenpracht in den Rabatten leuchten dank der Nässe besonders kräftig. Zwischen den mediterranen und tropischen Pflanzen des Palmengartens erweckt das Wetter das Gefühl, irgendwo am Äquator durch einen tropischen Regenguß zu wandeln - wären da nicht die Temperaturen, die den Wanderer auf den Hang des Weserberglands und damit auf den Boden der Tatsachen zurückholen.

Das Wetter zeigte sich natürlich auch bei prominenten Gästen vergangener Zeiten nicht nur von seiner freundlich-sonnigen Seite. In ihrem

Brief vom 30. Juni 1806 vermerkt Luise, daß erst der neunte Tag ihres Aufenthalts ‚der erste schöne' sei. *‚Dann ziehe ich ein Reitkleid an und reite im stärksten Sonnenschein, wenn der, wie seit drei Tagen, vorhanden is'*, schreibt sie am 7. Juli dem zu Hause gebliebenen Ehemann Friedrich Wilhelm III.

Womit vertrieb man sich die Zeit, wenn das Kurleben, das sich zu einem großen Teil draußen in der Öffentlichkeit abspielte, durch Regen beeinträchtigt war? Luise gab sich sehr zur Freude der einheimischen Geschäftsleute dem „shopping" hin. Akribisch führte der mitgereiste Hofstaatssekretär Bußler Buch über die Ausgaben aus der Schatulle Ihrer Majestät der Königin. Neben den Kosten für Unterkunft - Ausleihen von Möbeln inklusive Verpflegung und Souvenirs - waren die ‚Feten als Déjeunées, Thees und Bälle' ein großer Posten in der Urlaubskasse.

Unangenehme Erinnerungen verband sie während des Aufenthalts 1797 mit dem Pyrmonter Schloß. Hierhin wurde sie von ihrem Schwiegervater zu einem Empfang seiner Mätresse, der Gräfin von Lichtenau, abkommandiert. Diese Dame war in der Sommerresidenz der Fürsten von Waldeck-Pyrmont abgestiegen und hielt dort Hof. Zurückhaltender, im fürstlichen Badelogierhaus, verbrachte dagegen das kronprinzliche Paar seine Ferientage. Allzuviel Öffentlichkeit wünschten sich die jungen Leute kaum. Der Zwang, sich dem Volke vom Balkon zu zeigen, existierte hier zu Luisens Zeiten noch nicht".

VII.

Als der Krieg anfing, war ich siebeneinhalb Jahre alt und erinnere mich nur noch an einige kleinere Begebenheiten und Ereignisse. Ich versuche sie zu schildern, um die große weiße Fläche des Bildes jener Zeit wenigstens etwas auszumalen. Es sind natürlich meist schwache Konturen und blasse Farben, denn die Begebenheiten haben sich wahrscheinlich in den schon öfters zitierten hintersten Räumen der weiten Hallen meines Gedächtnisses versteckt. Andere sind durch spätere Empfindungen und Erkenntnisse beeinflußt und vielleicht unbewußt verändert.

Es war das Jahr 1938, als ich mich zunächst einige Stunden am Tag meiner Freiheit begeben, meine Schürze ablegen und von den Leuten oder Geschehnissen auf dem Hof trennen sowie meine Pfötchen hübsch sauber machen mußte, um in die Holzhäuser Volksschule zu pilgern. Meine Mutter war darüber natürlich sehr froh, weil ich nun anfangen sollte, etwas Nötiges und Wichtiges zu lernen, mich mit anderen Kindern zu beschäftigen und zu begreifen, daß es erforderlich sei, mich mit diesen zu arrangieren. Bis dahin hatte ich das nämlich nicht so zu tun brauchen und auch nicht unbedingt gewollt. Nicht, daß ich nicht vor der Schulzeit Freunde oder Spielgefährten gehabt hätte, aber ich fühlte mich noch wenig zu anderen hingezogen. Ich habe mich lieber auf dem Hof, in meinem *„hortus conclusus"* beschäftigt und mit den unzähligen Dingen, die es dort gab und mit den vielen Menschen, die da immer zugegen waren. Und deshalb wollte ich auch nicht in den Kindergarten und bin auch nie darin gewesen. Mit anderen, die ich vielleicht gar nicht richtig mochte, spielen zu „müssen" und das noch zu ganz bestimmten Zeiten, wenn ich vielleicht gar nicht spielen wollte. Nein, das war nicht so meine Sache. Und dann immer diese „Aufsicht", diese Kindergärtnerinnen, die „Fräuleins", die immer so freundlich taten, so „niedlich" mit einem redeten: „... und wollen wir jetzt ′mal etwas Schönes malen... und warum weint denn der kleine Heinrich... und wo sind wir denn... und nun gibt man ′mal dem lieben Karl-Heinz das Händchen... tüt, tüt, tüt..." - so redeten Winnemonkel, Opa, Angermanns Walter, Irmgard oder Lene nie mit mir. Das war wirklich nichts für meines Vaters Sohn. Aber die Mutter hielt es für wichtig, daß ich doch langsam ein anderes „Sozialverhalten", ein Wort, welches es damals natürlich überhaupt nicht gab, an den Tag legte und so war sie froh, daß ich nun endlich in die Schule ging, nicht zuletzt auch deshalb, weil ich ihr dann wenigstens für ein paar Stunden nicht „unter den Füßen" war.

Aber ganz so weit war es ja noch nicht, und ich beschäftigte mich überwiegend als mein eigener „Alleinunterhalter", sei es im Haus oder auf dem Hof oder in der Nachbarschaft. Da waren auch so eine Art Freunde, wenn man davon bei Vier- bis Sechsjährigen schon sprechen kann, jedenfalls waren es Jungen, mit denen ich spielte oder stritt und bei denen ich mich auch gelegentlich zu Hause aufhielt. Letzteres sahen meine Eltern, insbesondere meine Mutter nicht immer gern, aber nicht, weil sie die Kinder oder deren Eltern nicht „mochte", sondern weil sie nicht wollte, daß wir deren Eltern unter den berühmten Füßen standen oder den armen Leuten die „Haare vom Kopf aßen". So war das aber beispielsweise bei Redeckers Gustav, der ein paar Häuser weiter in der Nachbarschaft wohnte und der ein „armer Leute Kind" - übrigens eins von fünf oder sechsen - dazu noch kränklich war. Gustav hatte einen Hydrocephalus (Wasserkopf) und ihm lief immer etwas Speichel aus dem Mund, er „sabbelte", wie wir sagten. Und er saß da oft vor dem Haus, in dem seine Eltern wohnten, entweder auf einer Treppenstufe oder auf dem Bürgersteig und spielte mit irgend etwas, was da ′rumlag oder was er gefunden hatte. Das konnte man meistens nicht als Spielzeug bezeichnen, denn die Redeckers hatten kaum richtige Spielsachen. Aber Gustav war freundlich, obgleich er „bullig" und scheinbar zornig dreinschauend auf die meisten etwas bösartig wirkte. Mich hat er in dieser Hinsicht nicht beeindruckt, und ich bin eigentlich gelegentlich ganz gern zu ihm gegangen und habe mit ihm auf der Treppenstufe oder dem Bürgersteig unmittelbar vor dem Haus gespielt.

Man konnte von dort direkt in die Küche sehen, weil die Haus- oder Wohnungstür gleichzeitig die Küchentür war. In der Küche beschäftigte sich Gustavs Mutter, und sie konnte so von ihrer Arbeit in der Küche die Kinder draußen auf dem Bürgersteig überwachen. Redeckers, ich meine Frau Redecker und die Kinder - den Vater habe ich kaum gesehen, weil der immer „auf Arbeit" war - kamen mir immer freundlich entgegen und ich hatte das Gefühl, daß sie sich freuten, wenn ich dort erschien und mit Gustav spielte. Dann bekam ich von Redeckers, wenn sich das um die Mittagszeit abspielte, auch manchmal etwas zu essen. Irgendeine Kleinigkeit aus der Küche, einen gebratenen Apfel, vielmehr ein Stück davon, das andere bekamen Gustav und die anderen Kinder oder ein Stück von einer gekochten Kartoffel mit etwas Salz darauf oder dergleichen ganz einfache Dinge, die ich sonst kaum gegessen hätte. Aber bei Redeckers bedeutete das die ganz große Sache. Und das war es gerade, was meine Mutter nicht wollte.

So „lief" das auch eines Tages, als ich einmal wieder bei Redeckers mit meinem Freund Gustav vor dem Haus auf dem Bürgersteig spielte und wir dabei viel Freude hatten, nicht ohne uns ziemlich „einzusauen". Die Bürgersteige auf einer Dorfstraße der dreißiger Jahre waren natürlich nicht gerade sauber. Es gab noch keine festen Trottoirs und schon gar keine Rinnsteine (Gossen), auch keine Kehrmaschinen. Wir beide waren so in unsere Beschäftigung vertieft, daß wir die Welt und die Zeit vergaßen und ich zu Hause zum Essen vermißt wurde. Eines unserer Mädchen mußte mich suchen und fand mich schließlich fröhlich lachend und schmatzend mit dreckigen Händen und schmierigem Mäulchen bei Redeckers mit allen sechs Kindern „Ofenkuchen" vertilgend. Ofenkuchen sind ganz einfache Kartoffelpuffer, die nicht wie richtige Puffer in Öl, sondern mangels Fett auf der nackten Herdplatte gebacken wurden und dann ohne jegliche Zu- oder Beigaben wie Kuchengebäck als Mittagbrot gegessen wurden. Ich habe im Gegensatz zu den allermeisten Menschen nie in meinem Leben Kartoffelpuffer gemocht und auch nie gegessen, aber bei Redeckers war der noch viel primitivere Ofenkuchen für mich der Himmel auf Erden! Noch heute meine ich mich im Detail an diese Art des „Mittagstischs" am Straßenrand zu erinnern. Ich sehe Gustavs Mutter, eine freundliche, gutmütige und etwas dickliche Frau mit eng anliegenden dunklen Haaren, die hinten in einem Knoten zusammengebunden waren. Und da saßen oder krabbelten die Kinder herum, jeder einen Ofenkuchen in der Hand oder gerade im Mäulchen oder kurz auf dem Boden „abgelegt“, fröhlich, einträchtig und ich ebenfalls ganz „happy“ dazwischen. Wir saßen stets irgendwo auf dem Küchenboden, auf der Treppenstufe oder sonstwo, aber nicht am Tisch, denn einen Tisch für so viele Menschen hatten Redeckers wahrscheinlich gar nicht. Ich war natürlich ganz traurig, als ich dort „aufgetan“ und dieses glückselige Beisammensein jäh zerstört wurde, nicht ohne zu Hause die etwas schimpfartige Ermahnung zu hören, nicht mehr bei Redeckers den anderen Kindern Ofenkuchen wegzuessen.

So ging es langsam zuende mit meiner kindlichen „Schürzenzeit“, mit Vatis Observierung wegen der „bösen Worte“, die er in der Hitze des Gefechtes benutzte und es war aus mit Redeckers Ofenkuchen. Nun hieß es in die Schule gehen nach den bereits in der Ferne leise vernehmbaren furiosen Klängen des Mottos „in die Schule geh´n die Buben, die Soldaten zieh´n ins Feld ...“.

Die Holzhäuser Volksschule, die ich ab Ostern 1938 besuchte, stand damals gerade neun Jahre da, war also noch ziemlich neu. Es war eine schöne Schule, die 1929 bei ihrer Einweihung als die modernste des Kreises Hameln-Pyrmont galt. Sie lag auf dem Grundstück an der Kampstraße, Ecke Schulstraße, welches der Landwirt Fritz Stuckenbrock der Gemeinde für 20.205,90 Goldmark verkauft hatte, wie es in der Chronik zu lesen war. Der Bau selbst hatte 172.000 Mark gekostet. Und bei diesen Zahlen erinnere ich mich auch, daß das Geburtshaus meiner späteren Ehefrau in Magdeburg - das inzwischen infolge der seinerzeitigen destruierenden Behausung durch die Besatzer der glorreichen „Roten Armee“ Sowjetrußlands und des, der „Wende“ nachgefolgten deutschen Vandalismus, zur Ruine verkommene Haus - ohne das große Grundstück 150.000 Goldmark gekostet hatte. Dabei stellt sich mir die Frage, ob die Schule billig oder das Wohnhaus teuer war. Und ich bedenke auch vergleichsweise die heutigen Immobilienkosten wie die, die unsere Kinder gerade in Hamburg bezahlen müssen: Ihre Doppelhaushälfte von 1906 mit nicht einmal 200 Quadratmetern Nutzfläche auf zwar wertvollem, weil in guter Lage liegenden 850 Quadratmetern Grund, kostet einschließlich eines erforderlichen Umbaus eine satte Million Mark oder die Hälfte in Euro! - Bei solchen Umbrüchen kann man in Abwandlung einer vertrauten antiken Erkenntnis *„Pretium pecuniae mutatur- et nos in illi"* auch hier wieder feststellen, daß alles sich ändert, alles fließt und schlußendlich alles seine Zeit hat und so, ohne sich zu wundern, wieder zur Tagesordnung übergehen.

Mein Schulweg war nicht weit, was ich aber weder als vorteilhaft noch nachteilig empfand. Der Vorteil lag sicherlich vor allem darin, daß ich mittags, wenn die Schule zuende war, schnell zu Haus sein und zu Mittag essen konnte. Dabei ging ich meistens nur ein kleines Stück des Weges und dann „querfeldein" über unser großes Feld „hinter der Mauer" durch das hintere kleine Gartentor in die Gärtnerei und vorbei an dem Erdbeerfeld, welches während der Erntezeit gründlich „durchkämmt" wurde, bevor zu Haus die Graupen- oder Erbsensuppe drankam.

An die Zeit in dieser Schule erinnere ich mich insofern, als wir mit Ranzen und Schiefertafel ausgestattet waren, an der man den schon erwähnten nassen Schwamm an einer langen Schnur befestigt hatte. Wir trugen in dem Ranzen weiterhin lediglich den Griffelkasten sowie unser Pausenbrot mit uns. Letzteres war in Pergamentpapier eingewickelt, das wir selbstverständlich immer wieder mit heimbringen mußten, um es wiederholt zu nutzen. Später kamen Lese- und Rechenbuch hinzu, aber die Hauptsache blieb für die ersten Jahre die Schiefertafel. Darauf mußten wir auch unsere Hausaufgaben schreiben, zum Beispiel anfangs auf alle Linien der Schreibseite lauter „s" in „Sütterlinschrift". Und so natürlich jeden weiteren Tag einen nächsten Buchstaben, bis alle Lettern des ganzen Alphabets genügend geübt waren. Übrigens war diese Schrift vor dem ersten Weltkrieg von dem Berliner Graphiker Ludwig Sütterlin im Auftrage des preußischen Kultusministeriums geschaffen und 1935 an den deutschen Schulen als „Normalschrift" eingeführt worden. 1941 wurde sie dann durch eine lateinische Schreibschrift, die „Deutsche Schreibschrift", ersetzt. Also mußten wir lauter „s", die ähnlich aussahen wie „Einsen", auf die etwa fünfzehn Zeilen unserer Schiefertafel schreiben, und wenn, wie ich von meiner Oma berichtete, irgendwo ein einziges „s" nicht exakt geschrieben war, wurde die ganze Tafel ausgewischt und man mußte alles neu schreiben. Durch dieses etwas unfeine Tafel-Spuck-Ritual sollte auch eine besondere Mißbilligung der Leistung zum Ausdruck gebracht werden, die als nächste Eskalation möglicherweise eine saftige „Kopfnuß“ nach sich zog, und wenn wir danach immer noch nicht „spurten“, wurde die Aktion nicht selten durch die Abkommandierung „hinters Badezimmer“ unterbrochen. Dort wurden wir dann zu gegebener Zeit, gemeint ist, wenn es der Mutter oder der Oma, die ja auch stark mit anderen Dingen beschäftigt waren, „paßte“, mit dem berühmten „nassen Handtuch“ verdroschen. Dabei konnte es durchaus sein, daß ich oder wir alle drei Delinquenten dort längere Zeit „hinter dem Badezimmer“ warten mußten. Einmal hat man uns völlig vergessen und erst beim Abendessen gemerkt, daß wir noch dort oben ausharrten, wodurch uns „Strafverschonung“ zuteil wurde, weil schon alle zu Tisch saßen und die Mahlzeit sonst kalt geworden wäre!

Es waren zwei Lehrer der Volksschulzeit, an die ich mich noch recht gut erinnere. Der eine war der Lehrer Brauss, der auch Kinder in unserem Alter hatte und sich als überwiegend freundlicher Mensch erwies. Er war, so meine ich, auch ein ganz ordentlicher Lehrer, vor allem ein guter Kenner der Holzhäuser Geschichte. Auf seinen Vorschlag erhielten nach der Eingemeindung von Holzhausen 1938 in die Stadt Pyrmont alle Straßen in dem neuen Stadtteil Holzhausen, die noch keine Bezeichnung hatten, unter Verwendung alter Flurbezeichnungen einen Straßennamen. Der andere Lehrer war der Rektor Stöwer, der von allen gefürchtet wurde, weil er sich so streng zeigte. Er trug einen Oberlippen-Schnauzbart, hatte einen richtigen „deutschen Haarschnitt“ - also ein gewisses Hitler-Image - und war natürlich ein Nazi. Unterricht habe ich kaum bei ihm gehabt, aber ich entsinne mich unvergeßlich an eine Situation, die mich vor ihm erschauern ließ.

Mit zwei meiner Klassenfreunde, Willi Schmidt, genannt „Schmidts Mäuser“ und Kurt Dülm, genannt „Dülms Würstchen“, machten wir eines Nachmittags einen „Ausflug“ in die Emmerwiesen, wo dicht an dem Emmer-Fluß und nicht weit entfernt von der alten Rennbahn, die „Flieger-Hitlerjugend“ ihre Baracke hatte. In dieser bauten sie ihre Segelflug-Modelle und ließen sie von dort in den Emmerwiesen fliegen.

Diese Baracke war unser Ziel. Wir wußten, daß in der Halle einige der fertigen Modelle waren, die uns ungemein interessierten. In einem weiten Bogen hatten wir uns von der Lügder Seite her rechtsseitig an die Emmer „herangepirscht". Dabei mußten wir die Wege zwischen den eingezäunten Weiden benutzen, weil „Mäuser" seinen jüngeren Bruder, der noch in der Sportkarre saß, mitnehmen mußte. Das war natürlich ein gewisses Handicap, zumal wir nur über den schmalen Fußsteg die Emmer wieder überqueren konnten, da die Baracke auf der linken Emmerseite lag. Aber wir erreichten, wie wir sicher meinten, unbemerkt unser Ziel und es gelang uns auch nach einiger Zeit in die Baracke einzudringen, da eines der Fenster nicht ganz geschlossen war. Voll Entzücken entdeckten wir die tollen Flugmodelle und konnten es natürlich nicht lassen, einige davon draußen sofort auszuprobieren. Wir versuchten sie fachgerecht in den Gegenwind zu werfen und bei einigen Versuchen gelangen uns auch kleine Flüge. Das ging solange gut, bis eines der Modelle in der Emmer landete, ein anderes im Stacheldraht eines Weidezauns hängenblieb und ein drittes so unglücklich abschmierte, daß es zerbrach. Als wir dort derart herumwüteten, aber nicht um zu zerstören, sondern aus lauter Faszination ob der einmalig schönen Modelle und ihren Flugeigenschaften, gewannen wir plötzlich den Eindruck, daß Gefahr im Verzug war. Es kamen Leute, von denen wir meinten, daß sie unser Tun bemerkt hätten und unserer habhaft werden wollten. Wir ergriffen also die Flucht, wobei wir uns aus taktischen Gründen verselbständigten, also jeder einen anderen Weg nahm, doch zuvor noch alle zusammen unserem Freund „Mäuser" dabei halfen, mit seinem Bruder in der Sportkarre den Fußsteg über die Emmer zu überqueren. Das war außerordentlich schwierig und kostete so viele Minuten, daß wir den „Feind" schon nah auf unseren Fersen glaubten. Aber es gelang uns zu entkommen. Ob unerkannt oder nicht, das war die ungewisse Frage, denn wir befürchteten, daß man zumindest Schmidts Mäuser an der „Sportkarre mit Kind" hätte identifizieren können. Nun war der Schulrektor und „Parteigenosse" Stöwer unglücklicherweise Sportobmann der Flieger-HJ, so daß wir dem nächsten Schulmorgen mit größter Furcht entgegensahen und uns die Konsequenzen entsprechend ausmalten. Ich glaube, daß ich in den dunklen Stunden zwischen diesem

Nachmittag und dem nächsten Morgen die erste schlaflose Nacht meines Lebens verbrachte.

Aber der Kelch ging an uns vorüber, wenngleich der Schreck uns an diesem Morgen erneut in die Glieder schoß, als „Stöwers Alter" während des Unterrichts in unsere Klasse kam, den Vorfall kurz in jähem Zorn schilderte und „bluffend" meinte, daß die Täter ziemlich sicher erkannt seien und diese eine Chance für eine gewisse Strafmilderung nur hätten, wenn sie sich bis morgen freiwillig melden würden. Wir aber trauten dem Braten mit der Strafmilderung nicht und waren entschlossen, die Nerven zu behalten und uns trotz „voller Hose" nicht zu melden. - Wir hatten „Glück". Stöwers Suche und seine Drohungen verliefen denn auch tatsächlich wie das Hornberger Schießen - man hatte uns nicht erkannt. Doch saß uns die Angst ob unserer Freveltat noch lange in den Knochen, und ich bin nie wieder in der Nähe der Baracke gewesen, die es natürlich inzwischen auch nicht mehr gibt.

Zu den Spitznamen meiner erwähnten Kumpanen muß ich noch bemerken, daß Kurt Dülm „Würstchen" genannt wurde, weil die Eltern eine Schlachterei betrieben, auf den Schützenfesten in Holzhausen und Umgebung immer einen Verkaufsstand für Brat- und Bockwürstchen aus eigener Produktion hatten, der in großen Lettern die Aufschrift „Dülms Würstchen" trug, was dann zu Kurtchens Spitznamen wurde. Zu Willi Schmidts Spitznamen „Mäuser" kam es, als eine andere Tat von diesem und Dülms Würstchen bekannt wurde: Beide waren eines Tages auf die Idee gekommen, Mäuse zu fangen, was ja eigentlich nicht schlecht ist. Aber als sie nun einige dieser Tierchen erwischt hatten, kamen sie auf die nächste Idee, nämlich die Mäuse zu „verwursten". Kurtchen entwand dem Schlachterei-Geschirr seines Vaters einen handbetriebenen Fleischwolf, durch den die beiden die gefangenen Mäuse drehten, was Willi den Beinamen „Mäuser" einbrachte. Böse Zungen wollten sogar wissen, daß die beiden lebende Mäuse durch den Wolf gedreht hätten, aber das stimmte nicht, wie ich ganz sicher weiß.

So vergingen die ersten Volksschuljahre, mit denen ich noch eine ganz liebenswerte familiäre Erinnerung verbinde. Wenn unser Vater am Sonntagmorgen etwas länger im Bett blieb, während Mutti den sonntäglichen

Betrieb „auf Trab“ brachte, schlief er natürlich nicht, weil wir Jungens das nicht zuließen. Es muß schon im Jahr 1939 gewesen sein und ich war sieben Jahre alt. Unser Kinderzimmer lag ja direkt neben dem Elternschlafzimmer und mindestens einer von uns war auch am Sonntag früh wach, mobilisierte die anderen und dann krochen wir in Mutters Bett, von wo aus wir langsam unseren Vater aufweckten, um mit unter seine Bettdecke zu huschen. Das war nicht zuletzt deshalb ein ganz besonderes Sonntagsvergnügen, weil Vater uns dann Geschichten erzählte und zwar immer wieder die gleichen, da wir stets nach diesen verlangten. Dabei wollten wir eine Zeitlang am liebsten die Geschichte von dem Kavallerie-Offizier mit der Pfeife hören: Es muß irgendeine alte Ballade gewesen sein, doch weiß ich leider nicht mehr von wem und wie sie hieß, aber ich erinnere mich genau an den für uns entscheidenden Satz, der uns so sehr faszinierte. Dieser Offizier war ein leidenschaftlicher Pfeifenraucher und seine Pfeife war eine besonders wertvolle Meerschaum-Pfeife mit einer ganz langen Spitze, wohl in der Form ähnlich den holländischen Tonpfeifen. Und diese Pfeife war sein ein und alles, die er, während er auf seinem Pferd ritt, in den Schaft seines rechten Stiefels zu stecken pflegte. Als ihm während eines Gefechts eine feindliche Kugel sein rechtes Bein in größtem Schmerz durchbohrte, da „griff er zuerst nach seiner Pfeife - und dann nach seinem Bein“! Unser Vater deklamierte diese Ballade und vor allem diesen Satz so eindrucksvoll, daß ich damals natürlich das ganze Gedicht aufsagen konnte, aber diesen Vers nie mehr vergaß.

Bevor ich die bald endende friedliche Phase meiner Kindheit verlasse und die aufziehenden dunklen Wolken weit am Horizont die klare Sicht erschweren, soll noch etwas aus den besagten weiten Hallen des Erinnern hervorgeholt werden, was zwar nahezu trivial und unerheblich zu sein scheint, aber dennoch eine gewisse kulturgeschichtliche Relevanz hat. Ich meine die unumgänglichen Maßnahmen zur Pflege der äußeren Erscheinung.

Wenngleich das Leben auf dem Lande, insbesondere für Kinder auf einem Bauernhof hinsichtlich der äußeren Umstände durch Staub, Dreck,

Gerümpel, große sowie kleine Tiere und nicht zuletzt wegen des überwiegenden Daseins in der freien Natur und bei jedem Wetter von uns ein anderes Erscheinungsbild entwickelt als bei Stadtkindern, so bemühte man sich doch mit großem Engagement, uns trotzdem „manierlich" aussehen zu lassen. Deshalb mußten wir in einem gewissen Alter Schürzen tragen, uns umziehen, wenn wir von draußen 'reinkamen und durften nur mit „Puschen" im Haus herumlaufen. Abends wurden wir gründlich gewaschen und wurden sonnabends in die Badewanne gesteckt, natürlich wir drei Brüder zusammen. Und zusammen wurden wir auch so ungefähr alle drei Wochen zum Friseur geschickt, um auch am Kopf anständig auszusehen. Die Barbierstube des Dorfes betrieb Heinrich Dreyer in der Rechtsform einer „Ich-AG", wie man das heute bezeichnen würde. Die Stube befand sich als Untermietung in dem Großmannschen vormaligen Bauernhaus, welches aber inzwischen wegen der Aufgabe der Landwirtschaft zu einer Schlosserei mit Tankstelle, die Großmanns Karl betrieb, umfunktioniert war. Den „Friseursalon" bildete ein etwa fünfzehn Quadratmeter messender Raum, in dem zwei schon etwas ältere Frisierstühle einfacher Bauart standen, von denen aber nur einer „in Betrieb" war. Außerdem gab es vier Wartestühle, eine kleines tischhohes Schränkchen und ein „Kanonenofen", auf dem während der kalten Jahreszeit stets ein Wasserkessel mit Rasierwasser vor sich hinköchelte. An der Wandseite, an dem der Ofen vor sich hin kokelte, hing ein gerahmtes, ungefähr 40 mal 23 Zentimeter großes Reklameposter für das Haarpflegemittel „Pretoria". An der Wand gegenüber der Spiegelseite mit ihren davorstehenden zwei Frisierstühlen, hing ein schon etwas verblaßter Druck mit Blumenstilleben über den Wartestühlen. Auf diesen saß ich mit meinen beiden Brüdern, wenn wir zum Dreyer abkommandiert waren und wir warteten, bis wir drankamen, was nicht selten Stunden dauerte. Denn wir kamen erst dann dran, wenn kein Erwachsener mehr eine Rasur oder einen Haarschnitt begehrte. Und wenn ein Erwachsener in die Barbierstube trat, so unterbrach derselbe selbstredend unsere Sequenz. Auf diese Weise verbrachten wir nolens volens normalerweise einen Nachmittag beim Dreyer, worüber unsere Mutter sogar noch erfreut war, weil sie uns so einen halben Tag los war und dazu noch „unter Aufsicht" wußte.

Da es natürlich außer vielleicht einer älteren Ausgabe der „Deister- und Weserzeitung mit dem „Pyrmonter Anzeiger“ keine Illustrierten oder dergleichen für uns Kinder zum Angucken gab, wurde uns die ewige Warterei langweilig. Wir konnten also, zumal wir „stillsitzen“ mußten, nur dem Hantieren des Figaros oder den Leuten um uns herum zusehen und ihren Gesprächen, die uns aber eigentlich gar nicht interessierten, zuhören. Während Dreyers Herumfuhrwerkens beim Rasieren sehe ich ihn noch vor mir, das Einseifbecken - welches mancherorts auch Rasiertasse genannt wird, was verständlicher ist, denn dieses Instrument ist nicht von Waschbecken- sondern Tassengröße - mit dem Zeigefinger seiner linken Hand in dem eingebauten Halteloch des Beckens greifen und es so festhaltend. In einem Fach des Porzellangefäßes befand sich ein Stück Rasierseife und der Rasierpinsel. Er nahm den Wasserkessel vom Kanonenofen und goß einen kleinen Schuß heißes Wasser über den Pinsel, holte sich mit demselben etwas Seife auf den feuchtwarmen Pinsel und seifte den Kunden mit eleganten Schwüngen Backen und Halsansatz ein. So machte er es im Tagesablauf bei jedem Klienten mit demselben Pinsel, derselben Rasiertasse und demselben, sprich ungereinigten, Einseifbecken und derselben Seife - mit Hygiene hatte man noch wenig „am Hut“! Währenddessen warteten wir, nicht ohne gelegentlich auch auf das Pretoria-Bild zu schauen und stimmlos den Werbetext zu lesen, den wir längst auswendig wußten. Ich sehe den Text noch heute vor mir: „Droht Haarausfall und Schuppen gar, hilft sicher schnell Pretoria! / Das medizinische Haarpflegemittel auf pflanzlicher Grundlage./ In der Packung mit dem großen „P“ - nur zwei Mark zwanzig!“ - Wenn wir endlich an die Reihe kamen, ließ Dreyer uns jüngeren den damals üblichen Ponyschnitt angedeihen, während unser älterer Bruder bereits den fortschrittlicheren Fassonschnitt bekam.

Einige Jahre später, ich war inzwischen dreizehn, brauchte ich beim Dreyer nicht mehr so lange wie früher zu warten und bekam nun auch einen Fassonschnitt, war es 'mal wieder an der Zeit, zum Dorfbarbier zu gehen. Wir schrieben Ende April 1945, als ich bei diesem Besuch erstmals den einen, bisher stets unbenutzten Frisierstuhl von einem farbigen „GI“, wohl irgendwo in den Südstaaten beheimatet, besetzt sah. Ein

Lehrling, wie sich bald herausstellte, machte sich zwecks des Vollzugs der gewünschten Naßrasur an dem „Sergeant-Major", also einem Hauptfeldwebel, zu schaffen. Dabei sah ich voll Schrecken bei meinem etwas forsch-vehementen Eintreten in die Friseurstube, daß der Stift, vielleicht etwas erschrocken, dem GI durch einen Fehlansatz der messerscharfen Rasierklinge am Hals eine leichte Schnittwunde verpaßte. Der Soldat ließ sich nichts anmerken und der Lehrling ganz unbetreten, schwieg. Nachdem ich Platz genommen und die besagte Rasierprozedur und den farbigen Kunden in aufmerksamster Weise beobachtete, wurde ich unvermittelt Zeuge, wie der arme Stift dem Klienten ein zweites Mal, jetzt in den unteren linken Nasenflügel, derart ungeschickt schnitt, daß eine regelrechte, wenn auch kleine Blutfontäne der Verletzung entsprang. Der Amerikaner zuckte nicht schlecht, versuchte aber, sich nichts anmerken zu lassen und ertrug die Bemühungen des Lehrlings um eine schnelle Blutstillung mit bewundernswertem Gleichmut als sei nichts geschehen. Das aber muß den Lehrling wohl veranlaßt haben, auch diesmal keinen Kommentar abzugeben. Als er aber sehr bald darauf dem Fremden durch einen dritten verfehlten Schnitt in den rechten Ohrzipfel denselben um ein sattsames Stückchen verkürzte und sah, wie dem Hauptfeldwebel ein paar unübersehbare Tränen aus den Augen kullerten, fragte er, die Situation wohl etwas verkennend aber an dem Schicksal eines Soldaten fern der Seinen, anteilnehmend: „Na, wohl Heimweh, wa'?"

Zugegeben, bei diesem Geschehen in dem Dreyerschen Friseurladen können sich Dichtung und Wahrheit etwas vermischt haben.

Der Beginn eines drohenden Krieges hatte sich wohl für viele Menschen seit einigen Jahren voraussehen lassen, allein die Frage „wann" blieb offen. Hitler hetzte bekanntlich seit langem und hatte auch, für die meisten sichtbar, mit der Aufrüstung begonnen. Aber für einigermaßen realistische, vernunftbegabte und vor allem erfahrene Veteranen des ersten Weltkrieges war ein baldiger Kriegsbeginn vor Beginn der vierziger Jahre gar nicht denkbar. Sie wußten noch, wie schnell 1914/18 die ersten Rüstungsreserven verbraucht, wie ungeheuerlich schwer immer das

Nachschubproblem, besonders beim „Material“ war. Und man konnte sich nicht vorstellen, daß sich die Fehler von damals so schnell wiederholen würden. Man ging, wahrscheinlich in völliger Verkennung von Hitlers Machtrausch und Weltenhaß naiverweise davon aus, daß dieses Regime das drohend am Horizont dämmernde „Unternehmen Krieg“, wenn schon, dann aber nur allerbestens vorbereitet beginnen würde, was noch viel Zeit erforderte.

So muß wohl auch noch die Ansicht der überwiegend konservativen und teilweise „Deutschnationalen“ Reserveoffiziere aus Pyrmont und Umgebung gewesen sein, als sie am 30. August 1939 im Kurhotel in Bad Pyrmont zu ihrem jährlichen Offizierstreffen mit großem Abendessen zusammenkamen. Daran nahmen auch mein Vater und sein Bruder Heinrich Karl, mein Patenonkel, teil, die ja beide „14/18“ vom ersten bis zum letzten Tag mitgemacht hatten. Wie uns unser Vater später öfters erzählte, begann der Abend im Kurhotel mit den traditionellen Begrüßungsreden durch einen hohen Offizier des Generalkommandos Hannover und naturgemäß durch einen höheren Parteibonzen als Aufpasser. Es folgte ein Umtrunk in Form des ebenfalls üblichen „Stehkonvents“, der in diesem Jahr aber auffallend kürzer war und man wurde schon sehr bald zu Tisch gebeten. Auch fiel unserem Vater auf, daß ein paar Leute, die er beim Umtrunk noch begrüßt hatte, nicht mehr am Tisch waren. Die Unterhaltung wurde etwas gequält, hörte sich sehr „gedämpft“ an und von „Stimmung“ konnte keine Rede gewesen sein. Es sei auch aufgefallen, daß sich schon während des Abendessens, Kellner zu dem einen oder anderen dezent beugten und ihnen etwas aushändigten - einen Brief oder vielleicht ein Telegramm. Nach etwa einer Stunde, gegen einhalb neun Uhr abends, war Onkel Heinrich von seinem Platz aufgestanden, zu Vati gekommen und hatte ihm zu verstehen gegeben, daß er auch gerade einen „Gestellungsbefehl“ für den nächsten Morgen bekommen habe und deshalb fort wolle. Eine halbe Stunde später überreichte ein Ober unserem Vater ein Telegramm mit dem Befehl, am nächsten Morgen um 6:00 Uhr „feldmarschmäßig“ bei seiner „Einheit“ in Hannover zu sein.

Als unser Vater schon gegen einhalb zehn heim kam, war die Mutter höchst verwundert. Ob es ihm nicht gut gehe, nein, nein, es geht gut, es sei in diesem Jahr früher zuende gewesen. „Ja, wieso denn so früh“, verwunderte sich Mutti. „Ach, nichts Besonderes, nur eine Einberufung...“. „Was für eine Einberufung, gibt es Krieg?“, hatte Mutti sofort ahnend gefragt. „Nein, nein, kein Krieg... nur eine Übung... morgen früh muß ich in Hannover sein, da treffen wir uns schon mal … und dann geht‘s ein paar Tage in die Heide...Am Wochenende bin ich wieder zurück...“, versuchte der 46jährige Familienvater seine acht Jahre jüngere Luise zu beruhigen. Es war ihm in dieser nicht so langen, aber schlaflosen Nacht und bei den vielen Tränen seiner lieben Frau nicht gelungen, Luise zu beschwichtigen und sie konnte nicht ahnen, daß des Vaters „Übung“ fünfeinhalb lange, sorgenvolle und ganz entsetzliche Jahre dauern sollte.

VIII.

Durch die bedingungslose Kapitulation Deutschlands am 8. Mai 1945 wird dieser grausame Krieg und die Nazi-Herrschaft, viel zu spät, aber doch endlich und Gott sei Dank beendet. Ergebnis: Europa in Schutt und Asche und über 50 Millionen Tote, abgesehen von den Millionen, die noch in Gefangenschaft waren und viele davon noch lange grauenhafte Jahre etwa in russischen Gulags gequält wurden. Aber zunächst waren die meisten Menschen wieder in Freiheit. Doch schon gleich gab es wiederum brutale Vertreibung, neues Unrecht und bald auch erneut gewaltsame Unfreiheit, wie vor allem in den von der sowjetischen Großmacht besetzten Gebieten Deutschlands und in Osteuropa.

Als für unseren Vater und die übrige Welt dieser fürchterliche und so schmachvoll beendete Krieg am 1. September 1939 mit jener vermeintlichen „Übung in der Lüneburger Heide" begann, herrschte natürlich nicht die Kriegseuphorie wie im August 1914. Dennoch waren die Nationalsozialisten und viele der in den nationalsozialistischen Organisationen - von dem „Bund deutscher Mädchen" (BdM) über die „Hitlerjugend" (HJ), dem „Reichsnährstand" bis hin zur nationalsozialistischen „Sturm-Staffel" (SS) - zusammengeschlossenen Menschen „angetan" davon, daß der „Führer" Ernst machte. Daß er die „Versailler Schmach" sühne, dem „Juden-, Zigeuner- und Pollacken-Gesocks" endlich eins „auf die Schnauze" haute, fortfuhr, weitere Landstriche „heim ins Reich" zu holen, begann, das „Land ohne Raum" zu vergrößern. Viele Menschen jubelten sogar lauthals auf den Straßen, die meisten „Volksgenossen" waren ganz siegessicher, was sich zunächst durch die siegreichen „Blitzkriege" in Polen und Frankreich zu bestätigen schien.

Wenngleich ich mich natürlich nicht mehr meiner eigenen Gefühle als damals siebeneinhalb-jähriger entsinne und gewiß seinerzeit auch kein eigenes Urteil über die Gründe, Absichten, Notwendigkeiten und „Chancen" des Krieges hatte, so erinnere ich mich doch an manchen unübersehbaren Kummer sowie an Angst und Sorgen in den Augen meiner Mutter. Ich weiß, sie weinen gesehen zu haben, was sie schamvoll vor uns Kindern zu verbergen suchte, um uns nicht zu ängstigen. Ruhe und Normalität ausstrahlen, hieß ihre Devise, aber nicht, weil sie die Situation verkannte, gutgläubig oder naiv war. Ganz im Gegenteil, Mutter war über dreizehn Jahre alt, als sie ihren Vater in den ersten Weltkrieg „ziehen" und ihre Mutter bitterlich weinen sah und war siebzehn, als dieser erste Weltkrieg in dem fürchterlichen Chaos endete. Sie hatte die vergeblichen Bemühungen der „Weimarer Republik", die Weltwirtschaftskrise und die Inflation mit vollem Bewußtsein und allen Konsequenzen durchlebt und Hitlers böse Methoden und Gedanken an die Macht zu kommen gesehen. Sie wußte, was in Gang gesetzt war und erahnte vom ersten Tag an das Ende, welches kommen mußte. Und während mein Vater noch Anfang der dreißiger Jahre, zumindest einige Minuten lang die trügerische Hoffnung hatte, daß seine „Deutschnationalen" Hitler in den Griff bekommen würden, hat meine Mutter das keine Millisekunde geglaubt, wenngleich sie keine fundierte politische Bildung durch tiefschürfende Lektüren oder hochkarätige Diskussionen gewonnen hatte und auch die geistesgeschichtlichen Hintergründe nicht so genau kannte, so besaß sie doch einen sicheren „Instinkt" wie auch einen bemerkenswerten „gesunden Menschenverstand", gepaart mit großer eigenen Erfahrung sowie einem tief verwurzelten Glauben. So war sie früh der festen Überzeugung, daß Hitler nicht nur Böses tun würde, sondern das Böse selbst war.

Uns gegenüber ließ sie sich ihren Kummer nicht anmerken, um uns nicht zu verunsichern. Sie wollte auch verhindern, daß wir anfingen zu fragen, denn sie wußte zu gut, wie Kinder sind. Daß sie weitererzählen, daß sie prahlen, daß sie verführbar sind und auszuquetschen waren. So wußten wir damals von den Einstellungen unserer Familie nichts und nichts von dem, was im Dunkeln der Welt vor sich ging. Nur was „offiziell" geschah, erfuhren wir durch die „Sondermeldungen" aus dem Radio oder von anderen und später aus den Überschriften der Zeitung. Und ebenso wie unsere Mutter, so überspielten die Großeltern und die nahen Verwandten uns gegenüber die Lage. Und so „schlitterte" unser behütetes Bewußtsein in eine der schrecklichsten Epochen menschlicher Geschichte - in die Zeit des zweiten Weltkrieges.

Bevor sich mir in der Kriegszeit die Pforten des Gymnasiums, der „Oberschule für Jungen" in Bad Pyrmont öffneten, mußte ich noch über zwei Jahre lang die Volksschule in Holzhausen besuchen. Der Schulbetrieb verlief trotz des Krieges und obschon die jüngeren Lehrer meist alle eingezogen waren, mit den alten Lehrern ohne „besondere Vorkommnisse" und es gab auch keine Schwierigkeiten, zumal die Algesdorfer Oma, die ja zumindest während der ersten Kriegsjahre meistens bei uns in Holzhausen war, liebevoll, aber mit strenger Zucht auf uns achtete. Ereignisse, die in Erinnerung blieben und die nichts mit dem Krieg zu tun hatten, spielten sich außerhalb der Schule ab. Etwa die Geschichte von dem Einbruch in die Halle der Flieger-HJ. Auch die verschiedenen Erlebnisse mit Freunden, wie Schmidts Mäuser oder Dülms Würstchen, fanden auf dem Hofe, in den Wäldern des Bombergs, dem 300 Meter hohen Waldrücken nördlich von Holzhausen und in den Emmer-Wiesen statt. Von den Freunden muß hier noch Helmut Ohm erwähnt werden, der aus Ärzen, einem kleinen Örtchen zwischen Holzhausen und Hameln stammte und Anfang des Krieges mit seinen Eltern nach Holzhausen zog. Dort besaßen seine Großeltern ein Kolonialwaren-Geschäft, einen echten „Tante Emmaladen" mit einer Gastwirtschaft sowie einigen Zimmern zur Vermietung. Das Anwesen hatten Helmuts Eltern geerbt und deshalb ihre Schlachterei in Ärzen aufgegeben, um die Gastwirtschaft zu betreiben. Mit Helmut Ohm habe ich dann allerhand „unternommen", denn wir gingen auch in dieselbe Klasse und später gemeinsam auf das Gymnasium in Pyrmont. Doch vorher war noch etwas bei Ohms „vorgefallen", was zwar eigentlich ganz nebensächlich war, aber trotzdem von gewisser Wirkung auf mich blieb.

Oft war ich bei Ohms und diese Begegnungen fanden, insbesondere bei schlechtem Wetter in der Gaststube statt, zumal dort tagsüber kaum Betrieb war, es sei denn durch Hausgäste. So war es auch an jenem Tag, von dem ich berichten will. Da saßen nämlich ein paar Tanten herum, Hausgäste, die sich unterhielten und uns, wie schon seit Tagen, gelegentlich beim Spielen zuschauten. Wir tollten in dem Gastzimmer herum mit allerhand kindlichen Späßen, schließlich waren wir ja auch erst sieben oder acht Jahre alt und wollten sicherlich auch Aufmerksamkeit erhaschen. Wir haben also nicht still und konzentriert Schach gespielt oder genußvoll eine gute Tasse Kaffee getrunken oder fromme Bibelsprüche aufgesagt. Nein, wir haben gelegentlich 'rumgetollt, gelacht, gekreischt und sicherlich sind wir auch ein wenig albern gewesen, so wie das bei Kindern die Regel ist. Die Tanten hatten sich sogar gelegentlich von uns in unser Spielen einbeziehen lassen. So weit so gut dieses Stündchen jenes besagten Nachmittags in Ohms Gaststube. Es wurde erst einige Tage später für mich aufregend, als ich zu Hause von meiner Mutter oder von einem unserer Mädchen hörte, daß die Tanten über mich unter anderem gesagt haben sollen, daß ich vielleicht ein ganz netter Junge, aber doch ziemlich kindisch sei. Dieses Prädikat muß ich wohl ziemlich emotional aufgenommen und mich so tief in meiner Seele darüber sehr geärgert haben, daß ich nicht wieder zu Ohms in die Gaststube gegangen bin, um dort mit Helmut zu spielen oder sonst irgend etwas zu machen. Diese Bemerkung hatte mich nicht nur in meinem kindlichen Selbstbewußtsein getroffen, sondern es hatte mich auch zutiefst verdrossen, daß diese Frauen in unserem kleinen Dorf ihre Meinung derart über mich verbreiteten. Was schnell geschah, denn Ohms Haus mit dem Laden und der Kneipe war natürlich in Holzhausen ein „Kommunikations-Zentrum". Ich war also verschüchtert und so in meinem Ego getroffen, daß diese Verunsicherung sicherlich ein Jahrzehnt, wenn nicht sogar zwei in mir nachwirkte.

Und dann sind da noch ganz andere Geschichten aus diesen ersten Kriegsjahren, die unvergeßlich blieben, obschon sie alles andere als spektakulär waren und die mich nicht verunsicherten, sondern nachhaltig beeindruckt haben. Die eine Begebenheit lag im Spätjahr 1939, ich meine sogar, daß es zu Anfang der Adventszeit war, als die Algesdorfer Oma uns drei Jungens nachmittags, während unsere Mutter draußen beschäftigt war, ganz unprogrammäßig in die Badewanne beorderte, uns einer „Grundreinigung" unterzog, uns striegelte und fein frisierte, nicht ohne uns in „ordentliche" Sachen zu stecken. Wir sahen an diesem winterlich-düsteren Dezemberabend wie sonntags aus. Die Oma hat uns das irgendwie erklärt mit noch zu erwartendem Besuch. Jedenfalls verhielten wir uns deshalb auch in Erwartung von Mitbringseln ruhig und „gesittet", so daß wir regelrecht als „artige Kinder" vorzeigbar waren. Unsere Mutter war nicht wenig verwundert als sie ins Haus kam und Oma befragte, was das denn auf sich habe und was das solle so mitten in der Woche. Die Oma hatte irgendwelche plausibel erscheinenden, aber etwas andere Erklärungen von wegen „diese dreckigen Bengel, die rochen ja schon richtig..." gegeben. Mutti blieb verwundert, sie verstand nicht recht, hielt sich aber nicht weiter damit auf. Sie war dann nur erneut verwundert, als die Oma relativ früh das Abendessen vorzubereiten begann. Aber, auch das ging dahin, es wurde sechs Uhr abends, dann sieben, bis plötzlich „vorne an der Tür" die Klingel läutete. Das war selten und kündigte einen „Fremden", einen Besucher vielleicht aus Pyrmont oder gar aus Hameln an. Denn Vertraute, Einheimische oder Nachbarn kamen immer über den Hof, also durch die Hofeinfahrt und dann über die große Diele ins Haus und klopften - wenn sie denn klopften - an der Küchentür an. Aber nun diese Ankündigung. Wir Kinder sprangen sofort auf und rannten auf den Flur, „machten Licht" und wollten neugierig sehen, wer denn da kam. Unsere Mutter rief uns natürlich erfolglos zurück und folgte uns auf dem Fuß, um die Tür zu öffnen. Die Tür hatte in Kopfhöhe ein großes ovales Sprossen-Fenster mit wunderbaren facettengeschliffenen dicken Scheiben, durch die man bei Tage den Besucher sehen konnte. Aber jetzt war es Abend und stockdunkel und eine Außenbeleuchtung war dort natürlich wegen der kriegsbedingten Verdunkelungspflicht ohnehin unzulässig. Mutti hatte auch nicht gefragt, wer da sei, weil das nicht üblich war, sondern hatte schon die Tür geöffnet und dann fast aufgeschrieen, als wir noch gar nichts sahen und nicht wußten, wer denn da war. Wir sahen nur unsere Mutter in die Arme einer, mit einem langen grauen Mantel tief vermummten Gestalt fallen, die unser Vater war! Die Algesdorfer Oma war inzwischen auch in den Flur gekommen, als wir schon an dem feldgrauen Mantel unseres Vaters hingen, den wir alle nun über ein viertel Jahr nicht gesehen oder gehört hatten. Wir sahen unsere Mutter weinen, dicke, dicke Tränen der Freude. Es dauerte lange, bis sich die beiden losließen und sich Mutti etwas beruhigte und wir drei, die wie die Orgelpfeifen inzwischen dastanden, unseren Vater alle zugleich mit all unseren kleinen Kräften drücken konnten. Der Oma war die Überraschung gelungen. Vati hatte am späten Vormittag von Polen kommend aus Berlin angerufen und seine

Ankunft zu einem Eintages-Urlaub angekündigt und stand nun da - oh, welche Freude war das!

Der Polenfeldzug dauerte ja bekanntlich nicht lange und die eigentlichen Kampfhandlungen waren dort schon im Oktober 1939 zuende. Doch der Vater war noch fast bis zum Beginn des Westfeldzuges in Polen, um die Versorgung der Besatzungstruppen mit seiner Einheit des „Heeres-Verpflegungsamts" sicherzustellen. Vati war also in diesem zweiten Weltkrieg nicht mehr wie im ersten vier Jahre lang in der kämpfenden Truppe aktiv, sondern als Hauptmann der Reserve im „zweiten Glied" der Front im Einsatz. An den militärischen Aktionen Hitlers nach dem Polenfeldzug, also der Besetzung Dänemarks und Norwegens im Frühjahr 1940, hat unser Vater nicht teilgenommen, sondern war bis zum Frühjahr in Polen, bevor seine Einheit zur Vorbereitung des Westfeldzuges ins Rheinland verlegte wurde.

Zum Westfeldzug, aus dem ich gleich noch eine für mich und meine Brüder unvergeßliche Geschichte über unseren Vater erzählen will, sei noch ein kurzer zeitgeschichtlicher Einschub erlaubt, um die militärischen Hintergründe dieser Aktion in Erinnerung zu rufen. Angesichts der überraschenden deutschen Angriffserfolge in Polen faßte Hitler gleich Mitte September 1939 den Entschluß, noch vor Einbruch des Winters im Westen aktiv zu werden, wozu er zunächst den Operationsplan grundlegend umarbeiten ließ. An die Stelle des bisher geplanten allgemeinen Vordringens nach Westen trat der sogenannte „Sichelschnittplan", der den Schwerpunkt in die Mitte der Angriffsfront verlegt, die über Sedan in schnellem Durchbruch zur Somme-Mündung vorgetrieben werden sollte. Dadurch glaubte man, die französisch-britisch-belgische Nordgruppe einkreisen zu können. Dieser Plan, der im Februar 1940 entstand, war eine Verknüpfung der strategischen Konzeption des Generals von Mannstein mit intuitiven Überlegungen Hitlers. Doch der Erfolg dieses Planes wirkte sich verhängnisvoll auf die weitere deutsche Kriegsführung aus: Hitler hatte seine angebliche „militärische Unfehlbarkeit" unter Beweis gestellt, weshalb er im Vertrauen auf sein „Feldherrngenie" zukünftig in der ihm eigenen Arroganz allen militärischen Ratschlägen seiner Berater verschlossen blieb.

An der versorgungstechnischen oder -strategischen Vorbereitung des Westfeldzuges über Holland und Belgien nach Frankreich war unser Vater im Frühjahr 1940 von seinem Standort im Rheinland eingebunden. Er machte dann den ganzen Feldzug mit, der im Mai begann und im Juni 1940 durch den Abschluß eines Waffenstillstands mit der französischen Regierung unter Marschall Pétain endete. Damit bin ich nun bei der kleinen Geschichte, an die ich mich aus Vatis Westfeldzug erinnere. Sie enthielt einen ähnlichen Überraschungseffekt für uns wie der Polenbesuch vor Weihnachten und hatte zudem eine hochdramatische Pointe.

Es war im Sommer 1940, ein herrlicher Sonnentag, als wir Kinder nachmittags auf dem Hof spielten und unsere Mutter im Haus beschäftigt war, als plötzlich unser Vater mit seinem Chauffeur Bruns in dem schnittigen, wenn auch durch die militärische Tarnfarbe entstellten offenen Opel-Kapitän-Kabriolett auf den Hof gefegt kam. Zum ersten Mal seit jenem Kurzbesuch im Dezember 1939. Völlig überraschend, ohne irgendeine Ankündigung stieg er aus dem Wagen, nachdem Bruns kommentgemäß und militärisch „zackig" den Schlag aufgerissen hatte. Er konnte sich kaum des Sturmangriffs seiner drei vor Freude schreiender Jungs erwehren. Er schloß uns in seine weiten Arme, die wir über ein halbes Jahr nicht mehr gespürt hatten, drückte und herzte uns, während Bruns das Mitbringsel für uns - drei ungebrauchte, nagelneue, weiße Tennisbälle - aus dem Wagen holte. Letzteres erzeugte ein erneutes unüberhörbares Freudengeschrei, welches wohl unsere Mutter im Haus vernommen haben mußte und sie, Unheil vermutend, auf den Hof trieb, wo sie gottlob kein solches, sondern wiederum nichtsahnend ihren lieben Fritz in die Arme schloß! Wir fanden, daß unser Vater mit seiner fast hageren, jedenfalls schlanken Figur in der leichten feldgrauen Sommeruniform ganz toll aussah, zumal er durch das sommerliche Wetter am Atlantik und die Fahrt im offenen Wagen tiefgebräunt war. Er hatte eine „schmissige" weiche Feldmütze mit Schirm auf dem Kopf und war in unseren kindlichen Augen eine Art „Rommel-Erscheinung"! Welch eine Sensation - und eine wahnsinnige Überraschung wie die vor Weihnachten. Nachdem Mutter ihren lieben Mann nach dieser innigen und herzlichen Umarmung „frei" gab, kam Bruns diskret wieder kurz ins Bild. Er begrüßte meine Mutter, um sich gleich wieder zu verabschieden, sprach halblaut einige Worte mit meinem Vater, grüßte kurz militärisch, stieg wieder in das Auto und rauschte von dannen. Er stammte aus der Nähe von Peine, knapp 80 km nordöstlich von Pyrmont entfernt und Vati hatte ihm erlaubt, ebenfalls seine Familie zu besuchen und in zweieinhalb Stunden zurück zu sein.

Pünktlich nach der verabredeten Zeit war der Fahrer wieder auf dem Hof, wo mein Vater ihn mit uns allen schon erwartete. Herzliche Verabschiedung von uns, Bruns am Wagenschlag, einsteigen, Schlag zu, rufen, winken und ab ging's wieder in Richtung Südwesten nach Bordeaux. Es war ungefähr fünf Uhr nachmittags, als sich unsere Mutter die dicken Abschiedstränen mit ihrer frischen Schürze, die sie vor lauter Überraschung, Freude und Aufregung gar nicht abgelegt hatte, von ihren Wangen abwischte, während wir mit unseren Tennisbällen herumtollten.

Die dramatische Pointe an dem Ereignis hatte sich auf der Fahrt zu uns auf der Autobahn vom Ruhrgebiet nach Hannover kurz vor Bielefeld abgespielt, als der Wagenmotor plötzlich zu „stottern" anfing, langsamer wurde und schließlich stand! Das wäre an sich nichts Besonderes, wenn sich unser Vater nicht mit Bruns auf einer nicht erlaubten Privattour im Anschluß an eine Dienstreise nach Hervest-Dorsten, im Ruhrgebiet nördlich von Gladbeck, befunden hätte, was ein Fall fürs Kriegsgericht gewesen wäre.

Die ganze Sache war so zustande gekommen, daß unser Vater, der mit seiner Einheit in der Nähe von Bordeaux lag, dienstlich nach Hervest-Dorsten mußte. Die Fahrt dorthin quer durch Frankreich war problemlos verlaufen und seinen Auftrag in Dorsten hatte er wider Erwarten schnell erledigen können, so daß man in aller Ruhe „dans la région bordelaise" hätte zurückfahren können. Er hatte praktisch einen halben Tag eingespart, weshalb Bruns in Reflektierung dieser Situation unserem Vater vorsichtig die waghalsige Idee zu „verkaufen" suchte, die gewonnenen Stunden zu nutzen, um „schnell einmal nach Hause zu flitzen", zumal das bezogen auf die zweimal über zwanzigstündige Fahrt keine zehn Prozent der Gesamtzeit sein würde. Unser Vater verwarf die Idee energisch, hielt das für einen Wahnwitz, machte Bruns auf die möglichen Risiken und Konsequenzen aufmerksam und so fort. Aber Bruns ließ nicht locker und nervte den Vater während des gemeinsamen Mittagessens vor der Rückreise noch in Dorsten wiederholt mit der Idee, nicht ohne mit Verweis auf die Zuverlässigkeit des Fahrzeuges, die gute Autobahn bis Bielefeld, die intimen Ortskenntnisse und dergleichen, das Risiko des Unternehmens als gering darzustellen. Vati lehnte weiter energisch ab, wobei sein Widerstand nach Bruns Eindruck langsam geringer wurde. Er kannte den Vater ja inzwischen recht gut, denn er war ihm gleich am ersten Kriegstag, jenem berühmten Beginn des „Herbstmanövers" am 1. September 1939 in Hannover als Fahrer zusammen mit dem Auto zugewiesen worden. Alle „Drei" hatten nun schon knapp ein Jahr zusammen verbracht und Vati schätzte seinerseits Bruns technisches und fahrerisches Können, ebenso wie seine menschlichen Qualitäten einschließlich seiner absoluten Zuverlässigkeit. Langer Rede, Bruns „kriegte unseren Vater ′rum" und die Tour zu Weib und Kindern ging los. Sie verlief auch problemlos bei herrlichem Wetter, Militärkonvois und Militärpolizei wurden auf der Autobahn überholt und es kehrte langsam Beruhigung sowie schließlich Wiedersehensfreude ein … bis der Motor das besagte „Stottern" anfing. „Bruns", meinte Vati beunruhigt, „da haben wir den Salat. Nun brauchen wir nur zu warten bis die nächste Militärstreife kommt, womit dann der Krieg für uns zuende sein dürfte. Und wenn wir „Glück" haben, dann ist noch mehr zuende". „Sie haben leider recht, ist zwar Schei…, aber nur die Ruhe, Herr Hauptmann", reagierte Bruns und empfahl seinem Chef, sich an die Autobahnböschung ins Gras zu legen. Wenn es nötig sei, würde er ihn um Unterstützung bitten. Unser Vater, der seiner Natur gemäß nervös bis in zwar seltenen Fällen kollerig werden konnte, blieb aber diesmal völlig ruhig, folgte den Anweisungen des Fahrers und sonnte sich im Gras der Böschung, schließlich war er ein alter Kämpfer und hatte in den vielen Kriegsjahren schon andere Stürme erlebt, wie er sich sagte.

So lag er da und hörte Bruns am Motor rumfuhrwerken, mal versuchend den Motor zu starten, mal leise fluchend. So ging es, bis er Vati bat, doch ′mal zu kommen und durch eine Leitung zu pusten, was er ohne zu fragen folgsam tat, bis Bruns ihn ersuchte, im Wagen auf seinem angestammten Platz sich niederzulassen, was er ebenfalls ohne Frage, wenn auch mit leichter Verwunderung befolgte. Vati hat uns erzählt, wie sich

Bruns noch einige Minuten unter der Motorhaube zu schaffen machte, diese dann zuschlug, sich auf seinen Sitz setzte, den Motor erfolgreich startete und zunächst ohne Kommentar die Fahrt fortsetzte. Erst nach längerem tiefen Durchatmen nahmen die beiden langsam das Gespräch wieder auf und schienen ziemlich entspannt zu sein, als sie in Holzhausen auf dem Hof in vorläufiger Sicherheit eingetroffen waren. Später sind sie dann auch gut wieder in Bordeaux angekommen und behielten ihr Geheimnis sehr lange Zeit bei sich.

Die nächsten Jahre brachten für uns Kinder auf dem Hof, trotz aller schrecklichen Kriegsereignisse, dann weniger Aufregendes. Man „richtete sich ein" mit der Zeit und den Umständen. Das gelang einigermaßen, weil unsere Mutter dank der tatkräftigen Unterstützung der Algesdorfer Eltern, der Hilfe „unseres" Opas wie auch der überwiegend zuverlässigen Helfer auf dem Hof, den Herausforderungen gewachsen war. Andrerseits war der größte Druck, der auf ihr lastete, die Sorge um unseren Vater, etwas geringer geworden, als klar wurde, daß Vati zunächst im Westen blieb und nicht nach Rußland mußte. Der Rußlandkrieg war natürlich das gefürchtetste Unternehmen des Krieges. Zuviel wußte man aus dem ersten Weltkrieg, zuviel hatte man damals erlebt und die „Granaten schlugen auch schon dicht bei uns ein": Im Juni 1941 war der jüngste Sohn von Vatis Cousine Änne Konze, unser Vetter, der Student der Rechte Johann Konze aus Berlin als Gefreiter einundzwanzigjährig bei Jurbarkas in Litauen gefallen. Anderthalb Jahre später, kurz vor Weihnachten 1942 fiel Konzes zweiter Sohn Ferdinand mit knapp siebenundzwanzig Jahren bei Novo-Kalitwa als Oberleutnant in einem Infanterie-Regiment im großen Don-Bogen. Das waren Ereignisse, die mir marksteingleich in schmerzlicher Erinnerung blieben.

Sonst waren wir selbst behütet und von unmittelbaren Kriegseinwirkungen, etwa durch Bombenangriffe oder Not weitgehend verschont, so daß wir uns relativ unbeschwert bewegen konnten, sieht man einmal von der bedauerlichen Tatsache ab, daß wir unseren Vater nicht um uns hatten. Außerdem sahen wir etwas betrübt dem Ende der beschaulichen Grundschulzeit und dem unvermeidbaren Anfang der Gymnasialzeit entgegen. Dennoch verlebten wir ziemlich unbekümmert die letzten Sommerferien nach der Grundschule überwiegend auf dem Hof, wo wir zwar bei der Ernte mithelfen mußten, doch genügend Gründe fanden, um uns gelegentlich „auszuklinken". Auch zu den Klavierstunden brauchten wir in den Ferien nicht zu gehen und sind sogar noch in den Sommerferien 1942 mit unserem Vetter Heinrich Pfingsten aus Algesdorf in Berlin bei Tante Maria und Onkel Wilhelm, den Geschwistern unserer Eltern, gewesen. Maria und Wilhelm wohnten mit ihren beiden Kindern, unserer etwa gleichaltrigen Cousine Marlies und dem Vetter Dieter in einem wunderschönen Häuschen in Berlin-Nikolassee, wo wir willkommen waren und die Luftkrieggefahr dort noch relativ gering zu sein schien. Zum anderen war unsere Mutter natürlich froh, wenn sie uns 'mal ein paar Tage los war. Außerdem standen wir dort auch unter adäquater männlicher Aufsicht, weil in Berlin der Haushaltungsvorstand, unser Onkel Wilhelm, zu Hause weilte. Er war nicht „kriegsverwendungsfähig", da er während seiner Studienzeit als Corpsstudent in München beim Fechten ein Augenlicht verloren hatte und deshalb nicht in den Krieg mußte, sondern in seinem Beruf als Entwicklungs-Ingenieur bei Siemens-Schuckert tätig bleiben konnte.

Es war also für uns noch alles relativ problemlos und der Krieg war auch aus der Sicht der Enthusiasten bisher scheinbar gut verlaufen: Polen war „vergessen", Nordeuropa, der Atlantik durch den U-Boot-Krieg und Frankreich sowieso weitgehend unter Kontrolle. In Nordafrika, wo an meinem Geburtstag 1942 nach einem erfolgreichen deutschen Gegenstoß Tobruk erreicht wurde, herrschte mit dem legendären General Rommel noch etwas Siegeshoffnung. Aber in Rußland zogen düstere Wolken auf: Ende 1941 war klar geworden, daß die UdSSR nicht durch einen „Blitzkrieg" niedergerungen werden konnte. Im Gegenteil, es kam zu heftigerem sowjetischen Widerstand, der 1942 zu einem großangelegten deutschen Offensivversuch durch die Heeresgruppe Süd führte. Im Sommer erreichte die berühmte 6. Armee unter Führung des Generals Paulus Stalingrad und nahm neun Zehntel der Stadt ein. Dann blieb die Offensive stecken und die „Rote Armee" marschierte zur Gegenoffensive auf. Im November 1942 wurde General Paulus mit über 280.000 Mann in Stalingrad eingeschlossen, womit eine mörderische Befreiungsschlacht begann, in deren Verlauf bis zur Aufgabe im Februar 1943 fast 150.000 deutsche Soldaten gefallen waren, etwa 34.000 herausgeflogen werden konnten und Paulus mit 90.000 Mann in russische Kriegsgefangenschaft ging, aus der keine zehn Prozent zurückgekommen sind.

Dieses Stalingrad-Drama ist mir neben einem anderen epochalen Kriegsereignis in lebendiger Erinnerung geblieben - das andere sensationelle Geschehen war der Attentatsversuch Stauffenbergs am 20. Juli 44. Alle übrigen Kriegsbegebenheiten, die über die täglichen Nachrichten und Film-Wochenschauen fast ausschließlich als Siegesmeldungen verbreitet wurden, haben in meinem kindlich-jugendlichen Gemüt kaum Spuren hinterlassen. Aber bei diesen beiden Ereignissen war das grundverschieden, wobei Stalingrad nochmals sozusagen „interfamiliär" besondere Bedeutung erlangte. Unser Vater wurde nämlich im Winter 1942/43 durch seine Funktion als Chef eines „Heeresfuttermittel-Werkes" für die Produktion von Trockenfutter verantwortlich, welches die in Stalingrad eingeschlossenen Kavallerieeinheiten erhalten sollten. Dieses Pferdefutter sollte aus der Luft in den Kessel abgeworfen werden, wozu es eine ganz bestimmte Dichtigkeit erhalten mußte, was extrem schwer zu bewerkstelligen war. Aber dazu später mehr. Hier deshalb noch jene Erinnerung an den 20. Juli 1944.

Das mißlungene Attentat auf Hitler war eine exorbitant politisch-militärische Sensation, deren Ursache und Bedeutung ich damals als Zwölfjähriger natürlich nicht begriff. Aber ich meine, als sei es gestern gewesen, die theatralisch geschrieenen Worte des von uns kleinen Hitlerjungen immer noch bewunderten Führers, „Eine verbrecherische Clique von Offizieren ..." im Radio zu hören. Vielleicht ist mir diese schrill gebrüllte Anklage jedoch auch deswegen so präsent, weil diese Worte seitdem mindestens so oft zu hören waren, wie der Schrei jenes Rundfunkreporters „Tor ,Tor, Tor, Tor ..." anläßlich eines berühmten Fußballspiels um die Weltmeisterschaft in Bern 1954. Wie dem auch sei, es war 1944 „Bürgerpflicht", über das Verbrechen, wie auch ich es als gläubiger „Jungnazi" im „Deutschen Jungvolk" einordnete, entsetzt zu sein. Fassungslos, daß man es gewagt hatte, die Hand gegen „unseren Führer" zu erheben und man andrerseits glücklich sein mußte, daß

Hitler diesem „infamen Mordversuch" entgangen war. So stellte man es, wenn unumgänglich etwas nach außen hin und öffentlich gesagt werden mußte, auch bei uns zu Hause dar. Aber ohne Not wurde von niemandem dazu irgend etwas konkret geäußert. Und wenn wir Kinder etwas fragten, lenkte man ab, wich aus oder sagte zu etwas ganz anderem einen Satz. Als Pimpf war ich einerseits vielleicht besorgt und wütend wegen des Anschlags auf meinen mutmaßlich integren „Führer" Adolf Hitler, andrerseits war ich, die Tragweite des Ereignisses verkennend, beeindruckt von dem legendären Mannesmut eines deutschen Soldaten, namentlich eines Generalstabsoffiziers, jenes schneidigen, klugen und tapferen Soldaten mit den roten Biesen an den mannhaften feldgrauen Breecheshosen. Solche Kerls können doch keine Verbrecher sein ... ! In der Folgezeit hatte ich noch lange und oft das Bedürfnis, mich selbst manches fragend, an dieses Ereignis zu denken. Aber zunächst mußte ich meine Mutmaßungen voller Zweifel einstellen.

Zwanzig Jahre später las ich ein dtv-Taschen-Buch, welches die letzten Briefe zum Tode Verurteilter mit einem Vorwort von Thomas Mann enthielt. Darin bewegten mich vor allem die Abschiedsbriefe einiger eindrucksvoller, mehr oder weniger bekannter Persönlichkeiten des deutschen Widerstands. So von einem 39jährigen Siemens Elektroschweißer Georg Schröder, von dem 61 Jahre alten Diplomaten Ulrich von Hassel, letzte Zeilen von Claus Bonhoeffer, 44 Jahre alt und Lufthansa-Abteilungsleiter sowie ein mehrseitiger Brief von dem 39 Jahre alten Rechtsanwalt und Gutsbesitzer Helmut James Graf von Moltke. Diese Lektüre veranlaßte mich, den Faden wieder aufzunehmen. Ich beschäftigte mich aus diesem Grunde eingehender mit der Geschichte des Widerstands und fragte mich so oft, was den Widerständlern in ihren letzten Tagen und Stunden durch den Kopf gegangen sein muß.

Heute meine ich mir faßbarer vorstellen zu können, welche Gedanken den „Macher" von damals, meinen kindlich bewunderten Oberst im Generalstab - mit den roten Biesen - Claus Schenk Graf von Stauffenberg an den Tagen und in den schlaflosen Nächten davor bewegt haben mögen. Stauffenberg soll, wie viele seiner Biographen meinen, am Vorabend seiner wohlbedachten mutigen Tat Stefan Georges Gedicht „Der Täter" gelesen haben. Darin scheint mir die zweite Strophe wohl am tiefsten gegründet zu sein.

Ich lasse mich hin vorm vergessenen fenster: nun tu
Die flügel wie immer mir auf und hülle hienieden
Du stets mir ersehnte du segnende dämmrung mich zu
Heut will ich ganz mich ergeben dem lindernden frieden.

Denn morgen beim schrägen der strahlen ist es geschehn
Was unentrinnbar in hemmenden stunden mich peinigt
Dann werden verfolger als schatten hinter mir stehn
Und suchen wird mich die wahllose menge die steinigt.

Wer niemals am bruder den fleck für den dolchstoß bemaß
Wie leicht ist sein leben und wie dünn das gedachte
Dem der von des schierlings betäubenden körnern nicht aß!
O wüßtet ihr wie ich euch alle ein wenig verachte!

Denn auch ihr freunde redet morgen: so schwand
Ein ganzes leben voll hoffnung und ehre hienieden …
Wie wiegt mich heute so mild das entschlummernde land
Wie fühl ich sanft um mich des abends frieden!

Zurück ins Jahr zweiundvierzig. Die Sommerferien waren vorbei und die Aufnahmeprüfung für das Gymnasium in Bad Pyrmont hatten die drei Kandidaten aus der Holzhäuser Volksschule, Helmut Ohm, Kurt Dülm und Heinrich Drinkuth bestanden. Nun pilgerten wir meistens zusammen zur „Penne“, wie man bekanntlich in der Schülersprache eine „höhere Lehranstalt“ nennt. Helmut Ohm holte mich ab und wir zwei pickten dann Dülms Kurtchen auf, der an der Schillerstraße auf uns wartete. Nach der Schule ging's umgekehrt, wobei wir auf dem Heimweg meistens längere Zeit als auf dem Hinweg brauchten, weil wir noch das eine oder andere auf dem Heimweg, sozusagen en passant, unternahmen.

Das ging so das erste Jahr, bis ich unmittelbar nach Ende des Unterrichts mit fünf bis sechs anderen Schülern aus verschiedenen Klassen zu Frau Klie gehen mußte, um dort beaufsichtigt meine Schularbeiten zu machen. Frau Klie war pensionierte Studienrätin und mit einem Privatgelehrten, der Biologe war, verheiratet. Sie hatte zwei Töchter, die älter waren als ich. Zu dieser „Institution" ging ich natürlich nicht besonders gerne, wenngleich ich mich nicht einsam fühlte, weil mein Bruder Fritz auch noch einige Zeit dort Schüler war, ebenso wie später auch unser jüngster Bruder Wilhelm. Ich war aus drei Gründen nicht so gerne bei Klies: Zum einen, weil ich mich wie jeder Junge natürlich nur ganz ungern beaufsichtigen ließ und zum anderen, weil man manchmal, wenn man nicht richtig „spurte", zu Herrn Klie abkommandiert wurde, was meistens unangenehm und daher eine rechte Strafe war. Herr Klie, der im obersten Stock des Hauses seine eigentlich anheimelnde Studierstube, die Spitzweg hätte gemalt haben können, hatte und dort für die Universität in Kiel Kleinstlebewesen unter dem Mikroskop beobachtete und abzeichnete, war nämlich ein ungewöhnlich strenger Mensch. Da er größtmögliche Ruhe für seine diffizile Arbeit brauchte, mußten wir dort in absoluter Geräuschlosigkeit arbeiten und wurden alle halbe Stunde kurz abgehört und mußten je nach Ergebnis länger bleiben oder wieder geräuschlos verschwinden. Er sprach ganz wenig mit uns, höchstens um zu kritisieren und das oft mit scharfen Worten oder zynisch. Er verabschiedete die Schüler meist wortlos. - Der dritte Grund, warum ich ungern zu Frau Klie ging lag darin, daß wir dort auch zu Mittag essen mußten, was wir nicht liebten, obwohl wir in dieser Kriegszeit alles andere als verwöhnt waren. Die Ursache lag vielmehr darin, daß Frau Klie aus Rationalisierungsgründen gewöhnlich nur einmal in der Woche, nämlich montags, für sieben Tage kochte. Und was sie montags produzierte, natürlich stets Eintopf, gab es täglich gleich bis sonnabends. Aber wir haben das alles mitgemacht und mit der Zeit schon eingesehen, daß sich dadurch unsere Mutter nicht um unsere Schularbeiten zu kümmern brauchte. Deshalb war Frau Klie eine sinnvolle Hilfe, zumal sie alle Fächer der Unterstufe abdeckte, wobei sich die Aufsicht vornehmlich auf die Hauptfächer Deutsch, Englisch und Mathematik bezog.

Das Pyrmonter Gymnasium war aus dem „Pädagogium" hervorgegangen, welches 1891 von dem Gymnasiallehrer Dr. Caspari aus Lippstadt gegründet war, sechs Klassen umfaßte und staatlich anerkannt war. Schon mein Vater und seine Schwester Auguste hatten dieses Pädagogium Anfang unseres Jahrhunderts - von 1903 bis 1909, respektive 1913 -1919 - besucht und dort mit Ende der sechsten Klasse die Obersekundareife oder das „Einjährige" gemacht, welches übrigens seit 1868 für Jungen die Mindestvoraussetzung in Preußen zur Zulassung zu dem „Einjährig-Freiwilligen-Dienst", einer verkürzten aktiven Militärdienstzeit auf freiwilliger Basis, war. Nebenbei noch gesagt, mußten Vaters jüngere Brüder, die maturieren sollten, das humanistische Gymnasium mit Latein ab Sexta und griechisch spätestens ab Untertertia in Rinteln an der Weser, gleichsam internatsmäßig, besuchen. - 1920 hatten sich die noch selbständigen Gemeinden von Pyrmont, Oesdorf und Holzhausen wie zu einem Gesamtschulverband zusammengeschlossen und dabei das Pädagogium in eine Oberschule mit immer noch sechs Klassen übergeleitet, die bis 1924 unter dem Gymnasialdirektor Dr. Johannes Becker zur „Vollanstalt" mit neun Klassen ausgebaut wurde. Ostern 1928 nahm man die erste Reifeprüfung ab, die, wie die Chronik berichtet, alle Schüler bestanden. Die erweiterte Schule mit 9 Klassen war für maximal 250 Schüler konzipiert. Infolge der Kriegsereignisse, vor allem der Evakuierung von Familien aus bombengefährdeten Großstädten nach Pyrmont, stieg die Zahl der Schüler seit 1943 sprunghaft.

Wenn ich so noch das Pädagogium in die Ahnenreihe meiner Penne aufnehmen darf, dann kann ich sagen, daß diese Schule seit Beginn dieses Jahrhunderts fast ununterbrochen von Drinkuths besucht und mehr oder weniger in Schrecken versetzt worden ist. Und als ich „eintrat", waren es mit mir sechs Drinkuths, nämlich die Cousine Marlies, die später verheiratete Buchinger, die Vettern Hans und Erich von der Sennhütte, die auch von den Drinkuths abstammende Cousine Christa, die danach verehelichte Ludolf und mein Bruder Fritz. Auch war da noch mindestens einer der „angeheirateten" Vettern Aly, nämlich Herbert, möglicherweise auch noch der damals siebzehn Jahre alte Friedrich-Wilhelm Aly, den wir Wim nannten. Wir waren also damals eine starke, ich glaube sogar die stärkste Familienvertretung an der Pyrmonter Oberschule, wodurch ich mich ganz unbewußt in ziemlicher Sicherheit wußte. Ich erinnere mich auch nicht, daß während meiner Schulzeit jemals ein Mitschüler und wenn er noch soviel älter oder „stärker" war als ich, sich erdreistet hätte, mir „Schwierigkeiten" zu machen.

So verliefen die Schuljahre mit der großen Familie und den beiden Holzhäuser Freunden im Rücken planmäßig und problemlos, während außerhalb unserer „Insel der Seligen" in der weiten Welt vor allem der zweite Weltkrieg mit seinen schrecklichen Ereignissen in Rußland und in Ostasien den Lauf der Dinge bestimmte. In diese Zeit fällt auch noch als bedeutsames Ereignis für meine engste Familie, daß im Spätsommer oder Herbst 1942 unser Vater aus Frankreich nach Deutschland abkommandiert wurde und die Leitung einer Heeres-Futtermittelfabrik in Klein-Berkel bei Hameln übertragen bekam und „Heimschläfer", wie man heute „beim Bund" sagen würde, werden durfte. Das war natürlich aus zwei Gründen für uns äußerst bedeutsam, weil er nicht mehr in Feindesland und schon gar nicht in Rußland zu sein brauchte und weil er nun wenigstens überwiegend nachts zu Hause war. Der Vater hatte diese Versetzung vor allem dank glücklicher Umstände erreicht. Er war inzwischen fast fünfzig Jahre alt und deshalb nicht mehr besonders gut für die sehr hohen physischen Belastungen in Rußland geeignet. Andrerseits hatten ihm lange Erfahrung, kluges Verhalten und gute Beziehungen in den Stäben und Kommandos und nicht zuletzt die Tatsache, daß er als Landwirt natürlich viel von Pferdeernährung verstand, sehr geholfen. Er war also nachts zu Haus und tagsüber in dieser Fabrik, in der Futtermittel für die Pferde der Kavallerieeinheiten der Wehrmacht hergestellt wurden. Eine große Herausforderung ergab sich als Folge der Ereignisse in Rußland und speziell um Stalingrad. Ich denke sogar, daß er gerade deshalb dorthin abkommandiert worden ist. Ich habe von diesen Futtermittelpaketen erzählt. Das größte Problem lag, wie erinnerlich, darin, daß diese „Futterbacksteine" so fest sein mußten, daß sie beim Aufprall auf den Boden nicht zerbarsten und andrerseits zum gebrauchsfertigen Einweichen nicht zu hart sein durften. Mein Vater hatte große Sorgen um die Lösung dieser Probleme. Da sie nämlich länger dauerte als geplant und man wegen der

Lage in Stalingrad in große Zeitnot kam, mutmaßten die politischen Führungsleute, die seine Fabrik ständig höchst argwöhnisch observierten, Sabotage unter den arbeitenden Kriegsgefangenen, wodurch unser Vater als Verantwortlicher unter ganz erheblichen persönlichen Druck geriet. Er konnte aber noch gerade rechtzeitig vor dem Jahresende die Aufgaben bewältigen, wenngleich alle Hilfe für Stalingrad zu spät kam.

So war 1942 aus vielerlei Aspekten für mich ein ereignisreiches Jahr: Ich hatte meinen zehnten Geburtstag gehabt, war aufs Gymnasium gekommen und der Vater kehrte, wenn auch nicht immer und dauernd, so doch wenigstens nachts zur Familie zurück.

Aber es ging ja um meine Schule, als aus verschiedenen Großstädten, vor allem aus dem nur fünfundsiebzig Kilometer entfernten Hannover, wegen der stärker und gefährlicher werdenden Bombenangriffe neue Schüler kamen. In meine Klasse allein vier oder sogar fünf, unter anderen Werner Flandorffer. Wir nannten ihn bald „Flödi", und ich bin seitdem in herzlicher Freundschaft mit ihm verbunden. Mit diesen „Neuen" und den anderen Schülern, wie Helmut Ohm und Kurtchen Dülm nebst weiteren, zu denen auch vier Mädchen zählten, wuchsen wir schnell zu einer kameradschaftlichen Gemeinschaft zusammen, in der sich im Laufe der nächsten Jahre weitere Zugehörigkeiten entwickelten, die, wie im Fall von „Flödi" lebenslangen Bestand haben sollten. Die meisten Mitschüler schätzten wie ich diese koedukative Erziehung. Nicht zuletzt deshalb, weil sie uns in gewissem Maße Freundschaften ohne zu große „Begehrlichkeiten" bescherte, ebenso wie ein hohes Maß an Respekt vor dem anderen Geschlecht und schließlich eine Art von Ritterlichkeit vermittelte.

Die beiden nächsten Schuljahre entwickelten sich auch für uns in dem vielleicht verschlafenen, jedenfalls aber nach wie vor wunderschönen kleinen Kurstädtchen zu erschütternderen Kriegsjahren. Das lag zum einen daran, daß sich nach Stalingrad die Front immer mehr näherte. Vom Osten durch die Russen und vom Westen nach der Landung der Alliierten in der Normandie 1944. Zudem wurden die Luftangriffe auf Deutschland immer intensiver, oder besser massiver und grausamer. Wir spürten den Krieg und seine Folgen durch die unzähligen Verwundeten, die nach Pyrmont kamen, nachdem die Stadt zunächst inoffiziell zur Lazarettstadt erklärt worden war. Dafür wurden neben den bestehenden Krankenhäusern fast alle Kurheime, Sanatorien und Hotels endgültig zu Lazaretten umfunktioniert, nachdem bereits unmittelbar nach Kriegsausbruch das Kurhaus und eine Anzahl von Hotels und Fremdenheimen als Reservelazaretts in Anspruch genommen waren. Seit 1942 war ja dann Oberstarzt Dr. Glaser als Chef- und Standortarzt eingesetzt. Aber bis Pyrmont amtlich nach Maßgabe der Genfer Konvention Lazarettstadt wurde, war es ein langer und für den Standortarzt schwieriger Weg. Die größten Schwierigkeiten entstanden, als etwa Ende 1942 ohne sein Wissen zwei Rüstungsbetriebe in den Sälen zweier Hotels eingerichtet wurden und gleichzeitig der Befehl kam, auf einer Reihe übernommener Häuser große rote Kreuze anzubringen. Erst nach längerem Kampf des Standortarztes mit der „Organisation Speer", einer ziemlich mächtigen politischen Organisation, die dem damaligen Rüstungsminister Albert Speer unterstand und die Rüstungsproduktion kontrollierte, wurden die beiden Unternehmen Anfang 1945 wieder aus der Stadt herausgezogen. Deshalb konnten erst jetzt die nötigsten äußerlichen Maßnahmen umgesetzt werden, um Pyrmont wirklich zur Lazarettstadt zu machen. Dazu gehörten neben den schon vorhandenen großen roten Kreuzen auf den Dächern, auf großen freien Plätzen vor allem Schilder mit roten Kreuzen und der Aufschrift „Lazarettstadt Bad Pyrmont".

Es war erschütternd, denn mehr und mehr Schwerstverwundete mit verlorenen Armen, Beinen oder Augen waren in wackeligen Rollstühlen oder an den Armen von Krankenschwestern und Helfern in der Stadt zu sehen. Ganz schlimm wurde es für uns, als wir zum Ende des Krieges als Jungvolk-Pimpfe beim Eintreffen der Verwundeten in Lazarettzügen auf dem Bahnhof helfen mußten, diese geschundenen Kreaturen Gottes zu „entladen". Unsere Hilfe konnte natürlich nur ganz bescheiden sein, denn wir waren damals gerade zwölf oder dreizehn Jahre alt, so daß wir Decken zu den Waggons bringen oder leere Tragbahren hin und her schleppen mußten. Ich sehe aber noch die Gesichter dieser Menschen, die größtenteils zusammengeschossene „Krüppel" waren. Ich erinnere mich an die nach den langen Transporten durchgebluteten Verbände an Köpfen, Armen und Beinen. Es war furchtbar, gerade für uns Kinder - aber darauf nahm bei der Arbeit damals niemand Rücksicht, denn jede Hand, war sie auch noch so klein, wurde gebraucht.

Von den Luftangriffen erlebten wir die ständigen und nahezu ungehinderten Anflüge mehr oder weniger großer Bomberverbände, die unsere Gegend mit dem Ziel auf deutsche Großstädte überflogen. Das hatte für uns den zweifelhaften „Vorzug", daß dann meistens Fliegeralarm gegeben wurde und wir keine Schule hatten. Und wenn der Fliegeralarm, der gewöhnlich zwei bis drei Stunden dauerte, schon früh kam, mußten wir in die Luftschutzkeller der Schule, kam er später, wurden wir heim geschickt. Statt wirklich heim zu gehen, legten wir uns oft auf ein Flachdach der Kohlenhandlung Hörling unweit der Schule und „beobachteten" stundenlang die nicht enden wollenden Bomberverbände, die in etwa 3000 Meter Höhe flogen und daher sehr gut mit bloßem Auge zu sehen waren. Einmal habe ich selbst sogar die Flugzeuge mit einem alten Karabiner beschossen, was natürlich der reinste Schwachsinn war. Überhaupt bedeutete damals unser leidenschaftliches Hantieren mit Gewehren und das Schießen damit schon einen grob fahrlässigen Wahnsinn. Ich muß nicht zum eigenen kindlichen Ruhme, sondern zur ernstlichen Warnung dazu gleich noch etwas erzählen. Doch jetzt nochmals zu den Luftangriffen sowie zu meiner Aktion, die Flugzeuge beschießen zu wollen. An diesem Tag, es war im Spätsommer oder Herbst 1944 und bei strahlendem Sonnenschein noch recht warm, wurden wir schon früh aus der Schule entlassen. Deshalb hatten wir uns nicht auf Hörlings Flachdachschuppen gelegt, sondern waren schnurstracks heim gegangen, um andere Vorhaben in die Tat umzusetzen. Der Alarm dauerte an diesem Tag bis in den Nachmittag hinein und es überflogen uns nicht nur die „lahmen" Bomberverbände, sondern plötzlich tauchten auch Tiefflieger auf. Diese überflogen mehrmals Pyrmont in ganz niedriger Höhe und machten den Eindruck, zum Greifen nahe zu sein. Ich war mit meinem jüngeren Bruder Wilhelm im Garten, als wir blitzschnell auf die Idee kamen, den alten Karabiner vom Dachboden zu holen und zu versuchen, eines der Flugzeuge zu beschießen oder vielmehr zu probieren, es zu treffen. Eine „Spitfire“ ’runterholen, das war nun völlig unkontrolliert die mich steuernde Eingebung. Da auch niemand im Haus war, konnte ich mich ungehindert dieser alten „Donnerbüchse“ bemächtigen. Patronen machte ich aus einem alten Maschinengewehrgurt heraus, welcher seit 1918 auf dem Boden vergessen in einer Kiste verstaubte. Sodann habe ich unter aufwiegelnder Anfeuerung durch meinen jüngeren Bruder, der das natürlich ganz toll fand, auf einen herannahenden Tiefflieger angelegt, gezielt und geschossen und das drei- oder viermal. Natürlich und Gott sei Dank erfolglos, weil die Dinger viel zu schnell flogen und ich keinerlei „Vorhaltemaß“ hatte. Nach dem dritten Schuß kam mir trotz der „tollen Idee“, solch einen „Schweinehund“ ’runterzuholen, ganz plötzlich die Einsicht des reinen Wahnsinns meines Unternehmens. Ich stellte mir nämlich vor, was passieren würde, wenn ich wirklich treffen sollte: Einer der anderen oder die meisten Tiefflieger würden zurückkehren und brutale Vergeltung üben. Sie würden Salven über Salven aus ihren Bordkanonen auf Pyrmont „ballern“ und vielleicht sogar Bomben werfen. Das Herz fiel mir tief in die Hosentasche, so daß wir uns fluchtartig unter dem Schutz der Obstbäume ins Haus, inzwischen kreidebleich, zurückzogen und den alten Karabiner wieder auf dem Boden versteckten. Wenngleich mein noch infantiles Alter mich entschuldigen mag, so war das Unterfangen natürlich unverzeihlich und in höchstem Maße dumm. Doch habe ich viel später, wenn ich mich dieser Aktion erinnerte, oft gedacht, wie wir damals schon als Kinder von der Propaganda und der Hetze derart indoktriniert oder „verbogen“ waren. Aber das wurde natürlich und gottlob mit dem nahen Kriegsende und als wir gründlich „aufgeklärt“ wurden, ganz schlagartig anders.

Was im übrigen meine Schieß- und Waffenleidenschaft betrifft, so muß diese wohl in der Familie gelegen haben und „angewölft“ sein. Selbst jagdlich seit jeher ambitioniert und aktiv, gab es natürlich genügend Jagdwaffen im Haus, die ordnungsgemäß unten im Flur unseres Wohnhauses in einem schönen eichenen Waffenschrank, der mit Gehörnstangen „verziert“ war, verschlossen und scheinbar sicher aufbewahrt wurden. Nur ahnte man natürlich nicht, daß wir es wußten, wo der Schlüssel lag. Fühlten wir uns allein im Haus, wurden die Waffen „inspiziert“ und auch schon ´mal im Garten und später, als wir dreister geworden waren, sogar im Haus ausprobiert. Das war so schon immer in Holzhausen gewesen und für die „Humfelder“, also die Verwandtschaft meiner Großmutter väterlicherseits, völlig unverständlich. Die waren zwar auch Jäger und besaßen deshalb ebenfalls Waffen, aber dort herrschte wohl noch Zucht und Ordnung, so daß keines der Kinder oder Jugendlichen es wagte, damit zu spielen. Die Tölles verstanden diese lasche Einstellung in Pyrmont nicht und unser Opa hat mir oft erzählt, daß die Humfelder früher, wenn sie einen Brief aus Holzhausen erhielten, zunächst einmal geglaubt haben sollen, daß etwas durch die Gewehre passiert und vielleicht jemand getroffen worden sei.

So muß mir diese Unsitte, schon in frühester Jugend heimlich mit Waffen zu hantieren, eben vererbt sein. Ich verstehe es eigentlich gar nicht, daß das damals, als ich mit dem schweren Karabiner herumexperimentierte, niemand gemerkt hat. Dieser Karabiner war übrigens eine Waffe, die mein Patenonkel Heinrich Karl mit aus dem ersten Weltkrieg heim brachte, nachdem er sie einem kanadischen Soldaten im Nahkampf während des Stellungskrieges in Frankreich abgenommen haben soll. Auch der Maschinengewehrgurt, voll mit „scharfer“ Munition, war aus dem ersten Weltkrieg und die Patronen paßten in den Karabiner, so daß ich genügend Munition zu haben glaubte, um beliebig mit der alten „Knarre“ schießen zu können. Dieses war am besten in dem damals unbenutzten Hohlweg möglich, der auf einem Acker des Bauern Coupé vor dem „Steinbrink“, einer Flur nahe dem Moorteich lag. Dorthin zog ich gelegentlich mit der Knarre, nachdem ich sie das erste Mal mit meinem Freund Helmut Ohm eines schönen Sommertages ausprobiert hatte. Auf dem Hof hatte ich mir, als alle auf dem Feld waren, einen „Bollerwagen“ genommen, darauf alles mögliche Zeug zur Tarnung geschmissen und darunter das Gewehr und reichlich Munition versteckt. Dann war ich zusammen mit dem Freund unbemerkt zu dem Hohlweg gezogen mit dem Ziel, die Munition auf Gebrauchsfähigkeit zu testen. Ich hatte nämlich schon festgestellt, daß ungewöhnlich viele Patronen dabei waren, die nicht mehr zündeten. Das war an sich kein Wunder, denn das Zeug war ja schon mindestens fünfundzwanzig Jahre alt. Wir begannen also in dem

Hohlweg die Schießversuche, indem wir das Magazin füllten, durchluden und abdrückten. Es folgte ein Fehlzünder nach dem anderen und wir legten schließlich gar nicht mehr an, sondern nahmen das Gewehr nur lässig in die Hand, drückten ab, repetierten, drückten ab - Fehlzündung, repetierten, drückten ab und so dauernd wiederholend weiter. Solange, bis ganz plötzlich doch eine Patrone noch funktionierte und mit einem lauten Krach losdonnerte. Der Rückschlag des schweren Karabiners wirkte in meiner Hand so stark, daß ich, auch vor Schreck, glatt zu Boden fiel. Das hat uns dann bald veranlaßt, die Waffenexperimente in dem Hohlweg einzustellen. Der einzige „Erfolg" war, daß wir nun mit ziemlicher Sicherheit den Patronen von außen ansehen konnten, welche bestimmt nicht mehr funktionierten, so daß ich später bei dem beschriebenen Beschuß der Jagdflugzeuge schon funktionsfähige Munition bereit hatte.

Mit solchen und ähnlichen Studien muß ich mich damals mehr beschäftigt haben als mit meinen schulischen Verpflichtungen, die ohnehin wegen der kriegsbedingten Umstände wie Fliegeralarm und dergleichen und auch wegen des obligaten Engagements in der Hitlerjugend etwas zu kurz kamen. Aber es gab trotzdem noch keine ernstlicheren schulischen Probleme, zumal auch die überwiegend aus der Pension zurückgerufenen alten Lehrkräfte zu milde und um ihres eigenen lieben Friedens willen überaus nachsichtig waren. Das dritte Schuljahr ging so in den letzten Kriegstagen vor Ostern 1945 mit dem Einrücken der amerikanischen Truppen nolens volens zuende und alles überstürzte sich dann derart, daß wir gar keine Zeugnisse mehr bekamen, uns aber alle in Untertertia versetzt gefühlt hatten.

Seit Beginn des Jahres 1945 war es nach den inzwischen vergangenen fast fünfeinhalb Kriegsjahren trotz all der vielen Probleme dennoch relativ schnell zu einer gewissen „Normalität" im Leben der meisten Menschen insofern gekommen, als sich jeder so gut es ging „eingerichtet" hatte. Man hatte sich, so unbegreiflich das klingt, an den Krieg, die Knappheit und die Not, an den Verlust oder zumindest an die Einschränkung der Freiheit „gewöhnt" und lebte in seinen Nischen, so gut es ging. Das baldige Kriegsende war in Sichtweite. Nachdem man im Herbst 1944 noch alle „waffenfähigen", das meinte all diejenigen, die überhaupt eine Waffe tragen können, Männer zwischen sechzehn und sechzig Jahren zum „Deutschen Volkssturm" eingezogen hatte, wurden Mitte Februar 1945 auch Frauen und Mädchen zum Hilfsdienst für den Volkssturm verpflichtet. Ersteres blieb meinem Bruder Fritz nur deshalb erspart, weil er im Spätherbst vierundvierzig als Hitlerjunge zum „Schanzen", also zum Bauen von Wällen und Panzergräben in die Gegend von Arnheim für mehrere Wochen abkommandiert worden war. Anfang April 1945 wurde die Lage in Pyrmont äußerst verworren, nachdem kolportiert wurde, daß die ersten alliierten Panzertruppen im 35 Kilometer westlich von Pyrmont gelegenen Ort Brakel aufgetaucht seien. Bei diesen Nachrichten ließ der Standortarzt der Lazarettstadt die schon erwähnten Schilder aufstellen, während der Volkssturm aber trotzdem Straßensperren und Panzergräben baute, was die unbelehrbaren Parteibonzen angeordnet hatten. In allerletzter Minute war es dem Oberstarzt Glaser jedoch gelungen, den Ortsgruppenleiter zu bewegen, den Volkssturm zurückzuziehen und so die Bevölkerung, die etwa 5000 Verwundeten und Kranken samt des Pflegepersonals, die schwerst Pflegebedürftigen, ausgebombten Menschen wie auch die rund 4.000 in Pyrmont untergebrachten Flüchtlinge, vor unnötigem Unheil zu bewahren.

Am 7. April 1945 war unser Vater nochmals aus Hameln von seiner immer noch produzierenden Heeresfuttermittel-Fabrik heim gekommen und am nächsten Morgen wieder früh gen Hameln gereist - um gegen Mittag auf dem Fahrrad wieder zurückzukehren. Das war bei allem Ernst der Lage eine der komischsten Kriegsgeschichten aus unserer Familie. Und obschon sie sich witzig anließ und sich so auch zunächst anhört, so war sie schlußendlich und im Grunde doch höchst dramatisch geworden, aber das Ende dennoch glücklich: Nachdem unser Vater an jenem 8. April morgens wie üblich bis kurz vor Mittag seinen Dienst getan und Tausende von Futterpaketen, für wen auch immer, produziert hatte, erklärte er seinen Kameraden, mit denen er gewöhnlich mittags in der „Kleinberkeler Warte" zu Tisch ging, heute nicht dorthin mitzugehen, da er noch etwas in der nahen Stadt Hameln zu erledigen habe. Er benötige auch keinen Fahrer, weil er wegen der Lage das Rad nehme, was arglos verstanden wurde. Aber statt nach Hameln zu fahren, begab er sich mit dem Rad und in voller „Kriegsbemalung" von Groß-Berkel über die damals so genannte „Reichsstraße 1" über Ärzen und Grießem und von dort weiter in Richtung Holzhausen. Er hatte nämlich für sich den Krieg als beendet erklärt und nicht den Wunsch verspürt, in seiner Futtermittelfabrik von vorauseilenden amerikanischen Stoßtrupps, deren Anrollen er in Kürze vermutete, gefangen genommen zu werden. So radelte er an diesem schönen sonnigen Apriltag über die Landstraße, wobei er näher kommendes Maschinengewehr- und Geschützfeuer wahrnahm. In Grießem verließ er die Hauptstraße, bog nach links ab, durchfuhr das Dorf in Richtung Pyrmont, wozu er den Grießemer Berg überwinden mußte. Nach den ersten Serpentinen sattelte er ab und schob sein Stahlroß wie ein „radfahrender Infanterist zu Fuß" neben sich her. Während einer Verschnaufpause in halber Höhe am Grießemer Berg gewahrte er auf der unter ihm verlaufenden Reichsstraße aus Richtung Barntrup die ersten amerikanischen Panzer. Mit dem klaren Ziel Hameln kamen die Panzerkolonnen in zügigem Vorstoß ungehindert auf das Dörfchen Grießem zu, welches er gerade verlassen hatte. Die Amerikaner waren keine fünf Kilometer von ihm entfernt, so daß er ihnen voll ins Messer gelaufen wäre, wenn er auch nur wenige Minuten später Klein-Berkel verlassen hätte oder langsamer geradelt wäre! So blieb er ruhig und besonnen, setzte sich wieder aufs Rad und trudelte eine viertel Stunde später auf dem Hof in Holzhausen ein. Sogleich wechselte er die Uniform gegen seine Landwirts-Garderobe, trat auf den Hof und konnte gerade noch rechtzeitig die kleine amerikanische Panzereinheit „begrüßen", die in unseren Hof einfuhr. Diese hatte sich zuvor von dem vom Grießemer Berg aus gesichteten Panzerverband abgesetzt und war nicht über Grießem, sondern vorher über das kleine Dörfchen Hagen auf Pyrmont zugerollt, nicht ohne von Hagen aus einen hervorragend gezielten Granattreffer in „Kugelschatz Scheune" am westlichen Ortsrand von Holzhausen zu setzen. Es war ein Warnschuß für die Holzhäuser Einwohner, keinen Widerstand zu leisten. Das geschah also, als Vati vom Grießemer Berg herunter radelte und unsere Mutter, wie die meisten Frauen im Dorf auch, bereits weiße

Tücher zu hissen begann und unsere Hakenkreuzfahne unter dem Kessel in der Schweineküche verbrannte. Obwohl de facto „der Film gelaufen" war, aber de jure noch Partei und Wehrmacht in Pyrmont „herrschten", hatte unsere Mutter ziemliche Angst beim Hissen der Bettlaken. Diese steigerte sich noch, als Ortsgruppenleiter Henne mit hochrotem Kopf durch unsere Straße rannte und den niederträchtigen Bettuchhissern härteste Sanktionen ankündigte, sobald die Amis zurückgedrängt und die Situation wieder unter Kontrolle sei. Aber als die Lage wieder unter Kontrolle war, diesmal aber unter derjenigen der siegreichen Amerikaner, saß Henne längst hinter Schloß und Riegel.

Doch noch war der 8. April nicht vorbei. Die besagte kleine - aber immerhin mit vier oder fünf großen Sherman-Panzern, drei riesigen Zwanzigtonner Sattelschleppern, einer Reihe von gepanzerten Radfahrzeugen und einer Menge der legendären Jeeps einschließlich der Besatzungen - amerikanische Panzereinheit hatte sich auf unserem Hof niedergelassen. Dabei „parkten" vier große Panzer auf den Scheunendielen, je zwei auf jeder Diele unseres Hofes.

Das war übrigens seit etwa 125 Jahren das erste Mal, daß fremde Soldaten auf dem Hof waren: In der napoleonischen Zeit der Jahre 1811/1812, als sich der Franzosenkaiser auf der Höhe seiner Macht glaubte und den Feldzug gegen Rußland vorbereitete, sammelte er Truppen in ganz Mitteleuropa. Zur Verstärkung seiner „Großen Armee" hob er zwangsweise auch in unserer Gegend wehrfähige Burschen aus, um sie nach Rußland zu führen. Da sich diese Jungs vor den napoleonischen „Aushebern" in Scheunen, abgelegenen Hütten und in den umliegenden Wäldern versteckten, stationierten sich die Franzosen auf größeren Höfen, um von dort ihrem Menschenfang nachzugehen. Und so waren die Franzosen damals auch wochen- oder gar monatelang auf unserem Hof gewesen. Es sind damals überhaupt schlimme Zeiten gewesen und die Menschen fürchteten nicht nur um Hab und Gut, sondern auch um ihr Leben, weshalb sie nicht selten Haus und Hof vorübergehend verlassen haben, um sich zu verstecken. Zuvor hatten sie manchmal Geld in die Lehmwände ihrer Fachwerkhäuser eingemauert, um es vor der raubenden und plündernden Soldateska zu verbergen. Um solches Geld muß es sich jedenfalls gehandelt haben, welches Bauleute in den Dielenwänden meines Elternhauses fanden, als sie dort 1928/29 vor der Hochzeit meiner Eltern alles umbauten und die Rohre der zentralen Heizungsanlage verlegten. Es war eine Handvoll Golddukaten, von denen ich noch einige in der bescheidenen „Münzsammlung" unseres Großvaters gesehen habe.

Zurück zu den Amerikanern, die sich am 8. Mai 1945 auf dem Hof einrichteten, aber anders als Napoleons Leute für ihren weiteren Kampf weder junge Burschen fingen noch nach Hab und Gut ihrer Feinde suchten. Die Einquartierungs-Aktion schien für uns spät abends abgeschlossen zu sein, ohne daß auch nur ein einziger Soldat unser Wohnhaus betrat oder uns in irgendeiner Weise in Anspruch nahm. Diese erste kämpfende Truppe, insbesondere ihre Vorhuten, verhielt sich völlig korrekt, zurückhaltend und war absolut autonom und souverän. Sie hatte alles dabei, was man sich denken oder nicht vorstellen konnte: Stromgeneratoren, Wasseraufbereitungsanlagen, Waschgelegenheiten, natürlich Feldküche, Funk- und Telefonanlagen, Treibstoff in Hunderten von 20-Liter-Kanistern auf einem großen Lastzug, Getränke und Verpflegung vom Kaugummi bis zu Dosenfleisch, Reis etc. Das einzige, was fehlte, waren für rund 50 Leute Einrichtungen zur persönlichen „Entsorgung" - und die wurden noch am gleichen Tag unter dramatischen Umständen bei meinem Vater eingefordert.

Der Kommandant der Einheit ließ ihn rufen und forderte ihn auf, unverzüglich den rechten Teil des Geräteschuppens, der die obere Hoffläche nach Osten abschloß, von dem darin liegenden Brennholz zu räumen. Der Boden des hinteren Teils dieses Schuppens mit den ungefähren Maßen von fünf mal zehn Metern hatte nämlich einen gestampften Lehmboden, in dem man vor der hinteren Wand einen Graben ausheben wollte, davor den berühmten soldatischen „Donnerbalken" anbringen, um so eine überdeckte und abgeschlossene Latrine zu haben. Unser Vater wurde bei diesem Ansinnen blaß vor Schrecken und versuchte mit eindringlichen, aber etwas mangelhaften englischen Brocken und durch alternative Vorschläge den amerikanischen „Lieutenant" davon zu überzeugen, daß man die Latrine besser woanders einrichten solle. Der Grund für Vaters Aufregung und seine eindringlichen Umstimmungsbemühungen lag in der Tatsache begründet, daß er in dem Schuppenteil und zwar gerade dort, wo der Graben ausgehoben werden sollte, etwa ein Jahr zuvor seine kostbarsten Jagdwaffen sowie eine Kiste alten Bordeaux vergraben hatte. Das aber würde, wenn es auf diese Weise herausgekommen wäre, für ihn das Todesurteil gewesen sein, denn jeder Waffenbesitz war strengstens verboten. Hätten sie also die vergrabenen Gewehre gefunden, so wäre unserem Vater „kurzer Prozeß" gemacht worden. Deshalb mußte unbedingt versucht werden, den Lieutenant von seiner Idee abzubringen. Aber angesichts der Sprachschwierigkeiten - unser Vater hatte nur aus zwei Schuljahren halbvergessene Englischkenntnisse und zudem noch eine ganz altmodische Aussprache (so mit „bött" statt „but" und dergleichen) und der Lieutenant konnte natürlich kein deutsch - war die Chance gering und meinem Vater begann „der Po auf Grundeis zu gehen"! Und während er dem Amerikaner verschiedene Plätze des Hofes als Alternativen zeigte, ergab es sich zufällig, daß von einem der beiden ein französisches Wort fiel. Das wiederum veranlaßte einen der beiden zu der Rückfrage, ob man französisch spreche. Das aber sprach unser Vater wegen des guten Französisch-Unterrichts auf dem Pyrmonter Pädagogium und der langen, vorhergegangenen Frankreichaufenthalte in den beiden Weltkriegen, nahezu fließend. So war der Lieutenant ganz glücklich, endlich wieder französisch sprechen zu können. Vor gegenseitiger Begeisterung fragte man sich, woher die Sprachkenntnisse, wie sehr gut sie seien, fing an über Frankreich zu schwärmen, ließ Holzschuppen Holzschuppen und Latrine Latrine sein und beschloß schließlich, diese dort anzulegen, wo man gerade stand, um dringend weitere Erfahrungen und Erinnerungen an Frankreich und den furchtbaren Krieg auszutauschen. Dazu hatte man sich inzwischen ins Haus und zu einer letzten Flasche Wein, die noch in unserem Keller war, begeben. Doch trotz der Entspannung konnte es der Vater nicht verhindern, daß seit diesem aufregenden Ereignis die Haare seines Kopfes auffallend schnell grau wurden. - Moral und Nutzanwendung der Geschichte: Nerven behalten und Sprachen lernen kann lebensrettend sein!

Zum Kriegsende gehört auch noch eine nicht ganz unkritische Begebenheit, die einige Tage später auf dem Hofe für viel Aufregung sorgte.

Die trug sich zu, als die amerikanische Panzereinheit, die sich in den ersten Tagen bei uns einquartiert hatte, nicht mehr auf dem Hof war und in Pyrmont inzwischen eine regelrechte Militärverwaltung der Amerikaner schaltete und waltete. Zu deren Aufgaben gehörte nicht zuletzt, die Nazis dingbar zu machen und „Entnazifizierungs-Verfahren" einzuleiten. Die diesbezüglichen Maßnahmen des Aufspürens und Verhörens zielten darauf ab, den Einfluß der Nazis, die ja zunächst alle frei herumliefen und so taten, als sei nichts gewesen, im öffentlichen Leben, in der Wirtschaft und vor allem im Erziehungswesen auszuschalten und sie zu bestrafen. Im Umfeld dieser Maßnahmen bildeten sich naturgemäß Subkulturen von „schrägen Vögeln" und „üblen Typen" jedweder Herkunft und Motivation, die sich mit Denunziationen bei den „Besatzern" Vorteile verschaffen oder „alte Rechnungen begleichen" oder irgendwelchen Leuten „eins ′reinwürgen" wollten. Und so kam eines Nachmittags ein „Jeep" der amerikanischen Militär-Polizei mit fünf Personen, von denen einer offensichtlich Deutscher und Dolmetscher war, auf unseren Hof und verlangten nach meinem Vater. Die beiden Leute bei den zwei Militärpolizisten waren ein ehemaliger russischer und ein polnischer Kriegsgefangener, die nun befreit sich als die großen Herren produzierten. Zufällig waren aber auch noch zwei ehemalige polnische Kriegsgefangene, die bei uns gearbeitet hatten, auf dem Hof. Es war unser ehemaliger polnischer Kriegsgefangener Christof Cruszca, der eine Landsmännin bei uns geheiratet hatte und auch nach der „Befreiung" noch eine Zeit lang loyal und mit unvermindert großem Engagement als Großknecht bei uns arbeitete. Der andere war Jan Crakowiak, der früher auf dem Hof gearbeitet hatte und seit etwa einem Jahr bei unserem Vater in der Heeresfuttermittel-Fabrik in Groß-Berkel tätig war. Inzwischen war Vati aus dem Haus gekommen, und die beiden Begleiter der Militärpolizisten stürzten sich auf ihn mit den Rufen „... das SS-Mann, großes SS-Schwein ... Du verhaften, verhaften ..." Und während die Amerikaner Vatis Personalien unter dem dauernden „SS-Mann"- Geschrei dieser leicht angetrunkenen „Befreiten" aufnahmen, kamen Christoph und Jan herbeigestürzt, stellten sich demonstrativ und ganz entschlossen schützend vor unseren Vater, wiesen sich als ehemalige polnische Kriegsgefangene aus und erklärten beschwörend, daß sie meinen Vater seit Jahren kennen würden. Unser Vater sei, wie sie sich in ihrem gebrochenen Polendeutsch ausdrückten „gewesen Wehrmachtsoffizier“ und „mit kurze Degen und nix SS ...“. Die ausdrückliche und scheinbar unwichtige Erwähnung des „kurzen Degens“, mit dem sie einen kurzen Dolch meinten, hatte eine wichtige Bedeutung in diesem Moment: Deutsche Offiziere trugen zur „Ausgehuniform“ an zwei kurzen Trägergurten leicht geneigt horizontal auf der linken Seite den besagten Dolch. Das war in den 20er Jahren von der Reichswehr als Paradewaffe wieder eingeführt und niemals von der SS-, der SA- oder anderen uniformierten politischen Kampftruppen der NSDAP getragen worden. Das wußten unsere beiden Polen ganz genau, vor allem Christof, der Offizier in der polnischen Armee gewesen war. In einer längeren Debatte haben sie vehement den „G.I.'s“ dieses deutlich gemacht, wobei sie zwischendurch noch dauernd massiv diese beiden Denunzianten beschimpften, wodurch es noch zu einer Eskalation zwischen den Polen und Russen zu kommen drohte. Das aber wurde dadurch verhindert, daß die amerikanischen Militärpolizisten, von Christofs und Jans Aussagen überzeugt, den Polen sowie auch den Ruski beschimpften, sich in ihren Jeep setzten und davon fuhren, während der Pole und der Iwan fluchtartig den Hof verließen. Wären Christof und Jan nicht zugegen gewesen, hätten die Leute unseren Vater mit Sicherheit erst einmal „mitgenommen“, eingesperrt oder gar in ein Lager verbracht. So aber war das Gewitter vorbeigegangen, wofür wir den alten Getreuen nicht dankbar genug sein konnten.

Mit diesem „Vorfall“, der sich natürlich in Windeseile nicht gerade zu unserem Nachteil im Ort herumgesprochen hatte, war der Krieg für uns nun wirklich zuende und es dauerte auch gar nicht lange, bis der Vater, der als integerer, konservativer und erfahrener kommunalpolitischer Praktiker bekannt war, von der Militärverwaltung ausdrücklich und persönlich aufgefordert wurde, am Aufbau der demokratischen Ordnung zusammen mit alten politischen Weggefährten aller Couleur mitzuwirken. Er hat das gern, leidenschaftlich und mit großem Engagement zum Wohle seiner Heimat fast bis zu seinem Tode gemacht.

IX.

Ungeachtet all der entstandenen Verwirrungen und Unsicherheiten durch die Militärregierung und die vielen Fremden, die mit dem Kriegsende in unsere Stadt geschwemmt worden waren, beruhigte sich das Leben unter der nach meiner Erinnerung diskret und zurückhaltend agierenden britischen Militäradministration, die die amerikanische inzwischen abgelöst hatte, relativ zügig. Besonders auf einem Bauernhof normalisierten sich die Abläufe, weil die Jahreszeiten - das ewige Werden und Vergehen - sowie jegliche Unmöglichkeit, in das natürliche Geschehen eingreifen zu können, schnell zu einer gewissen Normalität zurückführten. Das war bei uns sicherlich leichter als in vielen anderen Lebensbereichen, weil für die Überlebenden des Krieges in der Landwirtschaft die „Mutter aller Probleme", nämlich die Hungersnot, nicht in dem üblichen Maße herrschte, wie anderswo. Dennoch brachten die vielen Gesichter anderer Menschen, die da plötzlich auftauchten und wieder verschwanden oder blieben und mit denen man sich auseinandersetzen mußte, schwerwiegende Probleme. Viele dieser vertriebenen oder ausgebombten Menschen waren unter überwiegend unzulänglichen Umständen unterzubringen, zu beschäftigen oder zu versorgen und zu integrieren. Hinsichtlich der Umsetzung all dieser dringenden und extrem schwierigen Erfordernisse stand naturgemäß vor der Währungsreform die „Generalbewirtschaftung" in nahezu allen Lebensbereichen massiv im Wege. Aber ohne diese planwirtschaftliche Verwaltung des Mangels wäre das Chaos sicherlich noch größer gewesen, und die Bewirtschaftung war zunächst einmal das kleinere Übel.

Dieses totale Lenkungssystem bedeutete im Kern einstweilen die Fortsetzung der kriegswirtschaftlichen Zentralverwaltungswirtschaft in der Produktion, vor allem von Nahrungsmitteln und Kleidung. Ebenso staatlich reglementiert war der Konsumsektor der Wirtschaft, so daß jedem Haushalt und jedem einzelnen Menschen pro Tag eine ganz bestimmte qualitative und quantitative „Ration" an Nahrungsmitteln und den meisten übrigen Gütern des täglichen Bedarfs zustand. Die Nahrungsmittelrationierung basierte auf einer bestimmten Menge von Kalorien, die jedem Individuum pro Tag zugebilligt wurde. So standen in den Jahren bis 1946/48 einer erwachsenen Person beispielsweise eintausend bis maximal 1.500 Kalorien zu. Heute rechnet man bei mittelschwerer Tätigkeit mit etwa zweitausend Kalorien, wobei man berücksichtigen muß, daß der heutige Mensch normalerweise einen vergleichsweise respektablen Sättigungsgrad genießt, also „wohlgenährt" ist, während die damaligen Menschen wirklich Unterernährte waren. Die fünfzehnhundert Kalorien pro Person und Tag von damals entsprachen konkret beispielsweise insgesamt zwei mittelgroßen Kartoffeln, drei Scheiben Brot, einem Eßlöffel Gries, einem Eßlöffel voll Suppenerzeugnissen, einem Teelöffel Käse, zehn Gramm Fett und einem Häufchen Malzkaffee. Hinzu kamen monatlich noch zweihundert Gramm Fleisch, ein Pfund Mehl und ein Pfund Zukker. Das ist in Vergessenheit geraten und man muß es sich heute einmal versuchen vorzustellen: 2 Kartoffeln, 3 Scheiben Brot, 1 Teelöffel Käse, 10 Gramm Fett … für einen ganzen langen Tag bei schwerer Arbeit !

Organisatorisch wurden diese „Rationen" über die sogenannte „Lebensmittelkarte", die jeder Haushalt monatlich und später wöchentlich bekam, gesteuert und kontrolliert. Eine solche Karte war normalerweise ein etwa DIN-A-5-großes Blatt Papier mit briefmarkengroßen Feldern, in welche die Art und Menge der Lebensmittel, die dem Karteninhaber, dem Haushalt oder einer Einzelperson zustand, eingedruckt war. Wenn die Hausfrau nun einkaufte, so wurden die den gewünschten Mengen entsprechenden briefmarkengroßen Abschnitte von der Lebensmittelkarte abgeschnitten. Und wenn alles abgeschnitten war, gab es nichts mehr, bis man in der nächsten Lebensmittelkarten-Periode eine neue Karte zugeteilt bekam. Natürlich gab es je nach Geschlecht, Lebensalter und Schwere der Tätigkeit unterschiedliche Lebensmittelkarten mit unterschiedlichen Zuteilungsmengen. Die „Karte V" beispielsweise, war diejenige mit der geringsten Mengenzuteilung, galt unter den Zynikern als gedrucktes Todesurteil, und die Karikaturisten zeichneten den Inhaber von „Karte V" als dürre nackte Gestalt, deren Gesäß schon von einem Spinnennetz bedeckt war.

Wer unmittelbar nach dem Kriege mit der zugedachten Ration nicht auskam, weil er zu unterernährt war, schwerere Arbeit als angerechnet verrichten mußte, krank oder in ähnliche Notlagen kam oder sich wegen einer Familienfeier oder fürs Weihnachtsfest „etwas leistete", bekam ein Problem. Er konnte nur überleben oder sich das Fest nur erlauben, wenn er stahl oder sich auf dem schwarzen Markt zu versorgen vermochte oder Freunde hatte, die ihm etwas abgaben. Und was die Möglichkeiten des schwarzen Marktes betraf, so verlangte der natürlich viel Geld: Eine Zigarette kostete 1945 zehn, ein Pfund Butter hundert Reichsmark, so daß viele Leute aus Mangel an Barem ihre mobilen Besitztümer verkauften oder eintauschten. Um einmal satt zu werden, gab man den Familienschmuck oder den Fotoapparat hin, das Fernglas oder sogar den Ehering. In diesem Umfeld von Not und Elend hatte natürlich auch das „horizontale Gewerbe" eine ungeahnte Hausse, vor allem durch die Besatzungssoldaten. Dieser Aufschwung der Prostitution nahm nicht selten bei jüngeren Mädchen mit der damals zunächst noch harmlos klingenden Frage nach „a pussy für sale" ihren bitteren Anfang.

Unversehens vergrößerte sich Ende 1946 das Angebot ein wenig, nachdem in dem fernen USA weitsichtige Menschen beschlossen hatten, die Deutschen nicht nach dem Vorschlag von Henry Morgenthau junior. aushungern und ihr Terrain zu einem primitiven Agrarland werden zu lassen. Sie initiierten die großartige Organisation CARE (Coorperative for American Remittances to Europe). Eines der praktischsten Prinzipien bestand darin, daß einfühlsame und hilfsbereite Privatpersonen in den USA an ausgemergelte und hilfsbedürftige Individuen in Europa „Freßpakete" schickten, von denen jedes genormt dreizehn Kilogramm wog und außer notwendigsten Lebensmitteln im „Nährwert" von unvorstellbaren 41.000 Kalorien auch noch Genußmittel, wie Zigaretten und Kaffee enthielt! Und auch wenn man sich Kalorien bildhaft nur schwer vorstellen konnte, gingen die 41000 Kalorien über den Rahmen selbst der wildesten Phantasie hinaus: Der Inhalt eines CARE-Pakets war für die Empfänger, zu denen wir als „Selbstversorger" freilich nie gehörten, so etwas wie eine unerwartete Erbschaft, denn der Inhalt entsprach in etwa einer Monatsration bei den Lebensmittelkarten! In den USA kostete solch ein Traumpaket zehn Dollar, während sich in Berlin, Hamburg oder Frankfurt der Wert in unserer Reichsmark-Währung nicht mehr ausrechnen ließ.

Die Menschen in dem sowjetisch besetzten Teil Deutschlands haben von ihren „Befreiern“ keines der knapp zehn Millionen Pakete jemals zu Gesicht bekommen. Im Gegenteil, sie mußten von ihrem eigenen und viel größerem Mangel auch noch einen Teil an die russische Besatzungsmacht abgeben. Diese unglaubliche Hilfsbereitschaft der Amerikaner haben zu viele Menschen ebenso vergessen oder vorsätzlich verdrängt, wie auch die oben beschriebene konkrete tägliche Ration: Wenn die Amerikaner uns damals über Jahre hinaus durch CARE keine „Freßpakete“ oder durch den „Marshall-Plan“ keine Rohstoffe, Maschinen und anderes mehr geschickt und größtenteils geschenkt hätten und wenn sie in der Zeit bis 1952 nicht die stolze Summe von 1,7 Milliarden Dollar an ERP-(European Recovery Programm) Krediten zur Verfügung gestellt hätten, dann wäre ich wohl heute nicht in der glücklichen Lage, zweihundert oder mehr Seiten mit diesen Erinnerungen zu Papier zu bringen! - Nebenbei gesagt bedeuteten nach dem damaligen Umrechnungskurs die knapp 2 Mrd. Dollar Anfang der fünfziger Jahre ungefähr 10.000.000.000 Deutsche Mark, was einer heutigen Kaufkraft von mindestens 50 Milliarden EURO entsprechen könnte.

Der nächste große Problemkreis jener Zeit auf unserem Hof wurde trotz aller Vorteile durch unsere Selbstversorgung dennoch dadurch besonders deutlich, daß zu viele „Mäuler zu stopfen“ waren, was sich in wachsendem Maße ergab: Da waren nämlich zunächst die heimgekehrten Knechte, zum Teil mit ihren Familien, zu versorgen. Sodann die evakuierten Verwandten und weiterhin die bei uns einquartierten Flüchtlinge sowie schließlich hungernde und bettelnde Veteranen oder Kriegsversehrte ebenso wie vagabundierende Fremde, deren aller Hunger gestillt werden wollte. Ich erinnere mich daran, daß an Wochenenden, besonders an Sonntagen mittags neben unseren eigenen Leuten, den Verwandten und Flüchtlingen, über eine lange Zeit regelmäßig zusätzlich zehn und mehr allein dieser „gelegentlichen“ Esser auf unserer Diele ohne Ansehung der Person mit einer warmen Mahlzeit versorgt wurden. Da spielten sich zwiespältige Szenen der Verzweiflung und der Freude, der Enttäuschung, ja des Zorns und der Dankbarkeit ab, die ich bis dahin nicht gekannt und seitdem in dieser Wahrhaftigkeit nicht mehr erlebt habe. Es waren wildfremde Menschen, wahrscheinlich Landstreicher und Intellektuelle, Kriminelle und Verfolgte, Gesunde und Todkranke, Amputierte und Großmäuler jeglichen Alters und Geschlechts, deren sich der Hof nicht erwehren konnte - und die er auch nicht abweisen wollte. Da wurde ohne viel wenn und aber, mindestens in bescheidenem Maße, praktische Nächstenhilfe nach dem etwas erweiterten Motto geleistet: Wo zehn satt werden, da müssen auch dreißig satt werden.

Eine nächste Herausforderung ergab sich aus den zusätzlichen Menschen, die da plötzlich auf dem Hof Unterkunft brauchten. So lebten in den Monaten nach Kriegsende bis hin zum Jahreswechsel oder Frühjahr 1946 insgesamt über zwanzig Menschen im Hause. Es waren unsere engste Familie mit Eltern, uns Kindern, dem Großvater und als Vertriebene oder Ausgebombte Tante Maria aus Berlin mit Marlies und Dieter sowie der zurückgekehrte Onkel Wilhelm. Weiterhin Tante Aenne und Onkel Wilhelm Konze aus Berlin. Dann unser Personal mit der alten Magd Lene, zwei Küchen- und Hausangestellten, ein oder zwei Lehrlingen, drei oder vier Knechten, von denen einer mit seiner Ehefrau bei uns lebte. Weitere Mitarbeiter, wie der Melkermeister Adolf Edler, unser Gärtner Albert Zöllner, dessen Hilfsarbeiter Angermanns Walter und Fischers Friedrich wohnten ja nicht auf dem Hof, sondern in ihren eigenen Häusern oder denen ihrer Familien. Und dann war da noch bei uns ein junges Ehepaar einquartiert, welches ein Baby erwartete, das in dem ziemlich kalten Winter 45/46 auch glücklich bei uns geboren wurde. Bei dieser Hausbelegung ist zu bedenken, daß wir damals unter dem Dach eines dreihundert Jahre alten Fachwerkhauses wohnten, welches weder für mehrere „Parteien" konstruiert, noch mit entsprechenden sanitären Einrichtungen hinreichend ausgerüstet war. So gab es natürlich nur eine Küche und man konnte nicht ′mal eben eine „Pantry" besorgen und aufstellen oder ein zusätzliches „Klo" einrichten, geschweige denn einen freien Dachraum, von dem es genug gab, zu einer Mansarde ausbauen. Aber es muß irgendwie funktioniert haben, wenn sich auch gelegentlich mehr oder weniger großer „Streß" entwickelte, an den ich mich in einigen

Fällen sehr wohl erinnere. Etwa an einen großen Streit aus kleinstem Anlaß zwischen meiner natürlich nach den fast sechs Kriegsjahren vollständig überlasteten Mutter und der liebenswerten Tante Aenne andrerseits, die durch die Flucht aus Berlin, vor allem aber wegen des Verlustes ihrer beiden Söhne im Krieg noch mehr als „am Ende ihrer Nerven" war: Tante Aenne wollte sich immer gern im Haushalt zur Entlastung meiner Mutter nützlich machen und beteiligte sich nach den Mahlzeiten am Abwasch. Dabei hatte sie aus ihrem Zweipersonenhaushalt in Berlin die Angewohnheit mitgebracht, einzelne Teile des Geschirrs so en passant unter fließendem mehr oder weniger heißem Wasser zu waschen. Das störte jedoch in unserem fast gewerblichen Küchenbetrieb ganz außerordentlich. Meine Mutter hatte Aenne natürlich zigmal gebeten, das nicht zu tun, weil die Mädchen schon später alles zusammen erledigen würden, aber Aenne machte es immer wieder, ... bis es „krachte"! Es wurde geschimpft und dann geschwiegen. Viele Tage lang kam kein Dialog zustande und dabei lebten wir doch unter einem Dach und aßen dreimal am Tag am gleichen Tisch. Beide Frauen waren unversöhnlich und es zeigte sich dabei leider eine der schwächeren Wesensarten unserer Mutter. Sie verhielt sich nicht selten ziemlich unversöhnlich, abweisend, nachtragend und schweigsam. Sie konnte dann nicht über „ihren Schatten springen". Das war gerade in dem genannten Fall furchtbar, denn aus diesem nichtigen Anlaß folgte ein irreparables Zerwürfnis, nicht zuletzt aber auch deshalb, weil Aenne nicht weniger stur war. Dieses führte dann letztendlich dazu, daß Aenne und Wilhelm Konze den Hof verließen und nach Paderborn zogen, was der friedfertige, noble Wilhelm nur ganz schweren Herzens tat. Er hatte sich bei uns so wohl gefühlt und sich dadurch fast unersetzlich gemacht, daß er als hochbegabter und leidenschaftlicher „Heimwerker" auf dem Hof im alten Backhaus beim „Immeschauer" sich eine Werkstatt eingerichtet hatte und darin zum großen Nutzen des Hofes wirken konnte. Mir ist das unvergeßlich und tut mir bis heute tief in meiner Seele weh. Der „Vorgang" hat damals in mir den Grund eines außerordentlich wichtigen Verhaltensmusters gelegt, nämlich die nachhaltige Erkenntnis einzusetzen, nach einer Auseinandersetzung das Gespräch mit dem anderen schnellstens wieder aufzunehmen, um den Konflikt umgehend nach dem Grundsatz aus der Welt zu schaffen, „es über einen Streit niemals Morgen werden zu lassen".

Was ansonsten das damalige langsam normal werdende Leben auf dem Hof und insbesondere der Umgang mit vielen fremden Menschen unter unserem Dach betraf, so erinnere ich mich noch an das Auftauchen der Familie von Zitzewitz aus Pommern mit ihren vier Kindern. Sie kam im Sommer 1945 auf ihrem schweren Lanz-Bulldog-Traktor mit zwei großen Anhängern sowie „Sack und Pack" nach der langen und mühevollen Flucht von ihrem Gut bei Stolp nach Pyrmont. Und zwar zunächst auf unseren Hof, wo sie für längere Zeit ihr Gefährt unterstellte. Dieses Ereignis hatte für mich Bedeutung gewonnen, weil der mir gleichaltrige älteste Sohn Albrecht-Joachim, der Ajo genannt wurde, mit mir zur Schule ging und wir Freunde wurden. Der Name „von Zitzewitz" ist bekanntlich in ostdeutschen Junkerkreisen so verbreitet wie Müller, Meyer oder Schulze hier und sonstwo. Diese Stolper Zitzewitze waren mit Drinkuths seit langer Zeit über die Pyrmonter Gebrüder und Zigarrenfabrikanten Ernst und Erich Hasse befreundet, was auf gemeinsame jagdliche Ambitionen zurückging. Hasses und meines Patenonkel Heinrichs Familie waren befreundet, kannten die Zitzewitzens besonders gut, weil man vor dem Kriege und gelegentlich sogar noch während desselben auf dem Zitzewitzschen Gut in Pommern zu ausgedehnten Jagden beisammen war. Die Kreisstadt Stolp lag an der Schnellzugstrecke Stettin-Danzig und wenn die Pyrmonter „Herrschaften" dorthin zur Jagd fuhren, scheuten sie sich in ihrem ausgelassenen jagdlichen Sturm und Drang nicht, sehr „herrenhaft" die Notbremse ihres D-Zugs auf freier Strecke zu ziehen. Durch diesen unplanmäßigen Stop in der nächsten Nähe des Zitzewitzschen Ritterguts, erreichten sie ohne Mühen ob des umständlichen Umsteigens und so weiter ihre Gastgeber. Sie verließen den Zug natürlich nicht eher, bis der Reichsbahn-„Kondukteur" erschien, man sich für die „versehentliche" Untat entschuldigt, sodann den sicherlich nicht mäßigen Strafobulus entrichtet und schließlich die Quittung dankend eingesteckt hatte. Dann entstiegen die Herren dem Schnellzug, um in den inzwischen wie absichtslos dastehenden vierspännigen Landauer zu wechseln und die kurze Fahrt zum Herrenhaus der Familie fortzusetzen.

Man war also befreundet und hatte schon früher untereinander vereinbart, daß Pyrmont die Ausweichadresse für die Familie von Zitzewitz sein sollte, falls es mit dem Krieg „schiefgehen“ sollte, was man für höchst wahrscheinlich hielt. So kamen Frau von Zitzewitz, deren Mann im Vorjahr verstorben war mit Tochter Aki und den Söhnen Albrecht-Joachim, Wedig und Andreas, dem Traktorfahrer und noch einer kleinen Entourage etwa im Mai oder Juni 1945 nach Pyrmont. Die meisten davon lebten bei Hasses. Der Lanz-Traktor, mit dem für die damalige Zeit ungewöhnlichen 55-PS-Motor und zwei Fünftonner gummibereiften Anhängern, von denen auf einem unter vielem anderen ein 500-Liter Kraftstoffaß lag, stand bei uns. Frau von Zitzewitz gründete mit ihrem Gefährt und dem Fahrer durch Hasses Unterstützung ein Fuhrunternehmen, um sich zum Lebensunterhalt für sich und ihre Kinder noch etwas dazu zu verdienen, nicht ohne zusätzlich und gewiß schweren Herzens auch ihren mitgebrachten Familienschmuck peu à peu zu versilbern. In der Schule stieß Ajo zu meiner Klasse, so daß er oft mit mir auf den Hof kam, wo wir uns mit den Schularbeiten beschäftigen sollten. Wir haben uns immer hervorragend verstanden und unterhalten, zumal Ajo außerordentlich quirlig und lebenslustig war. Er wurde auch ganz schnell mit jedermann Freund und überall bekannt, was neben seiner Kontaktfreudigkeit aber auch an einem Handicap lag, welches Ajo immer zu schaffen machte: Er hatte einen Buckel und zudem ein etwas verwachsenes, wir sagten in unserem jugendlich-respektlosen Jargon ziemlich uneinfühlsam „vergammeltes“ Ohr; dennoch „Merkmale“ Ajos, die uns im Kern nicht störten. Aber von alledem abgesehen nahmen wir Ajo vorbehaltlos an, wie er war und mochten ihn, so daß wir gemeinsam glückliche Jahre im immer größer werdenden Pyrmonter Freundeskreis verbrachten. Das währte solange, bis Ajo wegen seines nicht gerade übersteigerten wissenschaftlichen Interesses und aus materiellen Gründen die Schule verließ, um wegen seines ebenfalls ausgeprägten technischen Interesses bei der damals sehr renommierten Firma „Brunswiga“ in Braunschweig (mechanische Rechenmaschinen) eine Feinmechaniker-Lehre zu absolvieren. Das muß etwa 1948 nach Ende der Untersekunda und der in Deutschland gerade vollzogenen „Währungsreform“ gewesen sein. Wir verloren so einen guten

Freund, mit dem ich natürlich in Kontakt blieb, weil er noch öfters nach Pyrmont kam. Wir haben auch viel korrespondiert, wobei Ajo an mich immer mit dem Vorsatz S.H. (Seine Hochwohlgeboren) adressierte - ganz „alte Schule", was bei Ajo auch dadurch zum Ausdruck kam, daß er, obwohl aus dem letzten Loch pfeifend, bei irgendwelchen „offizielleren" Anlässen stets dunklen Anzug, weißes Hemd und Fliege trug. Begrüßungen von Damen waren für Ajo mit seinen 14 Jahren ohne Handkuß nicht denkbar! Das Prinzip „noblesse oblige" mußte durchgehalten werden, auch wenn das Wasser Oberkante Unterlippe stand. - Aber unsere Wege liefen doch mit der Zeit auseinander. Trotzdem haben sich unsere Bahnen immer wieder gekreuzt und wir sind streckenweise gleiche Wege, wenn auch neben- oder hintereinander hergegangen.

Am 8. April 1945 hatten bekanntlich amerikanische Truppen Pyrmont besetzt und Anfang September traten die Briten in den heutigen Bundesländern Schleswig-Holstein, Niedersachsen, Nordrhein-Westfalen sowie Bremen und Hamburg an ihre Stelle. Auf Anordnung der Alliierten hatte, was auch Pyrmont betraf, Preußen aufgehört zu bestehen, so daß wir nun Niedersachsen geworden waren und uns sozusagen von Friedrich dem Großen verabschieden mußten. Das fiel uns eigentlich nicht so schwer, weil wir ja immer als eine Art von „Beutepreußen" galten.

Zunächst hatten wir es ja mit den Amerikanern zu tun gehabt, und was mich selbst betrifft vor allem nur mit deren Schokolade, Kaugummi und Zigaretten. Das waren Dinge, die wir vorher nur aus der Erzählung kannten. Was etwa die Schokolade anging, so erinnere ich mich an eine frustige Episode wegen derselben: Mitten im Kriege kamen als Hilfskräfte zu unserem Nachbarn Emme, der eine Sperrholzfabrik betrieb, französische Kriegsgefangene, die im Keller des Hauses Emme ihr Kasino betrieben. Eines Tages erschien der französische Koch bei unserer Mutter und bat um Milch und fragte dabei, ob sich die Kinder über Schokolade freuen würden. Meine Mutter bejahte, erzählte uns davon und wir drei gierigen Buben freuten uns bannig auf die Kostbarkeit. Wir wurden maßlos enttäuscht, als der Koch andern Tages mit einem Topf voll Trink-Kakao ankam, was wir uns weiß Gott nicht unter Schokolade vorgestellt hatten. So war das meine erste fremdsprachliche Verständigungsschwierigkeit.

Die Amerikaner dagegen boten „richtige“ Schokolade, die wir, so oft wir sie ergattern konnten, mit größter Freude genossen, bis wir dafür, wie auch für das Kaugummi und die Zigaretten, bessere Verwendung fanden. Wir begannen nämlich zunächst vorsichtig und nur in kleinsten Mengen, die Sachen zu „verhökern“, indem wir sie gegen andere Dinge tauschten oder schlicht verkauften und es entwickelte sich mit der Zeit ein regelrechter kleiner Schwarzhandel. Diese Geschäfte spielten sich im Verborgenen ab, überwiegend abends in der Dunkelheit und nicht selten mit recht dubiosen Gestalten. Und ich habe so nach und nach diese „geschäftliche Tätigkeit“ auch auf andere Produkte und Praktiken ausgeweitet. Die neuen Produkte meiner „Angebotspalette“ waren vor allem Fleisch- und Wurstwaren und gelegentlich ungewollt auch Gemüse. Diese Praktiken basierten vor allem auf Beschaffung durch Diebstahl, um das Tun beim Namen zu nennen. Und das kam so: Alles spielte sich ja um die Währungsreform herum ab, die im Juni 1948 vorgenommen wurde. Es herrschte auch noch immer großer Mangel an allem, für den Privatmann vor allem an Lebens- und Genußmitteln. Wer von diesen Sachen mehr hatte, als er selbst benötigte, verfügte über eine Art „fester Währung“, deren „Meßlatte“ bekanntlich die amerikanische oder englische Zigarette war, die ja zuletzt bis zu fünfzehn Reichsmark kostete. Ein Kilogramm Kaffee war nicht unter 1200 Mark zu haben und für ein Hühnerei bezahlte man soviel wie für eine Zigarette. Und noch eine Preisnotiz: Im April 1947 kostete ein gebrauchter Opel-Kadett aus der Vorkriegszeit - Größenklasse des heutigen VW „Polo“ 10 bis 15.000 Mark und ein alter BMW 326 rund 50.000 Mark. Es herrschte damals also keine Geld-, sondern eine Zigaretten-Währung. Mit der Zigarette konnte ich alles andere haben, wie Schokolade, Kaugummi, Autoreifen, Stoffe, Fleisch, Wurst oder was immer das Herz begehrte - und mein Herz begehrte damals vor allem Gerätschaften, Einrichtungen und Chemikalien für chemische Experimente. Wir hatten in der Schule inzwischen Chemieunterricht, der mich sehr interessierte, vor allem Experimente, die ich zu Hause wiederholen oder variieren wollte. Doch dazu benötigte ich Ausrüstungen, die natürlich unter normalen Umständen nicht zu haben waren. Aber ich hatte einen Lieferanten ausgemacht, der als Laborant in der einzigen Apotheke, die es in dem etwas über 15.000 Einwohner zählenden Badeort Pyrmont gab, Zugriff auf solche Dinge hatte. Im Labor der „ Fürstlich privilegierten Hof-Apotheke", in dem er tätig war, blieb manchmal von einer Chemikalie etwas übrig oder ein schon längere Zeit benutzter Kolben, wie auch alte Reagenzgläser wurden ausrangiert. Diese Dinge verschaffte mir mein Laborant - damals Familienvater von zwei oder drei kleinen Kindern - und ich „bezahlte" mit Zigaretten, die er dann gegen etwas anderes umtauschte. Oder ich besorgte ihm gleich etwas von den anderen Dingen. Deshalb „stibitzte", um nicht zu sagen „klaute", ich meiner Mutter Wurstkonserven, wie zum Beispiel Rot- oder „Bregenwurst". Das ging so lange gut, bis ich einen schwerwiegenden Fehler machte und nicht sorgfältig genug die Wurstkonserven in unserem Keller auswählte. Die Konservendosen waren auf dem Deckel durch eingeschlagene Buchstaben gekennzeichnet, mit einem „R" beispielsweise für Rotwurst oder einem „B" für Bregenwurst. Doch griff ich einige Male statt der begehrten Bregenwurstdosen die weitaus wertloseren Bohnendosen, auf denen zwei „B" für Brechbohnen standen. Doch befanden sich diese beiden B nicht immer wie BB dicht nebeneinander, sondern gelegentlich auch weiter auseinander. Ich sah in dem nur schwach beleuchteten Kellergewölbe und in der gebotenen Eile aber nur ein „B". Mein Laborant fand das natürlich gar nicht gut und redete irgend etwas von Betrugsversuch. Das war aber wirklich nur ein Versehen, wovon ich ihn dann auch überzeugen konnte, schließlich kannten wir uns gut und ich hatte in meinen Schwarzhändlerkreisen ja auch wirklich nicht den Ruf eines Betrügers! Aber dennoch löste sich die „Geschäftsbeziehung" langsam auf und ich verlor gottlob auch das Interesse an meinen dunklen Geschäften. Heute noch erinnert mich daran ein kleiner Teil jener Chemikalien und vor allem Glasgeräte, die ich nach wie vor besitze und mit denen sich unser lieber Sohn Henrik in seiner Schulzeit ebenfalls beschäftigte und vielleicht werden sie auch noch einmal von den Enkeln übernommen.

Eine andere, aber damals erheblich aufregendere Sache entwickelte sich im ersten Nachkriegswinter 1945/46 aus einem Eishockey-Spiel auf dem zugefrorenen „oberen Meer“. Am nördlichen Dorfrand von Holzhausen, wo hinter dem „Moorteich“ die Gegend relativ steil zu den „Erdfällen“ ansteigt, liegen in unterschiedlicher Höhe zwei Teiche, die Durchmesser von etwa hundert bis zweihundert Metern haben und deren mit Bäumen bewachsene Ufer steil abfallen. Sie sehen aus wie große Krater und werden „Erdfälle“ genannt, weil man annimmt, daß in der Tiefe unter ihnen lagernde Salzvorkommen in Millionen Jahren ausgewaschen wurden und die darüberliegenden Erdmassen zum Einsturz brachten. Der am Fuße des Berganstieges gelegene Erdfall wurde unteres, der darüber liegende oberes Meer genannt. Das untere Meer fror seltsamerweise nie zu, während das obere immer zufror. Dessen Uferwände stiegen übrigens zwar fünfzehn bis zwanzig Meter hoch an, der Wasserspiegel beider Meere hatte jedoch gewöhnlich die gleiche Höhe über Normal. Auf dem oberen Meer liefen wir im Winter Schlittschuh und spielten Eishockey, so wie wir im Sommer auf jeder hinreichend großen, ebenen Fläche Fußball spielten oder besser gesagt „bolzten“. Gegen Ende des Winters war das Eis auf dem oberen Meer immer noch ganz dick und fest, aber am ganz äußersten Rand schon geschmolzen. An einem dämmerigen Nachmittag, als ich bei einem Spiel mit großer Fahrt dem Puck nachjagte und dabei über den Eisrand hinausschoß, stürzte ich mit den Händen vorweg in den Morast des Uferrandes. Dabei stieß ich mit beiden Händen bis an die Ellenbogen in den total aufgeweichten Boden, wobei meine linke Hand auf einen harten Gegenstand stieß. Diesen ertastete ich schnell als eine Pistole, welche sich später als eine automatische „Browning“ Kaliber 9 mm entpuppte. Ich habe den entdeckten Schatz unverzüglich wieder in den Morast gedrückt, die Stelle gekennzeichnet und mich, ohne mir etwas anmerken zu lassen, gleich wieder dem Spiel und den Freunden zugewandt. Schon bald aber zwang uns die Dämmerung das Spiel zu beenden und uns auf den Heimweg zu machen. Nachdem wir uns schließlich getrennt hatten, eilte ich unverzüglich zum oberen Meer zurück, um meine „Fundsache“ aus dem Morast zu bergen. Inzwischen dunkel geworden, habe ich in Eile und großer Aufregung die wiedergefundene Pistole unter meine Jacke in den Hosenbund gesteckt und bin so schnell ich konnte heim gelaufen. Als ich zu Hause ankam, war alles durchnäßt und ich spürte den Fund wie einen nassen Klumpen auf der Haut. Auf dem Heimweg hatte ich mir vorgenommen, die Waffe in der Scheune über dem obersten Kornboden irgendwo hinter einem Dachbalken zu verstecken. Das habe ich dann auch bei voller Dunkelheit gemacht, nicht ohne sie vorher so gut es ging provisorisch zu reinigen und ganz dick mit Staufferfett einzuschmieren. Ich faßte dann die Pistole nicht wieder an und ließ sie dort so lange völlig unberührt liegen, bis „die Luft rein" war. Das war sie erst Jahre später, als nämlich die Besatzungsmächte die Jagdhoheit an uns zurückgegeben und damit natürlich auch die Führung von Jagd- und auch Sportwaffen erlaubt hatten. Ich hatte auch niemandem, nicht einmal meinen Brüdern, von meinem Fund und Besitz erzählt. Erst viel später brachte ich die Pistole ans Tageslicht. Wenngleich Rostspuren infolge der relativ langen Lagerung in dem aggressiven Morast die Waffe kennzeichneten, war sie doch noch in Ordnung und in vollem Umfang gebrauchsfähig. Ich hatte mir dann auch später Munition besorgt und das „Schießeisen" oft in einem alten ausgedienten Steinbruch mit ausgezeichneten Ergebnissen geschossen. In den 60er Jahren habe ich sie von meinem späteren Waffenhändler Jäger in Mainz restaurieren lassen, so daß sie fast wie neu wirkte und durch den alten Rostfraß mich immer an das Eishockeybolzen in jenem Winter 1945/46 erinnert. Sie ist inzwischen natürlich auch ordnungsgemäß registriert und ein besonderes Stück meiner Waffensammlung.

Wo ich gerade von Waffen spreche und dabei stets auch an Jagd denke, fällt mir aus dem Winter 1945/46 noch eine ganz andere Sache ein, die ich nie vergessen habe. Sie hatte meine spätere Jagdpassion nicht unwesentlich mitbegründet, wenngleich die Schilderung gewisser makabrer bis gar verrohter Züge nicht entbehrt. Es drehte sich um die Fuchsjagd, der dringend nachzukommen war. Die Füchse hatten sich nämlich infolge der in den Kriegsjahren und während der nach-kriegerischen Jagd- und Waffenverbote unterbliebenen Bejagung außerordentlich vermehrt. Unter diesen Populationsanstiegen litt nicht nur der übrige Niederwildbestand, sondern auch in den Randgebieten des Dorfes das häusliche Federvieh. Es galt also, mangels Schußwaffen, Füchse mit Fallen zu fangen. Das ist ziemlich schwierig und erfordert große Erfahrung. Diese hatte der

Großvater, der dazu die heute für den jagdlichen Gebrauch verbotenen kleinen Tellereisen benutzte. Die Aufstellung dieser Fallen mit ihren quadratischen Formen bei rund 25 cm Seitenlänge war das geringste Problem und nur im Winter bei dem hart gefrorenen Boden etwas mühsam. Es ging folgendermaßen vor sich: Auf möglichst flachem und gut einsehbaren Feld in Gebieten, wo Füchse wechselten, wurde ein fallengroßes Stück Erde aus dem Boden ausgehoben, so daß das Tellereisen „plan" in dem Felde lag. Die Stelle wurde sorgfältig mit „Kaff", das ist die Spreu, welche beim Dreschen von Getreide abfällt, ausgefüllt. Dann setzte man das gespannte Eisen vorsichtig in dieses kaffgefüllte Bett. Da das Fangeisen an einer etwa ein Meter langen Befestigungskette lag, die im Boden verankert war, wurde diese Kette auf gleiche Weise im Boden unsichtbar verlegt. Danach mußte das Allerwichtigste, nämlich der Köder um das Eisen gelegt werden, denn ohne Köder kann natürlich kein Fuchs ahnen, wo die Drinkuths ihre Fallen aufgestellt hatten. Der Fuchsköder muß vor allem auf möglichst weite Entfernung vom Fuchs wahrgenommen oder „gewittert" werden können und das geht nur, wenn er erbärmlich stinkt. Am erbärmlichsten stinkt verwesendes Fleisch, wenn es dazu noch entsprechend „präpariert" worden ist, was die größte Kunst bei der Fallenjagd bedeutet. Meister der Köderzubereitung war wiederum der Opa und unserer Mutter wurde immer „himmelangst", wenn im Winter die Fuchsjagd mit Fallen losging und der Großvater „Pastete", wie er seine Köder nannte, zubereitete. Das muß leider, wenn es auch nicht besonders appetitlich ist, dennoch beschrieben werden: Der Opa besorgte sich Abfallfleisch, wobei er fettes Dachsfleisch bevorzugte, über welches er aber selten verfügte. Das Fleisch zerkleinerte er in würfelgroße Stücke und füllte sie in alte Konservenbüchsen, in denen er das Zeug „vergammeln" ließ bis es anfing, zu stinken. Da ihm meine Mutter energisch untersagt hatte, mit diesem „Zeug" im Hause zu hantieren, buddelte der Opa seine „Pasteten-Pötte" draußen in der Gärtnerei in eine Mistbeetecke ein, nicht ohne genügend Pferdedung darum zu packen, damit eine hinreichend warme Temperatur herrschte. In dieser vollzog sich der Verwesungsvorgang optimal. Zu gegebener Zeit setzte er seinem Produkt auch noch diverse Ingredienzien, wie Hirschhornsalz, Salpeter und Baldrian zu, um eine maximale Witterungswirkung zu erzielen. Und wenn man schließlich solch eine Büchse mit fertiger „Pastete“ zum Gebrauch für die Fallen öffnete, fiel man vor Gestank fast um. Aber wir Kinder waren damals schon „hart im Nehmen“ und die richtige „Witterung“ war ja der Sinn des Ganzen, denn die Füchse fielen davon nicht um, sondern wurden von dem für sie hinreißenden Odeur regelrecht angezogen. Dann gingen wir mit unserer Pastete zu den Fallen, die da mehr oder weniger perfekt im Boden lagen, um sie nun mit dem Köder zu versorgen. Dazu wurde des Großvaters hochfeine Pastete nach fernöstlicher Übung mittels Stäbchen in kleinen Portionen der Büchse entnommen und diese an den Endpunkten eines um die Falle gedachten gleichseitigen Dreiecks gelegt, so daß an den Eckpunkten jeweils ein kleines Quentchen Pastete auf dem Boden lag. Wenn nun der Fuchs Witterung von dem Köder bekommen, eine Portion angenommen und gefressen hat, so will er gierig die nächste Portion vertilgen. Da diese um die Falle positioniert ist, muß der Fuchs zwingend irgendwann über die versteckte Falle laufen, wobei diese, wenn er darauf tritt, zuschlägt. Die zuschlagenden Fallbügel erfassen normalerweise mindestens einen der Läufe und es ist so kein Entkommen mehr für Meister Reinecke möglich, zumal die Falle an der Kette im Boden fest verankert ist. Der Fuchs versucht aber mit aller Gewalt sich von seiner Fessel zu befreien und läuft dabei oft bis zur Erschöpfung mit der Falle an einem seiner Läufe im Kreis um die Verankerung herum. Diese Fangart wird dadurch fraglos in den meisten Fällen zu einer fürchterlichen Tortur, weshalb sie heute verboten ist. Da gewöhnlich auf einer Fläche von tausend bis zweitausend Quadratmetern vier oder auch fünf Fallen lagen, war es durchaus möglich, daß wir in mehreren Fallen je einen Fuchs fingen. Die Fallen mußten vor allem deshalb vor Anbruch der Dämmerung revidiert werden, weil der Fuchs bei Helligkeit in den allerseltensten Fällen in dem Fangeisen bleibt. Er versucht dann erneut alles, um sich zu befreien und beißt sich notfalls selbst das Bein ab. Das haben wir, zwar selten, erlebt, wenn wir zu spät kamen und dann nur noch einen Laufstumpf in der Falle fanden. Aber gewöhnlich kamen wir früh genug, denn der Opa hatte uns rechtzeitig aus den Betten gebracht, wozu er uns ganz liebevoll und behutsam in aller Frühe weckte. Der Winter 1945/46 war besonders streng und hatte viel

Schnee, so daß wir schon von weitem erkennen konnten, ob Beute in den Fallen war. Man sah dann einen dunklen Kreis, den der Fuchs bei seinem Befreiungsversuch durch Heruntertrampeln des Schnees gebildet hatte. So waren wir vorbereitet, daß es gleich zur Tat kommen sollte, denn der noch lebende Fuchs mußte ja getötet werden. Da wir keine Flinten hatten, erschlugen wir mit einem keulenartigen Knüppel das Tier, was für uns Jungs manchmal einen regelrechten Kampf bedeutete. Dabei versuchte der Fuchs uns wie ein Kettenhund anzuspringen und zu beißen. Um diesen Kampf gar nicht erst aufkommen zu lassen oder zumindest so schnell wie möglich zu beenden, mußte es unser Ziel sein, das Tier mit einem Schlag zu strecken. - In jedem Fall war das ganze Unternehmen doch ziemlich schwierig, nicht wenig dramatisch und jedenfalls nach normalen Maßstäben wenig waidgerecht. Doch solche gängigen Maßstäbe gab es zum größten Bedauern in dieser Ausnahmezeit nicht. Aber das ändert nichts an dem objektiven Tatbestand, daß diese Jagdart als bestialisch bezeichnet werden muß und wir Menschen leider die Bestien waren.

Der Schwarzhandel, das Schlittschuhlaufen oder die Fuchsjagd konnten natürlich nicht meine einzigen Beschäftigungen in jener ungewöhnlichen Zeit sein. „Lerne, tue, leiste was, dann kannst du, hast du, bist du was" wurde auch für uns Kinder bald das entscheidende pädagogische Postulat. Als Voraussetzung dafür hatten sich die Schulen neu etabliert, so daß am 24. September 1945 der „Betrieb" weiterging. Unser Gymnasium nahm in dem unversehrten alten Gebäude und mit zunächst auch größtenteils noch den alten Lehrern den Schulbetrieb wieder auf, und ich saß mit meinen alten Schulkameraden in der Untertertia. Das Neue war der hinzugekommene Latein-Unterricht, der mir bis zum Ende meiner Schulzeit die im Scherz gesprochen „zweitgrößte Freude" bereitete. Latein war für mich das fürchterlichste Fach, und obwohl ich mir die größte Mühe gab, habe ich es nie richtig gelernt. Dafür gab es zwar keine Entschuldigung, aber einen wichtigen und plausiblen Grund, den jedoch noch niemand erkannt hatte, weil man damals von Legasthenie so gut wie gar nichts wußte. Ich werde später auf diese Ursache zurückkommen.

Der Direktor unseres Gymnasiums war Dr. Johannes Becher, der die Schule seit 1920 aufgebaut und geleitet hatte. Infolge seiner „Entnazifizierung" im April des nächsten Jahres, mußte er, wie einige andere Lehrer auch, ausscheiden. Neuer Direktor wurde Dr. Radebrecht, der es zunächst nicht so leicht hatte. Es begann nämlich an der Schule eine Zeit besonderer Unruhe, verursacht durch Lehrerwechsel, durch das ständige Kommen und Gehen von Flüchtlingsschülern und -lehrern sowie durch mehrmalige Wechsel des Schultyps. So wurde 1947 neben dem Oberschulzweig ein gymnasialer Zug mit Griechisch als dritter Fremdsprache zunächst wahlweise eingerichtet. Dieses Konzept wurde aber schon im nächsten Jahr von einem mathematisch-naturwissenschaftlichen Zweig abgelöst und Griechisch aufgegeben. Ostern 1950 führte man das 13. Schuljahr wieder ein.

Meine eigene Einstellung zur Schule war wechselnd und ambivalent. Ich fand sie meistens „doof", dennoch bin ich nicht ungern in die „Lehranstalt" gegangen, weil ich inzwischen gern mit anderen Kindern, insbesondere mit meinen Klassenfreunden, wie auch mit den Mädchen zusammen war. In dem kleinen idyllischen Badeort sah man sich auch außerhalb der Schule oft und traf sich, wann immer man es wollte. Die Anonymität war gering und in bestimmter Weise kannte fast jeder jeden. Auf der anderen Seite hatte ich an dem schulischen Lernbetrieb deshalb selten größere Freude, weil ich in zu vielen Fächern kein besonders guter Schüler war. Vor allem nicht in den musischen, zu denen ich neben dem eigentlichen Musikunterricht mit viel Gesang, auch Deutsch und Englisch zählte. In den anderen Fächern war ich zwar auch keine Leuchte, aber kam doch einigermaßen zurecht. Fächer wie Chemie, Biologie oder Physik machten mir sogar Freude, und da habe ich mich auch außerhalb der Schule engagiert. Ich erzählte ja im Zusammenhang mit den üblen Machenschaften auf dem Schwarzmarkt von meinen Chemieambitionen. Dafür hatte ich mir zunächst auf dem obersten Kornboden in der Scheune und dann später im Hause in der schrägen Dachkammer „hinter dem Badezimmer" ein Laboratorium einrichten dürfen und dort meine kleinen Versuche gemacht. Als Literatur diente mir unter anderem neben den Schulbüchern, der berühmte „Römpp" (Chemische Experimente, die gelingen). Aber neben den kleinen Experimenten habe ich sogar einmal einen chemischen Großversuch zur Schnapsgewinnung gemacht, der einen etwas dramatischen Verlauf nahm.

In einer kleinen Versuchsanordnung hatte ich bereits verschiedene Destillations-Experimente unter Verwendung von Retorte oder Erlenmeyer-Kolben, Vorlage und Bunsenbrenner gemacht und wollte nun nicht nur einige Kubikzentimeter Destillat gewinnen, sondern es sollte richtig „laufen". Deshalb beschloß ich Rübenschnaps zu brennen. Ich setzte dazu in einem Eimer etwa 15 Liter Rübenmaische an, ließ diese gut durchgären, um sie zu brennen. Dazu entfremdete ich einen großen Druckkochtopf meiner Mutter, in den Maische kam, baute einen Ölkanister, den ich noch aus der amerikanischen Besatzungszeit hatte, zu einem Kühlaggregat um und verband mit einem alten und deshalb etwas brüchigem Stück Gartenschlauch Kochpott und Kühler. Unter den Kessel in der „Schweineküche", wo das Fressen für die Schweine von unserer hier zuständigen 5-Sterne-Gourmet-Köchin Helene zubereitet wurde, machte ich ordentlich Feuer und setzte die Brennapparatur darauf. Die Destillation kam in die Gänge und nach geraumer Zeit lief der erste Branntwein aus dem Kühler in die Vorlage, die eine alte Konservenbüchse war. Nachdem ich diese Ausbeute dreimal gebrannt hatte, was zwar zur Reduzierung der Restmenge, aber andrerseits zur Steigerung des Alkoholgehalts führte, wurde ich bei meiner Arbeit gestört. Einer unserer Knechte, Gustav Buskis, Vater von sechs oder sieben Kindern, der aus Ostpreußen durch die Wirren des Krieges bei uns gelandet war, kam in die Schweineküche und sah mich wirken. An sich wollte ich nicht gestört werden, um wegen dieser natürlich rechtswidrigen Tätigkeit nicht „verpetzt" zu werden, aber jetzt kam mir Gustav gerade recht. Er sollte mein Produkt kosten, wozu ich ihn, diese stets trinkfeste und arbeitsscheue Stütze des Hofes leicht überreden konnte, zumal in einer Zeit, in der Schnaps noch knapp war. Gustav war entzückt und stürzte gierig das volle Glas nach alter Trinkergewohnheit den Hals hinunter und - fiel wie tot zu Boden. Ich lachte zunächst, weil ich das für einen Spaß hielt, bekam aber sofort den großen Schrecken als Gustav anfing, schrecklich zu ächzen und wie ein Erstickender nach Luft schnappte. Er wand sich wie ein Regenwurm auf dem Steinfußboden der Schweineküche und wurde im Gesicht bleich wie die Kalkfarbe an der Wand. Mein Gott, dachte ich, ob ich ihn vergiftet habe, von wegen Methylalkohol und so. Aber nach einiger Zeit „bekrabbelte" sich Gustav wieder. Er lag zwar noch eine Weile bewegungslos da, aber inzwischen atmete er wieder normaler und konnte dann auch irgendwann wieder aufstehen, nachdem ich ihn mit einem eilends herbeigeholten Glas Wasser, was er aber nur widerwillig annahm, etwas aufmuntern konnte.

Wo ich nun schon vom Experimentieren erzähle, besinne ich mich eines anderen Versuchs, der weniger dramatisch, aber nicht minder aufregend war. Er spielte sich ein paar Jahre später ab, und ich hatte inzwischen die Oberstufe, wenn auch mit gewissen Mühen, erklommen. Wir hatten im Physikunterricht bei dem spießigen und ängstlichen Pauker namens Littmann in der Mechanik im Zusammenhang mit der Wirksamkeit von Kräften den „Foucaultschen Pendelversuch" behandelt, der mich ganz besonders fasziniert hatte. Mit diesem Experiment hatte der französische Physiker Léon Foucault die Erdrotation nachgewiesen. Er wirkte an einem Observatorium und hatte dazu 1850/51 in der Kuppeldecke des Pariser Pantheons ein Pendel mit einer Länge von 67 Metern und einer Pendelmasse von 28 kg montiert. Die Ebene eines schwingenden Pendels dreht sich nämlich relativ zur Erdoberfläche, da auf das Pendel infolge der Erdrotation eine bestimmte Kraft, die sogenannte Coriolis-Kraft (nach dem Physiker Coriolis), quer zur Schwingungsrichtung wirkt und das Pendel auf der Nordhalbkugel der Erde nach rechts und auf der Südhalbkugel nach links ablenkt. Um diese Wirkung praktisch und sichtbar nachweisen zu können, bedurfte es einer hinreichend hohen Pendelaufhängung, damit es entsprechend lange schwingt. - Diese Erkenntnis, die uns Littman theoretisch erläutert hatte, faszinierte mich insofern besonders, als ich es für möglich hielt, dieses Experiment selbst nachvollziehen zu können, wenngleich ich natürlich nicht in 67 Meter Höhe das Pendel aufhängen konnte. Aber ich hatte errechnet, daß es mit weniger Länge auch funktionieren könnte, wobei ich an die große Firsthöhe der Diele in unserer Scheune dachte. So entschloß ich mich, den Versuch in den großen Ferien zu machen und begann sofort das Unternehmen zu planen. Dabei ging es darum, das Prinzip der Versuchsanordnung zu planen, alle relevanten Maße, Gewichte und dergleichen zu ermitteln und vor allem das praktische „Wie" zu überlegen. Ich wollte in den Firstbalken der Scheune über der unteren Tenne, der knapp 20 m hoch lag, einen Haken einschrauben, daran das Pendelseil hängen, am unteren Ende des Seils die Pendelmasse in Form eines 10-kg-Eisengewichtes von der Viehwaage befestigen und daran mit Richtung auf den ganz ebenen Tennenboden eine bleistiftähnliche Stahlspitze montieren. Diese sollte in Ruhestellung des Pendels nur wenige Millimeter über dem Tennenboden enden. Rings um den Punkt auf dem Boden, auf den in diesem Ruhezustand die Stahlnadel zeigte, sollte ein kreisförmiger kleiner Wall mit dem richtigen Durchmesser aus feinem Mehl aufgeschüttet werden. Wenn nun das Pendel zu einer bestimmen Uhrzeit in Bewegung gesetzt würde, müßte die Stahlspitze zuerst an zwei ganz bestimmten Stellen den Mehlwall durchritzen. Falls die erwähnte Coriolis-Kraft wirklich wirkt, respektive sich die Erde sozusagen unter dem Pendel dreht, müßte nach einer Weile des Pendelschwingens ein ganzes Stück des Mehlwalls durchritzt sein – *quod erat demonstrandum.* Um das Machen ging es mir, denn daß sich die Erde dreht, bezweifelte ich nicht. Mich begeisterte daran, ob und wie der Versuch, durchgeführt allein von mir und mit meinen begrenzten Mitteln, ein nicht ganz geringes praktisches Problem zu lösen, gelingen würde. Das einzige, was ich dazu besaß, war die Erlaubnis meines Vaters, die untere Scheunentenne bis zu einem bestimmten Zeitpunkt vor Beginn der Ernte zu benutzen. Gottlob ahnte niemand, welche Umstände sich in den Weg stellen würden.

Das erste größere Problem war, den Haken in knapp 20 Meter Höhe unter den Firstbalken zu montieren. Dazu lieh ich mir bei der Pyrmonter Feuerwehr eine entsprechend große ausfahrbare Feuerwehrleiter auf Rädern aus, die ich nach vielen formalen Schwierigkeiten mittels unseres Traktors abholte. Dieses 20 m lange Gefährt, bestehend aus Bulldog und Leiter jonglierte ich mitten durch das Kurbad bis auf die besagte Scheunendiele. Als der Haken in schwindelnder Höhe befestigt war, mußte das Pendel an den Haken frei beweglich montiert werden, damit sich das Pendelseil nicht aufdrallte und dadurch die Richtung änderte. Deshalb ließ ich bei Schmiedemeister Klug, der mir wohlwollend verbunden war und der an meinen ausgefallenen Wünschen immer hilfreich Gefallen fand, eine besondere Kugellageraufhängung von Hand anfertigen, deren Kosten er auf dem Drinkuthschen Konto unter „Hufbeschlag“ verbuchte. Dann war die Pendelmasse so mit Seil und Stahlspitze zu montieren, daß Aufhängung, Seil, Masse und Spitze exakt eine Gerade bildeten. Schließlich mußte der Versuch gestartet werden und dazu das Pendel ruckfrei, also ohne Einwirkung irgendwelcher störender Kräfte in Bewegung gesetzt werden. Dazu band ich das Pendel an der Pendelmasse, dem Gewicht, mittels eines Wollfadens aus Omas Nähkasten an der Tennentür fest und brannte beim Versuchsbeginn mit einem Kerzenlicht den Wollfaden durch - und ab ging die Post. Das Pendel schwang nach vielen Versuchen und nach immer weiteren Optimierungen für die Dauer einer knappen halben Stunde. Dabei räumte der Stahlstift auf jeder Seite die Kuppe des Mehlwalls auf eine Breite von etwa 10 cm ab. Wie Galilei rund 500 Jahre zuvor mit den Worten „Eppure si muove“ beschwor, konnte ich nun auch zeigen, daß sich die Erde seitdem immer noch dreht. Ich war natürlich ziemlich begeistert von dem großen Experiment und von dem Ergebnis. Mit Interesse haben auch meine Schulfreunde, „Flödi“ sowie Günther den Versuch begleitet und auch streckenweise bei der Realisierung mitgeholfen. Nur der vielleicht doch etwas „stoffelige“ Physiklehrer Littmann brachte dieser Sache lediglich Kenntnis nehmend Interesse entgegen.

Die Jahre nach dem Kriege bis zum Schulabschluß waren neben der Schule aber auch mit vielem anderen, was für einen Heranwachsenden interessant und aufregend zu sein schien, ausgefüllt. Dazu zählen die Jugendfreundschaften mit den gemeinsamen unvergeßlichen Erlebnissen. Ebenso Feste oder die sportlichen Aktivitäten, zu denen Ende der vierziger Jahre das Tennisspiel hinzukam; weiter die „Studien-Reisen“ allein oder mit Freunden, wie auch Begleitungen meines Vaters auf dessen politischen Missionen.

Was meine virulenter werdenden „Reisetätigkeiten“ betraf, so resultierten dieselben aus einem Sinneswandel, der sich in den vergangenen ersten zehn Lebensjahren vollzogen haben muß, denn früher als kleines Kind war ich nur schwer vom Hof fortzukriegen. Man wollte mich damals immer irgendwohin mitnehmen, zu den Großeltern nach Algesdorf oder zu Tante Gustchen nach Wülfer oder gar nach Berlin zu Muttis Schwester Maria. Wochenlang vorher fing man an, mir davon vorzuschwärmen, wie schön es in Algesdorf, Wülfer oder Berlin sei und was ich dort alles bekäme und daß dort Vettern und Cousinen seien und daß ich doch sicher dorthin mitführe. Aber das beeindruckte mich wenig und ich hörte mir alles nur skeptisch an, nicht ohne dabei meine kleinen dicken Pfötchen bis zu den Ellenbogen in meinen Hosentaschen zu vergraben und mein dickes Kinderbäuchlein wie aufgeblasen herausgestreckt zu haben. Und wenn ich dann ein paar Stunden oder Tage danach von Lene, unserer treuen Magd, oder Irmgard, einem der Mädchen, gefragt wurde, ob ich mich denn auf Algesdorf, Wülfer oder Berlin freue, so soll ich meist nur geantwortet haben: „Ich deibe doch in Hause". Aber später hat sich diese Zurückhaltung verloren und ich entwickelte langsam ein sich ständig steigerndes Interesse an den Menschen und Dingen außerhalb meiner vertrauten Pyrmonter Welt. Die erste größere „Expedition" machte ich 1946 nach Gelsenkirchen-Buer, der Heimat unseres Mädchens Irmgard. Einer ihrer älteren Brüder, den sie „Bubi" nannte, lebte dort als Bergmann und war auf einer der Zechen zum Wettersteiger avanciert. Das bedeutete, daß er nach zwei Arbeitsschichten, also in der dritten Tagesschicht, allein oder mit einem Gehilfen in den Schacht einfuhr und in den Haupt- und Nebenschächten nach Gasentwicklungen suchen mußte, die ja zu den gefürchteten „schlagenden Wettern", das sind Explosionen, führten. Diese waren natürlich sehr gefährlich, weil sie so stark sein konnten, daß Stollen oder Teile von Schachtanlagen einstürzten. Bubis Ausrüstung zum Aufspüren von Gasentwicklungen bestand vor allem aus einer klassischen nichtelektrischen Grubenlampe, die noch ein Karbidlicht hatte. Das Licht erlöschte, wenn Gas, auch in geringsten Spuren, vorkam. Dorthin, zu „unserem Bubi", wie Irmgard immer sagte, wollte ich, um einmal die geheimnisvolle Welt „unter der Erde" zu erleben. Die Aktion wurde mir zunächst ausgeredet, aber ich ließ nicht locker und bin dann reich bepackt mit den in der damaligen Notzeit begehrten Lebensmitteln, wie Butter, Wurst und Schinken, zusammen mit Irmgard während ihrer Urlaubszeit nach Gelsenkirchen-Buer gefahren. Das wurde ein großes Erlebnis, denn ich ward freundlichst aufgenommen und beherbergt, mir wurde eine mir völlig unbekannte Großstadt-Welt gezeigt und dann bin ich auf der Zeche „Gottessegen“ oder so ähnlich „eingefahren“. Alles war neu für mich: Die dritte Schicht begann für uns nachts mit der Anreise zur Zeche durch die stockfinstere Stadt. Dann auf der Zeche die Vorbereitung zur Einfahrt mit dem Umkleiden in einer riesigen Umkleidehalle, wo man sich bis auf das nackte Dasein auszog, „alte Sachen“ anzog und die anderen Habseligkeiten an Haken hängte und alles an einer Schnur hochzog, diese zum Schluß irgendwo befestigte und mit einem Schloß sicherte. Ich bin dann mit Bubi eingefahren und mit ihm acht Stunden „unter Tage“ geblieben, wobei wir ständig zu Fuß umherliefen, von einer Sohle zur nächsten und teilweise die Sohlen nicht über den Aufzug wechselten, sondern durch verbindende und abgebaute Schrägflöze, die eine Schräglage von rund 45 Grad hatten und meistens nicht mächtiger als einen Meter waren. Besonders erinnerlich sind mir Verbindungsgänge, die auch nur einen Meter hoch wie breit waren und sich bis zu einigen hundert Metern hinzogen und die wir nur kriechend bewältigen konnten. Das größte Problem für mich war dabei, auf allen Vieren zu kriechen und gleichzeitig meine Grubenlampe mitzuführen. Als wir nach Ende der Inspektion wieder zu Tage fuhren, mußte erst einmal geduscht werden, da wir inzwischen schwarz wie die Neger und arg verstaubt aussahen und es auch waren. Als knapp Vierzehnjähriger empfand ich es zudem als ein Erlebnis, mit den Erwachsenen nackt in einer großen dunstgeschwängerten und halbdunklen, riesigen Duschhalle Körperhygiene zu betreiben.

Die nächste, damals für mich wichtigste Reise führte 1947 mit dem Fahrrad in das nahe Lügde. Sie dauerte nur zwei Stunden und ging zu dem seinerzeit bedeutenden und weltweit operierenden Dampfpflug-Unternehmen „Fritz Ottomeyer“. Dieses betrieb hauptsächlich riesige Dampfpflüge, mit denen vor allem große Moorgebiete mit einer ebenso effizienten, wie einfachen Methode tiefgepflügt und zur weiteren Kultivierung vorbereitet wurden. Daneben hatte Ottomeyer auch die Generalvertretung der Traktorenfabrik „Heinrich Lanz Aktiengesellschaft“ in Mannheim. Und mir ging es bei der „Reise“ um einen Traktor von Lanz, den sogenannten „Lanz Bulldog", von dem ich in meiner jugendlichen Unbefangenheit meinte, daß ein solcher für unseren Hof dringend nötig sei. Ich hatte über diese, wie ich glaubte, zwingende Notwendigkeit zur Modernisierung und Steigerung unseres Wirkungsgrades, stundenlang mit meinem Vater und dem älteren Bruder Fritz diskutiert. Ich war auch der Meinung, daß man trotz der Wertlosigkeit unserer „Reichsmark" mit derselben auch ohne „Bezugsschein", doch dafür mit Beziehungen einen neuen Schlepper ergattern könnte. Und die Beziehung sollte der meinem Vater freundschaftlich verbundene alte Ottomeyer sein, den ich aufsuchen wollte, um ihm unser Anliegen, welches aber nur mein ganz eigenes war, vorzutragen und um Hilfe zu bitten. Nach langem hin und her willigte mein Vater schließlich ein und „ließ mich gewähren". So fuhr ich also nach meiner persönlichen Anmeldung mit dem Fahrrad nach Lügde zu dem alten und sehr honorigen Herrn Ottomeyer. Ich wurde freundlich empfangen und hatte mit der eindrucksvollen Persönlichkeit ein langes Gespräch mit dem Ergebnis, daß Ottomeyer mir zusagte, sich um mein Anliegen zu kümmern. Glücklich und erfüllt von meiner Mission fuhr ich nach Hause zurück, berichtete meinem Vater und begann auf die Wirkung des Ottomeyerschen Kümmerns zu warten. - Es hatte aber noch zwei Jahre, in denen sich auch die Währungsreform im Juni 1948 vollzog, dauern sollen, bis die Nachricht eintraf, daß unser Lanz Bulldog auf dem Pyrmonter Güterbahnhof eingetroffen sei und zur Abholung bei Ottomeyer bereitstünde. Moral der Geschichte: Mein kluger Vater wollte mich nicht frustrieren und hatte mich zu Ottomeyer fahren lassen, nicht ohne vorher mit diesem gesprochen und vereinbart zu haben, mich freundlicherweise zu empfangen und anzuhören und einen Trecker zu liefern, sobald das Geld wieder etwas wert sei - das war es dann nach der Währungsreform.

Es sollte aber in meiner Vorstellung auch ein Auto her. Aber statt eines solchen, wurde erst einmal ein Motorrad gekauft, eine tolle BMW-Maschine, Typ R 25 mit 250 ccm Hubraum. Damit ist mein Vater selbst, er war ja erst 56 Jahre alt, gegen den entschiedenen Widerstand unserer Mutter einige Male gefahren, aber meistens sind wir Jungens damit unterwegs gewesen. Trotz des ständigen Schreckens unserer Mutter haben wir viel Freude mit dem Ding gehabt, sind damit in der Gegend herumgekutscht, gelegentlich bis Hannover und einmal bin ich, zusammen mit meinem Schulfreund Jürgen Steding, für einige Tage nach Hamburg gefahren, wo ein anderer alter Schulfreund bereits berufstätig im Leben stand. Das waren ein paar tolle Tage an dem „Tor zur Welt", von denen mir insbesondere der Abend auf der Reeperbahn vor allem deshalb in unvergeßlicher Erinnerung geblieben ist, weil wir - und besonders ich - davon bei einem kurze Zeit später stattgefundenen „Hausball für die Jugend" bei Erich Hasse in maßloser Übertreibung prahlerisch von Erlebnissen berichteten, die wir gar nicht gehabt hatten.

Erich Hasse war der jüngere der schon im Zusammenhang mit Ajo von Zitzewitz erwähnten Hasse-Brüder, die eine florierende Zigarrenfabrik betrieben, Junggesellen und reiche Leute waren. Da wir zu Ende der 40er Jahre entweder gerade die Tanzschule absolvierten oder diese just hinter uns hatten, veranstaltete Erich Hasse in seiner wunderschönen Villa in Pyrmont ein „Jugendfest", zu dem die Kinder seiner Freunde eingeladen waren, etwa 30 Personen. Es spätsommerte und man bot leckere Speisen wie auch in reichem Maße Bowle für die durstigen Kehlen an. Alle hatten gut zugelangt und ich war wohl der einzige, der zuviel von dem köstlichen Naß verkostet hatte, was nicht ohne Auswirkungen blieb. Die Quintessenz war, daß ich mit der Zeit noch gesprächiger wurde, als ich ohnehin schon immer war und Jürgen und ich im noch kleinen Kreise immer wieder gedrängt wurden, von unserer Hamburgreise zu erzählen. Wir ließen uns breitschlagen und fantasierten bald so engagiert vor uns hin, daß wir völlig übersahen, inzwischen die ganze Gesellschaft als Zuhörer zu haben. Vom Treppenaufgang tönte ich meine wilden Geschichten herab und wie gebannt hörte man mir zu. Dabei muß ich, inzwischen nicht nur angeheitert oder betrunken, sondern nahezu „besoffen", Geschichten erzählt haben, die nicht nur nicht wahr, sondern auch reichlich unter der Gürtellinie lagen. Durch den Umstand, daß mir plötzlich etwas übel wurde und ich mir dringend die Leckerheiten des Abends „durch den Kopf gehen lassen" mußte, wurde mein Redeschwall unterbrochen und meiner Wichtigtuerei ein Ende gesetzt. Das unvermeidliche Kotzen auf die mit edlem Sandstein plattierte noble Gartenterrasse des Gastgebers war nicht weniger peinlich. Um das Maß voll zu machen, taumelte ich von der Terrasse in den Garten. Und statt darin zu bleiben und meinen Rausch unter einer der herrlichen großen Zedern auszuschlafen, suchte ich statt in deren Nachtschatten Ruhe in Erich Hasses schönem Horch-Cabriolet aus dem Jahre 1939. Dieser elegante große Sport-Zweisitzer stand vor der Garage und war nicht zugeschlossen. Ich muß mich dort hineingeschmissen haben, wobei es mich erneut überkam und ich es nicht verhindern konnte, reichlich in das schöne Gefährt zu „kotzen“. Es war furchtbar!

Dennoch hatte der schmachvolle „Blackout“ für mich eine mehr als positive Konsequenz insofern, als dieses unerfreuliche Erlebnis eine Lehre für immer wurde. Ich bin seitdem nie wieder in meinem Leben, sei es zwanglos unter Freunden, auf einer Gesellschaft, in der Familie oder zusammen mit anderen durch Alkohol derart außer Kontrolle geraten, wenngleich ich einräumen will, daß mich gelegentlich schon mal ein „Räuschlein“ erwischte. Aber dennoch hätte ich mir auch dieses einzige Mal gern erspart, zumal ich auch geraume Zeit danach bei unseren Freundinnen kein gutes Image hatte, obwohl diese mir an dem Abend ausnahmslos besonders aufmerksam zugehört hatten.

Diese Hasse-Begebenheit frischt wieder eine Geschichte mit Ajo von Zitzewitz auf, der selbstverständlich auch mit auf jener Jugend-Party weilte: Es war schon in der Zeit nach der Währungsreform, ich denke etwa 1950, jedenfalls in einem herrlichen Hochsommer, als Ajo seinen Urlaub in Pyrmont verbrachte. Zu der Zeit war mein älterer Bruder Fritz nach seiner, beim Großvater in Algesdorf abgeschlossenen Lehre, zur weiteren praktischen Fortbildung als „Eleve“ auf dem Gut des Landwirts Rieke in Frenke an der Weser nördlich von Bodenwerder tätig. Dieser großbäuerliche Vorzeigebetrieb, so wie die Riekes selbst, hatte einen vorzüglichen Ruf. Die Familie bestand neben dem Elternpaar noch aus einem jüngeren Sohn und der älteren Tochter. Letztere war recht ansehnlich und etwas jünger als mein Bruder, was aber nichts mit seinem dortigen Praktikum zu tun hatte, wie immer wieder gesagt wurde. Ajo und mir kam in den Sinn, eine Autotour zu machen, was uns durch die Großzügigkeit der Hasse-Brüder möglich erschien, weil sie schon früher Ajo hin und wieder ein kleines Firmenauto für eine „Spritztour“ ausgeliehen hatten. Wir verfolgten die Absicht, meinen Bruder Fritz in Frenke zu besuchen und hatten zusätzlich die Idee, uns bei der Tochter Rieke wie absichtslos bekannt zu machen. Vor allem aber sollte Fritz so die Gelegenheit bekommen, uns „zwei Persönlichkeiten“ zu präsentieren. Dafür standen die Chancen nicht schlecht, denn wir waren uns sicher, in wirklich eindrucksvollem Licht zu erscheinen. Erich Hasse stellte uns nämlich nicht nur irgendein Auto, sondern ein elegantes viersitziges Wanderer-Cabriolet und das auch noch mit Chauffeur zur Verfügung. So fuhren wir also an dem herrlichen Sommer-Nachmittag an die Weser, nicht ohne uns rechtzeitig bei der Familie Rieke kurz telefonisch für eine Stippvisite in der Kaffeezeit mit der Begründung angemeldet zu haben, wir kämen auf der Fahrt von Hannoversch-Münden nach Pyrmont so dicht an Frenke vorbei, daß wir Fritz, wenn es erlaubt sei, gern „Guten Tag“ sagen würden. Man hatte uns willkommen geheißen und versichert, daß wir Fritz bestimmt anträfen, weil man gerade mit der Getreideernte beschäftigt sei und er deshalb ständig auf den Hof komme. Wir fuhren also los, aber kamen natürlich nicht von Hannoversch-Münden, sondern eigens aus Pyrmont nach einer herrschaftlichen Fahrt in Frenke an und Trautmann, der Chauffeur, fuhr moderat in einem eleganten Bogen auf den von hochsommerlicher Ernte-Geschäftigkeit gekennzeichneten Hof des Landwirts Rieke. Bei meinem Bruder, dem mittags von unserer Besuchsankündigung Kenntnis gegeben wurde, entwickelte sich durch diese Botschaft eine mittlere Magenbeschwerde, denn er kannte Ajo und mich gut genug und ahnte, was da auf den unspektakulären, ordentlichen und in ländlicher Friedfertigkeit arbeitsam und erfolgreich dahinlebenden Großbauernhof zukommen würde. Fritz war wenige Minuten vorher mit seinem Schlepper und einem majestätisch beladenen Erntewagen auf den Hof gekommen. Äußerst peinlich berührt, wie es schien, nahm er unser Kommen und unsere elegante Ausstattung mit sportlichem Oberhemd, heller Gabardine-Hose, blitzblanken Halbschuhen in bordeaux-braun auf Hochglanz gewienert und Sonnenbrille mit etwas errötetem Kopf zur Kenntnis, nicht ohne krampfhaft zu versuchen, ein trotz allem schmunzelndes Lächeln zu unterdrücken. Seine Verfassung schien uns in diesem

Moment ambivalent zu werden, denn einerseits war er wohl von unserem „großkotzigen“ Auftreten peinlich berührt, andrerseits mochte es ihm vielleicht auch ein Pläsier werden. Zu diesem Zeitpunkt waren natürlich sämtliche Augen, die es auf dem Hof gab, seien sie hinter oder vor den Scheiben, auf uns gerichtet. Wir fuhren unser „großes Programm“ ab. Sie mußten „entzückt“ sein zu sehen, wie Trautmann, natürlich mit Fahrermütze, nachdem er den eleganten offenen Wagen vorbildlich und unübersehbar geparkt hatte, aus dem Auto stieg, um dasselbe herumging und wie selbstverständlich den rechten hinteren Schlag auftat. Ajo und ich stiegen aus, während wir Trautmann mit einer angedeuteten Kopfneigung dankten und uns zu Fritz begaben. In unserer sportlich-sommerlichen Kleidung, etwas blasser im Gesicht als die gebräunten Landleute, hatten wir nun in der Tat selbst das Gefühl, nicht ganz ohne Eindruck zu sein, was uns trotz unserer leichten inneren Unsicherheit ziemlich selbstbewußt wirken ließ. Fritz schien inzwischen wieder in den Zustand größter Peinlichkeit zurückgefallen zu sein und machte uns ob unserer Anmaßung, mitten in der Ernte diesen geschäftigen Betrieb aufzuhalten, erst einmal „zur Sau“ und meinte, was uns denn einfiele? Was wir uns dabei gedacht hätten und von wegen „auf ein paar Minuten“. Die Riekes müßten uns nun zum Kaffee einladen und so weiter, und so weiter. Wir taten bekümmert, neigten für Sekunden devot unsere Häupter und hatten Mühe, unser Grienen zu unterdrücken, denn wir waren uns über alles im klaren gewesen und hatten uns auch genau vorgestellt, wie es ablaufen würde. Wir wollten das alles natürlich auch genauso, wie es dann kam.

Auf dem Hof stellte uns Fritz noch dem gerade hinzugekommenen Gutsverwalter oder Riekeschen Domänenrat vor, geleitete uns ins Wohnhaus, wo er uns den bereitstehenden Riekes vorstellte. Dabei vermißten wir zu unserem größten Bedauern die hübsche Tochter, die aber leider abwesend war. Wir begrüßten die Herrschaften ‚comme il faut‘, das bedeutete, mit dem damals noch üblichen Handkuß die Dame und mit leichtem Kopfnicken und einem nicht zu kräftigen Händedruck den Hausherrn. Wir tauschten Komplimente aus, bedankten und entschuldigten uns zugleich, nicht ohne sachverständig das gute Erntewetter und die sicherlich mehr als befriedigende Ernte zu loben. Der weitere

Verlauf war erwartungsgemäß: Wir wurden von der stilvollen Diele in das zum Kaffee gerüstete großbäuerliche Wohnzimmer zu Tisch gebeten, wo wir nochmals unseren Besuchsgrund erläuterten, Grüße der Eltern überbrachten, geziemend Fragen beantworteten und über unsere Reise plauderten, wie auch erneut über die Ernte und das Wetter sowie unsere Familien und deren Befinden. Dabei faßten wir uns stets kurz, so wie die andere Seite auch und brachten das Kaffee-Beisammensein in gebührender Zeit mit dem scheinheiligen Argument zum Ende, daß noch weitere Verpflichtungen auf uns warteten und wir deshalb langsam aufbrechen müßten. Das wurde allseits wohlwollend akzeptiert, man erhob sich, wir verabschiedeten uns höflich unter dem Austausch von weiteren Unverbindlichkeiten und Dankesbezeugungen. Nach erlösender Verabschiedung von Fritz zogen wir uns mindestens so elegant zurück, wie wir gekommen waren. Dabei meinten wir, als wir unsere Abgangsrunde von dem Riekeschen Hofgut in Frenke drehten, in dem etwas diffusgleißenden Sonnenlicht dieses Nachmittags wieder die nachschauenden Augen hinter den Scheiben erkennen zu können. Gut so, dachten wir, schmissen uns in die bequemen Fauteuils des Wagens und genossen die angenehme Heimreise, nicht ohne uns dabei eine gute Zigarre aus Hasscher Fertigung anzuzünden!

Bevor zu einem ganz anderen Thema übergegangen werden kann, soll ein vorletztes Mal auf die Schulzeit, im besonderen auf den „Lehrkörper" der „Oberschule für Jungen", meinem späteren „Humboldt-Gymnasium", zurückgekommen werden. Ein alter Mitschüler jener Jahre und Klassenkamerad meines älteren Bruders, der heute pensionierte Gymnasiallehrer Gerhard Zastrow, hat mir Teile seines unveröffentlichten Manuskripts über die damalige Zeit freundlicherweise zur Kenntnis gegeben und mich dadurch wieder an einige Namen unserer Lehrer wie auch mancher anderer Schulkameraden erinnert: An die „alten Säcke", Brockhaus, Spens oder Schmitz und „Bulle" Mehrdorf, die schon seit der Vorkriegszeit da waren und als Reserveoffiziere zwar gleich in den Krieg mußten, teils aber auch bald oder zwischendurch wieder an die Penne kamen. Mathematik gab zunächst der kleinwüchsige Studienrat Dr. Weizel, von uns nur „dkW“ - seinerzeit auch die gleichlautende Marke des bekannten Kleinwagens DKW - „der kleine Weizel“ genannt. Dieser, so erinnerte sich Zastrow, habe noch bis kurz vor dem Krieg auf Grund seines damaligen naturwissenschaftlichen Kenntnisstandes gegenüber seinen Schülern in den höheren Klassen gemeint: „Kinder, Atomspaltung - Nie und nimmer“! Und ich glaube, daß mein späterer Physiklehrer Littmann mit den Einsteinschen Relativitätstheorien ebenfalls wenig anzufangen wußte - erwähnt hat er sie jedenfalls nie, da bin ich mir ganz sicher.

Andere „Pauker“ waren neben dem oft ziemlich zynischen Deutschlehrer Geiger unser verehrter Bodo Meyer, mit dem ich, nebenbei gesagt, am selben Tag Geburtstag hatte. Er kehrte im Sommer 1940 nach einer, im Polenfeldzug erlittenen schweren Verwundung, wieder in den Schuldienst zurück und führte mich als Klassen- und Englischlehrer zum Abitur. Zu dem Lehrkörper gehörte auch Luise Stemmler, derer ich mich besonders dankbar erinnere, weil sie mit mir bei meinen lateinischen Bemühungen recht wohlwollend immer unendliche Geduld aufbrachte, auch wenn das für uns beide nur bescheidenen Erfolg hatte. Das aber wurde in der Unterprima insofern „geheilt“, als unser bisheriger Schultyp neben einem sprachlichen einen naturwissenschaftlichen Zweig erhielt, wodurch zu meiner Rettung im Abitur Physik statt Latein Hauptfach wurde. Luise Stemmler verfaßte später in ihrem Ruhestand zusammen mit Wilhelm Mehrdorf die schon öfters zitierte „Chronik von Bad Pyrmont“, die 1967 erschienen war.

Doch war von der oben erwähnten Schultypänderung überhaupt noch keine Rede, als mit dem Kriegsende im Frühjahr 1945 der Schulbetrieb zusammenbrach und erst im September wieder aufgenommen werden konnte. Da viele Lehrer entweder noch in der Gefangenschaft waren oder wegen der sogenannten „Entnazifizierung“ zwangsbeurlaubt wurden, mußten manche der „alten Säcke“ wieder ’ran, unter anderem auch Dr. Graf für den Deutschunterricht. Seine Reaktivierung war kaum zu verstehen und noch heute überkommt mich tiefe Betrübnis über die Art und Weise, wie die vorgesetzte Schulbehörde, vor allem aber manche ungezogenen, um nicht zu sagen unerzogenen Mitschüler mit diesem

Menschen umgingen. „Er war ein bedauernswerter Mann“, schrieb Gerhard Zastrow, „Als Quäker und Gegner des ‚Dritten Reiches‘ war er zeitweise im Konzentrationslager gewesen, aus dem er krank und seelisch gebrochen entlassen worden war. Aus unerfindlichen Gründen mußte er noch wieder vor die Klasse treten. Natürlich nutzten wir seine Schwäche zu allerlei Flegeleien aus“. Ich hatte bei ihm im Deutschunterricht unter anderem „Das Lied von der Glocke“ auswendig lernen sowie alt- und mittelhochdeutsches Sprachgut lesen müssen. Bei dem Gedanken daran erscheinen zwei Mitschüler, Zwillinge, höchst wirklichkeitsnah vor meinem geistigen Auge. Sie quälten diesen liebens- und zugleich bedauernswerten Dr. Graf ungestraft derart, daß ich ihn hilflos und in Tränen ausbrechend, den Klassenraum verlassen sah. Ich habe mich damals wegen dieser Mitschüler, auch wenn sie nicht lange danach aus anderen Gründen relegiert wurden, furchtbar geschämt, war das doch nicht mehr Flegelei, sondern Terror, gegen den wir leider machtlos waren! - Und dann erinnere ich mich auch noch gut des Studienrats Heim, bei dem wir in der unmittelbaren Nachkriegszeit Lateinunterricht hatten. Er war ein herausragend humanistisch und allgemeingebildeter Pädagoge, leider sichtlich durch Krieg, Flucht und den Verlust seiner Familie gezeichnet, der aber dennoch mit den letzten Resten seiner Energie versuchte, für das Studium der griechischen Sprache an unserem Gymnasium Interesse zu wecken. Seiner freiwilligen Arbeitsgemeinschaft war aber kein langes Leben gegönnt.

Schließlich und gewissermaßen als übel leuchtender Stern oder besser doch als „schwarzes Loch“ jenes Lehrkörpers tauchte vorrübergehend noch ein anderer Mathematiklehrer auf. Ein Mann der „ganz alten Schule“, wohl einer der Letzten seiner Zeit, der die „Straffälligen“ nach Gutsherrenart rabiat verprügelte, wann immer er das für nötig hielt. Die Veranlassung dazu ergab sich gewöhnlich, wenn er beispielsweise jemanden während einer Klassenarbeit bei einem Täuschungsversuch erwischte. Dann waren die „drei Heiligen“ ohne wenn und aber fällig. Das hieß, dann mußte der Rohrstock, dick wie ein Finger her oder der Delinquent zum Rohrstock hin. Die Prügel mußten in der Pause nach der Klassenarbeit oder der Unterrichtsstunde im abgeschlossenen Bereich der Klassenräume für die naturwissenschaftlichen Fächer, vorzugsweise im Physiksaal, nicht selten von mehreren straffällig gewordenen Moglern einzeln nacheinander „abgeholt“ werden. Ich gehörte gelegentlich natürlich auch dazu. Das lief dann so ab, daß man vor dem Physikraum wartete bis die Tür aufging und der Pauker einen hereinholte, die Tür abschloß und die Anweisung für die einzunehmende Haltung zum Empfang der Prügel gab. Währenddessen holte er aus einem Nebenraum das Prügelwerkzeug, eben jenen fingerdicken höchstens siebzig Zentimeter kurzen Rohrstock. Der Übeltäter hatte die angeordnete Stellung eingenommen: Mit leicht gespreizten Beinen, den Oberkörper so weit nach vorn gebeugt, daß seine Fingerkuppen die Fußspitzen berührten, so daß der Hintern maximal gespannt war. Dann gab es im Normalfall die drei brutal kräftigen Hiebe auf den Allerwertesten, worauf es „abtreten“ hieß. Dazu schloß er das Zimmer wieder auf und ersuchte den Nächsten einzutreten. Mein Klassenfreund Vesting, der als „Wiederholungstäter“ mit dem Procedere vertraut war und sich aus Selbstschutz deshalb unter seine textile Hose noch eine lederne angezogen hatte, mußte, als der Prügelmeister das bemerkte, beide Hosen ausziehen. Er bekam statt drei fünf „Heilige“ mit erhöhtem „Effet“ auf den nackten Hintern und mußte die weiteren Unterrichtsstunden im Stehen hinter sich bringen. Der Kerl war sadistisch und erinnerte uns immer mit Schrecken an englische Colleges im viktorianischen England.

X.

Die Zeit, von welcher ich hier erzähle, liegt um das Jahr 1950 und spielt natürlich auf unserem damals gut zweihundert preußische ‚Morgen' großen Hof in Holzhausen. Dieser war zwar der größte Hof im Ort und der nahen Umgebung, für norddeutsche Verhältnisse aber ein bestenfalls mittelgroßes Hofgut. Die Bezeichnung „Morgen" als altdeutsches Feldmaß, ursprünglich die Ackerfläche, die ein Bauer mit einem Gespann am Vormittag pflügen konnte, ist 2.553 Quadratmeter groß. Die Arbeitsmethoden, die etwa zehn bis fünfzehn ständig tätige Menschen verrichteten, waren auf diesem Hof damals im Prinzip noch die gleichen wie die der ersten Hälfte dieses Jahrhunderts. Die betriebliche Technisierung hatte noch einen relativ niedrigen Stand, obgleich der erwähnte „Lanz Bulldog" bereits über die Felder rollte. Im Gegensatz zu heute wurde noch alles angebaut, was der Boden zuließ und was üblich war. So gab es neben Roggen, Weizen und Gerste noch Hafer und bei den Hackfrüchten neben den Zucker- und Futterrüben sowie Kartoffeln noch Steckrüben. Weiterhin wurde Raps und gelegentlich Flachs angebaut und vor allem das ganze Spektrum von Obst und Gemüse in der Gärtnerei. Ebenso lebte hier alles an Viehzeug, was damals auf einen solchen Hof gehörte. Neben den selbstverständlichen, wenn gottlob auch meistens unsichtbaren Ratten und Mäusen: Katzen, Hunde, Hühner, Gänse, Tauben, Puter, Perlhühner, Enten, Schweine, Kühe, Bienen und Pferde - während es heute wohl nur noch Ratten und Mäuse gibt. Dazu wohnten und arbeiteten auf dem Hof inklusive der Familie rund zwanzig Menschen - während heute auf dem durch Landzukäufe mehr als doppelt so groß gewordenen Betrieb in Holzhausen nur noch ganze anderthalb Menschen den Laden schmeißen, nämlich mein Neffe Fritz und, wenn überhaupt noch, eine Halbtagskraft. So hatte sich in den ersten fünfzig Jahren des 20. Jahrhunderts kaum wesentliches geändert, während in der zweiten Hälfte dieses Saeculums atemberaubende Veränderungen vor sich gegangen sind.

Wie spielte sich nun das tägliche Leben auf dem Betrieb ab? Wenn nicht gerade eine Kuh kalbte, eine Sau ferkelte, ein Pferd fohlte, ein Rind krank wurde, ein Hund bellte, ein Gänserich schnatterte oder sich ein Bulle losriß, war die Nacht bis vor dem Morgengrauen ruhig. „Los ging es" im Sommer gegen vier Uhr morgens, wenn Adolf Edler, der „Schweizer", wie man den Obermelker oder den Melkermeister nannte, auf den Hof kam, Pferd und Wagen fertigmachte und in die Emmer-Wiesen zu den dort weidenden rund fünfundzwanzig Milchkühen zum Melken fuhr. Er nahm gewöhnlich die gute Ella, ein altgedientes ruhiges und treues Pferd, das er vor seinen Milchwagen spannte. Auf diesen hatte er abends zuvor von unserer Lene blitzblank gewaschene Milchkannen und sein übriges Melkgeschirr geladen. Adolf war dann etwa viertel nach vier bei seinen Kühen, holte sie von der Weide in den großen Melkschuppen, der mitten in den Emmer-Wiesen stand und begann von Hand zu „stripsen". Das Melken einer Kuh dauerte bei ihm zwischen fünf und zehn Minuten, je nach der Milchmenge, welche die Kuh gab, im Durchschnitt so um die zwanzig Liter. Adolf war dann gegen halb sieben fertig und gegen sieben Uhr wieder auf dem Hof, wo er die Milch zur Abholung durch die Molkerei auf einer eigens dafür an der Straße stehenden Rampe entlud. Dann fütterte er die Kälber, Rinder und Färsen und ging danach heim. Er wohnte in „Eiermanns Haus", einer kleinen Kate, die unmittelbar gegenüber lag und zum Hof gehörte. Gegen elf Uhr war er wieder da, um erneut zu füttern.

Auf dem Hof war seit fünf Uhr auch Betriebsamkeit entstanden. Lene, inzwischen „auf den Beinen", hatte unter dem Kessel in ihrer Schweineküche Feuer gemacht und begonnen, die Schweine zu füttern, wozu sie eimerweise das Futter von der Schweineküche über die Diele in den Stall schleppte. Die Fütterung, die sich stets unter lautestem Gequietsche vollzog, dauerte etwa eine knappe Stunde, so daß Lene zum Frühstück um halb sieben damit fertig war. Wenn es viele Jungschweine oder Ferkel gab, mußte meine Mutter, die seit spätestens einhalb sechs Uhr auch in Aktion war, mithelfen, damit alle zum Frühstück pünktlich am Tisch saßen, einschließlich uns Kindern. Wir mußten deshalb schon um halb sieben aus den Federn und spätestens eine Stunde später das Haus verlassen, um rechtzeitig in der Schule zu sein. Die Männer draußen hatten inzwischen vor dem Frühstück die Pferde gefüttert und gewöhnlich Schnittfutter, den sogenannten Häcksel auf der etwas niedrigen und staubigen Häckselkammer über den Pferdeställen geschnitten. Einer von ihnen war unterdessen mit dem sogenannten „Wäschewagen" und der „Wäsche", jenen Küchenabfällen der Pyrmonter Hotels, welche als Futter für die Schweinemast und im Rahmen des früher erwähnten Drinkuthschen „Gastronomie-Service" von großer Bedeutung war, auf den Hof zurückgekehrt. Danach konnte man das inzwischen wohlverdiente erste Frühstück beginnen. Dieses hieß „Kaffeetrinken" und vollzog sich an drei Stellen, nämlich im „Leute-Kasino", wo die Gespannführer, Knechte und Hilfsarbeiter „mampften", bei uns in der Eßstube, wo wir mit den Lehrlingen aßen und in der Küche, in der Lene allein oder mit den Mädchen aß. Das Frühstück dauerte eine halbe Stunde und wurde immer auch zur Besprechung des Tagesplanes benutzt. Das war besonders wichtig für die Lehrlinge, denen mein Vater den Ablauf mitteilte, ihnen dieses und jenes erläuterte oder sie das eine oder andere fragte. Und für unseren Großvater war diese erste halbe Stunde des gemeinsamen Gesprächs wichtig, weil er ebenfalls bei dieser Gelegenheit alles erfuhr und seine Ideen oder Pläne einbringen konnte, dabei aber auch nicht selten unseren Vater mit der fast obligaten Eröffnung, „Wei mösten ..." bewußt oder meistens unbewußt reizte. Denn mit diesem „wei", das heißt wir, wollte er eigentlich seinem Sohn, sagen: Du und nur du, mußt das oder das (endlich) tun. Für meine Mutter und ihren Haushalt war dieses Frühstücksgespräch natürlich auch besonders wichtig, denn sie erfuhr dort neben vielem anderen, wer wo wann zu den nächsten Mahlzeiten und wie zu versorgen war. Die einen blieben zum zweiten Frühstück, welches normalerweise um neun Uhr stattfand, auf dem Feld, die anderen kamen heim oder andere, wie wir Kinder, kamen erst zum Mittagessen später. Aber unsere Mutter hat gewöhnlich auch direkt in die Tagesplanung eingegriffen, indem sie von irgend etwas abriet, zu etwas anderem zuriet oder etwas einforderte respektive anordnete. Sie wirkte auch auf diese Weise nicht selten prägend und oft entscheidend, so wie sie auf Grund ihres Sachverstandes, ihrer Erfahrung und Durchsetzungskraft die tragende Säule des Ganzen und nicht selten den Fels in der Brandung darstellte.

So begann jeder spätestens um einhalb acht Uhr auf seinen „Tagesposten“ zu gehen: Zunächst mußten gewöhnlich die Ställe entmistet werden, wonach die eingeplante Hof- oder Außenarbeit begann. Die Gespanne rückten im Frühjahr, wenn die entsprechenden Äcker gepflügt waren, bei gutem Wetter beispielsweise zur Saatvorbereitung aus. Dazu mußten die Ackerwagen mit den nötigen Geräten, wie Eggen, Walzen oder „Kultivatoren“, das sind besondere Geräte zur Bodenbearbeitung und den erforderlichen „Zutaten“, wie Dünger oder dergleichen beladen, die Pferde geschirrt und angespannt werden, worauf es dann wirklich los ging. Während die Leute nun auf dem Feld arbeiteten, bereitete mein Vater, etwa wenn Getreide gesät werden sollte, mit einem oder zwei Lehrlingen die Sämaschine für die zu säende Saatgutmenge vor. Daß sich dieses Erfordernis nicht selten zu einer Haupt- und Staatsaktion entwickelte, lag daran, daß die Sämaschine über keine einfache oder leicht zu justierende Saatmengensteuerung verfügte.

Zum besseren Verständnis des Problems zunächst eine Bemerkung zur Konstruktion einer Sämaschine. Dieses etwa zwei Meter breite pferdegezogene Gerät bestand damals aus folgenden wesentlichen Teilen: Dem trichterförmigen Saatgutbehälter, der zwischen den beiden seitlich angebrachten großen hölzernen Antriebsrädern seinen Platz hatte. Im untersten Bereich seines Inneren enthielt dieser Behälter eine Stachelwalze, die sich beim Saatvorgang, also wenn die Sämaschine auf dem zu besäenden Acker fortgezogen wurde, drehte. Dadurch sorgte sie dafür, daß die richtige Menge des Saatguts aus den Auslauföffnungen im alleruntersten Teil des Saatgutbehälters rieselte. Es rieselte aus den Öffnungen in ungefähr einen Meter lange Teleskopschläuche, die an jeder Auslauföffnung angeschlossen waren und welche das Saatgut in die sogenannten Drillschare leiteten. Aus diesen gelangte das Saatgut schlußendlich in den Boden. Zwischen einem der großen Antriebsräder, die über den Acker rollen und der Stachelwalze im Saatgutbehälter, den man fachmännisch eigentlich Saatkasten nennt, liegt ein Getriebe zur Dosierung der auszusäenden Saatmenge je Hektar. Unsere Maschine hatte, im Gegensatz zu dem uns hinreichend bekannten geschlossenen und leicht schaltbaren oder sogar automatischen Autogetriebe, ein nicht schaltbares offenes Getriebe. Die richtige Dosierung der Saatmenge wurde durch eine entsprechende Veränderung der Zusammensetzung jener schweren auswechselbaren eisernen Zahnräder erreicht. Dieselben waren auf verschiedenen Zwischenachsen derart zu kombinieren, daß die Umdrehungsgeschwindigkeit des großen Antriebsrades der Sämaschine der gewünschten Umdrehungsgeschwindigkeit der Stachelwalze für die Saatmengensteuerung im Saatkasten entsprach. Ein ziemlich komplizierter Vorgang, der viel Zeit in Anspruch nahm, die man aber in der Hektik der Saatarbeit eigentlich gar nicht hatte. Und so führten Zeitmangel und Hektik wie überall auch hier zu einem Problem.

Zu dieser Justierungsmaßnahme mußte die Sämaschine, wie man sagte, „abgedreht" werden. Aber das war damals wegen der oben beschriebenen Zahnradkombination verständlicherweise noch ziemlich kompliziert. Um das richtig zu bewerkstelligen, mußte das Unternehmen „Abdrehen" sorgfältig vorbereitet werden: Bei aufgebockter und der mit Saatgut versehenen Maschine legte man zunächst unter die Schläuche, besser gesagt die daran angeschlossenen Drillschare, ein dünnes weißes Leinentuch, auf welches das Saatgut durch die Schläuche rieseln konnte. Da es wegen der unterschiedlichen Konsistenz und Qualität des Saatguts keine Standardkombinationen gab, mußte man nach dem „try and error-Verfahren" versuchen, die passende Zahnradfolge herauszufinden, indem man die Maschine „abdrehte". So wurde als erste eine aus Erfahrung in Betracht kommende Zahnradkombination gewählt, dann das große Antriebsrad bei der aufgebockten Maschine mittels des Zeigefingers, der die exakt senkrecht stehende Speiche berührte, so oft gedreht, wie es der Lauflänge einer bestimmten Saatfläche, beispielsweise hundert Quadratmetern, entsprach und wodurch die entsprechende Saatmenge auf das Leinentuch rieselte. Dann schüttete man diese Menge in einen Behälter, um sie auf einer Waage exakt zu wiegen. Entsprach sie der gewünschten Menge, die pro Hektar ausgesät werden sollte, war das Unternehmen schon erfolgreich abgeschlossen. Dem war aber nie so. Folglich gab es einen oder mehrere weitere Versuche, bis normalerweise nach drei bis vier Versuchen die Sämaschine abgedreht war und man sich auf den Acker zum Säen begeben konnte. Und nun endlich kommt meine Geschichte.

Als mein Vater wieder einmal mit einem Lehrling zur Saatvorbereitung die Sämaschine für ganz besonders kostspieliges, knappes Saatgut abgedreht und den Saatkasten der Maschine mit dem gesamten Saatgut aufgefüllt hatte, beauftragte er den Lehrling, die Pferde fertigzumachen, diese vor die Sämaschine zu spannen und dann das gesamte Gefährt zu dem Feld, welches besät werden sollte, zu bringen. Er selbst würde schon vorfahren, um noch an Ort und Stelle weitere Vorbereitungen zu treffen. Gesagt, getan. Vater fuhr zum Feld und platzte fast vor Zorn und Erregung, als der Lehrling mit dem Gerät auch ankam und er feststellen mußte, daß sich kein Gramm Saatgut mehr in dem Saatkasten der Maschine befand. Wie sich sogleich herausstellte, hatte der Unglückswurm von Lehrling bei der Abfahrt vom Hof versehentlich die Maschine saatbereit angestellt und das ganze teure und vor allem knappe Saatgut auf die Straße „gesät". Es hat mehrere Tage gedauert, bis sich unser Vater wieder beruhigt hatte und erst dann wieder zum normalen Tagesablauf zurückzukehren vermochte.

Die Leute waren gewöhnlich bis viertel vor zwölf mit der Hof- oder Außenarbeit beschäftigt und hatten dazwischen gegen neun Uhr ihr zweites Frühstück gehabt, welches sich jemand mitgenommen hatte, wenn er allein irgendwo war und welches herausgebracht wurde, wenn mehrere Leute irgendwo arbeiteten oder wenn „Tagelöhner" dabei waren. Nachdem mittags die Pferde im Stall abgestellt und mit Futter versorgt waren, herrschte von zwölf bis dreizehn Uhr die Mittagspause, in der unser Vater nach Tisch die Zeitung las, was gewöhnlich in einem für ihn wohl erquickenden „Kurz-Ratz" endete. - Ich habe mir übrigens diese, vom Vater abgeguckte Gewohnheit des Kurzschlafs unbewußt schon während meiner Studienzeit angewöhnt und sie, abgesehen von einer ersten Berufszeit, derweil mir rangmäßig noch keine Liege in meinem Büro zustand, bis heute sozusagen als außerordentlich hilfreiches autogenes Training zu meinem größten Nutzen beibehalten. - Zurück auf die Hof- und Außenarbeit ging diese nach dem Essen bis achtzehn Uhr weiter, unterbrochen von einer Kaffeepause zwischen einhalb vier und vier Uhr. Parallel zu der normalen Nachmittags-Tätigkeit der Leute war unser Schweizer Adolf wieder zu seinen Kühen gefahren, hatte gemolken und danach auf dem Hof die Rinder gefüttert, was ihn bis gegen neunzehn Uhr in Anspruch genommen hat. Bis zu dieser Zeit blieb auch das „Außenkommando", auch wenn es vor achtzehn Uhr auf den Hof zurück kam, mit der Versorgung der Pferde und die gute treue Helene mit ihren Schweinen beschäftigt. Danach wurde alles was abzuschließen war, abgeschlossen und um neunzehn Uhr traf man sich fein geputzt zum Abendbrot. Dieser geordnete Ablauf funktionierte nicht so, wenn, was nicht selten vorkam, irgendwann nachmittags von irgendwoher die Nachricht telefonisch oder durch Boten eingegangen war, daß irgendwann und irgendwo irgendwelche unserer Rinder frei in der Gegend umherlaufend gesehen und stets als die unsrigen angesehen worden waren. Dann mußten von einem „Sonderkommando", zu dem gewöhnlich der Schweizer, der weit über 80 Jahre alte Opa und wir Kinder gehörten, diese Rinder gesucht und in die Weide, aus der sie „ausgebrochen" waren, zurückgetrieben werden. Solche Aktionen gestalteten sich gelegentlich als hochdramatische, die nicht selten auch wegen Dunkelheit abgebrochen und am nächsten Morgen fortgesetzt werden mußten. Auch kam es vor, daß die Rinder oder auch ausgebrochene Milchkühe nicht zügig in ihre Weide zurück „bugsiert" werden konnten, weil sie unterwegs in eine falsche Weide, in einen ungeschützten Vorgarten oder in die Küche einer Bäuerin gelaufen waren, deren Hof an der betreffenden Straße lag. Und wenn keine Rinder zu suchen waren, dann mußten, was viel öfter der Fall war, von irgend jemandem wir Kinder gesucht werden - etwa wie ich bei Redeckers Gustav.

Nach einem solchen langen und arbeitsreichen, wie auch oft ziemlich anstrengenden Tag sei noch ein Wort zu den Inhalten der täglichen Mahlzeiten gesagt. Für diese sorgte unsere Mutter mit ihrem Küchenstab fünfmal täglich an dreihundertfünfundsechzig Tagen im Jahr für zwanzig bis fünfundzwanzig Menschen. Sie mußten pünktlich sowie fix und fertig auf den Eßtischen im Haus stehen oder „ins Feld" gebracht werden, wenn die Leute nicht zum Essen heim kamen. Für diese mehr als 1.800 Mahlzeiten oder insgesamt rund 45.000 Portionen im Jahr galt das Motto: Einfach, schmackhaft, reichlich, nahrhaft, gut und immer richtig temperiert, denn es kam keine Freude auf, wenn die Erbsensuppe „im Felde“ lauwarm oder gar kalt war.

Zum ersten Frühstück gab es neben Kaffee, Milch, Brot und Butter entweder Marmelade, Zwetschenmus oder Rübensaft, gelegentlich auch einmal Honig. Von dem Brotaufstrich dominierten das Mus der Zwetschge und Rübensaft. Zum zweiten Frühstück wiederum Kaffee, Milch und Brot und als Auflagen Wurst oder Käse, wobei natürlich die Wurstsorten zwischen Mett-, Rot- oder Bregenwurst ebenso wechselten wie die Marmeladensorten beim ersten Frühstück. Zum Mittagessen beherrschten an den Wochentagen vorzügliche Eintopfgerichte den Speiseplan und als Dessert gab es gewöhnlich ein Obstkompott, jedoch nicht an jedem Tag. Die köstlichen Erbsen-, Linsen-, Frühlings- oder Kartoffelsuppen mit reichlich Fleischeinlagen und frischen Kräutern des Gartens sind mir wie Festessen ebenso unvergeßlich wie die von mir ungelittene Graupensuppe, obwohl sie objektiv gesagt, auch vorzüglich war. In den Herbst- und Wintermonaten gab es Kohlgerichte aus Wirsing, Rosenkohl, Rotkohl oder Weißkohl mit Kartoffeln und Fleisch. Nach dem ersten Frost aßen alle den heißgeliebten Grünkohl, den wir „Braunen Kohl“ nannten und der ein gutes Stück Bregenwurst, die ihresgleichen suchen mußte, für jeden enthielt. Und es gab natürlich auch regelmäßig fleischlose Gerichte, wie Kartoffel-Puffer mit Apfelmus, Eierpfannkuchen mit Speck, Fisch oder Nudelgerichte und auch manchmal Milchgrieß-Suppe mit Zucker und Zimt. Aber auch reine Fleischgerichte mit Kartoffeln und Gemüse oder Salat standen regelmäßig auf der Speisekarte der Küche. Dabei ist der Salat süß mit Essig angemacht worden, was norddeutsche Art ist. An Sonn- und Feiertagen leistete man sich ein feines Bratengericht vom Schwein, Rind, Geflügel oder vom Wild, wozu unser Vater in der entsprechenden Jahreszeit die Feldhasen so rechtzeitig geschossen hatte, daß sie auch gut abgehangen waren. Das Rehwild kam aus Mutters Heimat und wurde vom Algesdorfer Opa zur Verfügung gestellt. Als wir Jungens Jagderlaubnis erworben hatten, sorgten wir für die Eindeckung mit Wildbret. - Aber auch schon vorher machten wir auf Grund von „eigenem Naturrecht“, wenn auch ohne Rückbezug auf die Vernunft, selbst genügend Beute. Dabei zeigte sich unser Bruder Wilhelm als der weitaus beste Waidmann und Schütze, der wiederum sein ganz persönliches Jagdrecht inklusive dem Grenzstein im eigenen Rucksack hatte. Und wenn wir Jungs mit einem oder zwei Stück erlegtem Rehwild morgens in der Frühe heimkamen, schmissen wir dasselbe, aufgebrochen und natürlich waidmännisch ordentlich versorgt, in die Waschküche, so daß unsere Mutter sehen mußte, wie sie damit fertig wurde. - Doch zurück zum Speiseplan an den Sonn- und Feiertagen. Vor dem Hauptgericht, wie oben beschrieben, wurde gewöhnlich eine „klare“ Suppe vom Geflügel oder Rind, auch „gebunden“ beispielsweise vom Rinderschwanz, serviert und als Dessert ein Pudding, etwa „Götterspeise“ aus frischem Obstsaft oder „Rote Grütze“ mit reichlich Vanillesauce geboten. Obst wurde ganz selten gereicht, denn das holte man sich während der ganzen Saison selbst und direkt von Busch oder Baum des Gartens. Nachmittags zum Kaffee dann eigener „Platenkuchen“ (vom plattdeutschen „Platen“ für Platte) als Zucker-, Streusel- oder Obstkuchen. Diese wurden zu Hause angerichtet und bei „Schulzen Heini“, dem Bäcker, im Holzbackofen gebacken. Mit einem kleinen „Bollerwagen“ wurden die gewöhnlich drei Platen durch die Mädchen vom Becker Schulze abgeholt. Daß dieser frische Platenkuchen meistens hinreißend schmeckte, versteht sich von selbst, es sei denn, der Teig war nicht dünn genug ausgerollt - dann dauerte es immer ein paar Stunden länger bis der Kuchen gegessen war. Schließlich gönnte man sich am Abend nur eine kalte Mahlzeit mit Brot, Butter, Wurst, Schinken und Käse oder auch hin und wieder Schmalz, wenn Gänse geschlachtet waren, sogar Gänseschmalz. Getrunken wurde abends Tee oder „klares Wasser“, das quellfrisch aus eigenem Brunnen kam - herrlich! Überhaupt war alles Gebotene, bis auf Kaffee, überwiegend als Ersatzkaffee, also kein Bohnenkaffee, Fisch, Gewürze und dergleichen, selbst erzeugt.

So etwa gestaltete sich der normale Tagesablauf in den Monaten von April bis Oktober für den landwirtschaftlichen Hauptbereich „Ackerbau und Viehzucht“. - Parallel dazu lief die Gärtnerei mit Chefgärtner Zöllner und seiner Mannschaft. Dabei sorgte Fischers Friedrich entscheidend für den pünktlichen Arbeitsbeginn. - Als drittes „Standbein" galt früher bekanntlich die Imkerei mit ihren über 700 Millionen Bienen in 1.000 Völkern und seit „Winnemonkels" Tod stark reduziert und wie erwähnt, später vom Großvater mit rund einhundert Völkern bis Anfang der fünfziger Jahre betrieben. Hierzu sei es erlaubt, noch einige Zahlen zu der für mich stets interessanten Imkerei zu dem Stichwort „fleißige Bienen" anzufügen: Solch ein Bienenvolk bringt heute - im Bienen-Kasten-Betrieb und durch das Ausschleudern des Honigs bei meistens zwei Trachten im Jahr - hierzulande einen Ertrag von fast 20 kg Honig. (In anderen Ländern wie Australien, Argentinien oder Mexiko das zehnfache.) Dazu muß eine einzige Biene etwa 8000 Blüten aufsuchen und dabei bis zu 3000 km fliegen. Und wenn ein Volk im Bienen-Korb-Betrieb vor fünfzig bis sechzig Jahren im nicht so warmen Norden Deutschlands durchschnittlich nur etwa zehn Kilogramm Honig produzierte, so mögen Winnemonkels tausend Völker knapp zehn Tonnen Honig im Jahr erzeugt haben. In den 20er Jahren wird das bei einem Preis von nicht mehr als einer Mark pro Kilogramm für den Hof ein Umsatz von rund 20.000 Mark gewesen sein, was viel bedeutete. (Derzeit bezahlt der Endverbraucher für ein Glas „Deutschen Imkerhonig" guter Qualität mit netto 300 Gramm Inhalt etwa vier bis fünf Euro, also rund fünfzehn Euro für ein Kilogramm.) - Schließlich war der vierte und entscheidendste Bereich der „Haushalt", die Domäne unserer Mutter. Darin ging es morgens um einhalb sechs Uhr los und dauerte ohne Stop bis zehn Uhr abends, wobei es keine eigentliche Pause gab. Ihr Gebiet hatte zwei Funktionen: Die eine war der eigentliche Haushalt zur Versorgung von „Haus und Hof und Mann und Maus" samt dem Waschen und Bügeln, Hausputz und der Näharbeit, der Kindererziehung und der Gästeversorgung und so weiter und so fort. Natürlich stand dafür Personal zur Verfügung, aber bedacht und begleitet werden mußte alles von unserer Mutter. Die andere Funktion war die Abdeckung von Arbeitsspitzen in den Bereichen Ackerbau und Viehzucht und in der Gärtnerei. Wenn sich irgendwann im Haushalt eine freie Stunde auftat, wurde diese durch Tätigkeiten in den anderen ständig hilfsbedürftigen Aufgabenbereichen ausgefüllt und wenn in irgendeinem anderen Sektor ein Engpaß zu entstehen drohte, war die Haushaltstruppe, vorweg unsere

Mutter, mit vollem Einsatz und hoher Kompetenz zur Stelle. Und das über vierzig lange Jahre, in deren erster Hälfte ein „freier Tag" oder gar ein Urlaub außerordentlich selten war - heutzutage unvorstellbar.

In den Monaten von November bis März sah das Tagesprogramm insofern anders aus, als die Kühe nicht auf der Weide, sondern im Stall waren und weniger Außenarbeit und mehr Aufgaben auf dem Hof anfielen, vor allem die umfangreichen winterlichen Drescharbeiten. Aber auch Maschinen- und Gebäude-Reparaturen sowie noch die Einbringung der Herbsternten und die Verarbeitungen von Kartoffeln und Rüben, Vorarbeiten in der Gärtnerei für Salat und Frühgemüse, schließlich Arbeiten im Wald für das Suchen und Rücken von Gabeholz und dergleichen.

So waren die Tage, Wochen, Monate und die Jahre auf dem Hofe ausgefüllt von ununterbrochenem Geschehen, und nahezu rund um die Uhr und nicht selten befand sich irgend jemand ständig in Aktion. Das Ganze war ein Prozeß der ständigen Wiederkehr des Gleichen, gesteuert vom „lieben Gott" mittels der Natur infolge des ständigen Werdens und Vergehens wie auch durch die wechselnden Naturbedingungen und vielfältige unkontrollierbare Ereignisse des Lebens. Werktage und Sonntage waren immer nur Kalendertage, ausgefüllt mit mehr oder weniger Arbeit und das Vieh in den Ställen hatte auch am Heiligen Abend Durst oder wurde auch in der Sylvesternacht krank oder bekam an Ostern Nachwuchs. Aber dennoch hatte man das alles einigermaßen im Griff, gönnte sich trotz allem die nötige Ruhe und nahm sich auch die Zeit für den regelmäßigen sonntäglichen Kirchgang, an dem wir Kinder stets teilnahmen. Doch auch der verdiente Feierabend, Ferien und Feste dürfen nicht vergessen werden.

Das Leben auf dem Land war nicht nur Mühe und Arbeit, weshalb sich die Frage stellt, was denn die Menschen um die Mitte des vorigen Jahrhunderts, als es weder Glotze, noch Neckermann-Reisen gab und weder das moderne Wellness-Bedürfnis noch der Sport seinen heutigen Stellenwert hat, eigentlich machten, wenn das Abendessen zuende, der Abwasch getan und es Feierabend war.

Vom Beginn des neunzehnten Jahrhunderts bis zum Ende des ersten Weltkriegs, vornehmlich in der Zeit vom Spätherbst bis zum Frühsommer, verbrachten die Familien auf dem Lande viele Abende gemeinsam. Auf der Tenne erzählte und sang man. Vor allem beschäftigten sich die Menschen mit der eigenen „Textilmanufaktur", das meint, mit dem Aufbereiten, Spinnen und Weben des selbst angebauten und geernteten Flachses. Zu Tuchen, Hemden, Kleidern, Bettzeug, Tischdecken, Handtüchern oder anderen Leinensachen wurde der Flachs verarbeitet. Deshalb saß in erster Linie die Bäuerin mit ihren Mägden und erwachsenen Töchtern, so es sie gab, auf der Diele und sie „feierten" sozusagen den Abend, bei dem die Arbeit gewöhnlich Vergnügen war. - Aber diese scheinbar so glücklich-romantischen Zeiten waren in den Fünfzigern längst vorbei. Wenn ich heute die ererbte alte Eichentruhe von 1724 wieder öffne, werden mir die Erzählungen unserer Mutter gegenwärtig. In der Truhe liegen nämlich noch aus ihrer Mitgift einige Ballen des alten Leinens verschiedener Qualität - das Handtuchleinen war gröber und schwerer als dasjenige für die Oberhemden - die sie selbst noch mit gefertigt hat und die uns deshalb besonders lieb und teuer sind.

Die beiden schlimmen Kriege und die veränderten Gewohnheiten hatten den Feierabend der Landbewohner natürlich verwandelt, denn es saßen nicht mehr alle zusammen, wie in früheren Zeiten beim Spinnen, Körbeflechten oder dem Reparieren der Geschirre. Wenn zu meiner Zeit die abendliche Mußezeit kam, gingen diejenigen Arbeiter, die nicht auf dem Hof wohnten, heim zu ihren Familien. Derweil erzählte man nach dem Abendessen im Kreise der Familie noch eine Weile von Altem und Neuem. Dabei hörten wir Kinder noch ein Weilchen neben vielem anderen, auch die Geschichten der Altvorderen, von denen ich erzählte. Wenn wir dann „unter den Füßen weg" waren, las unsere Mutter die Zeitung, während der Großvater sich noch etwas im Radio anhörte, in der Kriegszeit vorzugsweise den täglichen Abendkommentar „von dem Fritsche". Das war zu der Zeit natürlich ein von Goebbels gesteuerter Nachrichteninterpret, aber mit einer unaufdringlichen, sympathischen Stimme, dessen unterschwellige Propaganda und Schönrederei unsern Mittachtziger Opa jedoch nicht mehr so kritisch durch seinen Kopf gingen. Und wenn er „den Fritsche“ gehört hatte, flickte er noch ein Pferdegeschirr oder verabschiedete sich in die „Heia“. Unser Vater war ja im Krieg und nach demselben wegen seiner kommunalpolitischen Aktivitäten meistens noch unterwegs.

Nachdem meine Mutter mit der Zeitung „fertig war“, wandte sie sich den Näharbeiten solange zu, bis ihr vor Müdigkeit die Augen zufielen, so daß dicke Bücher nicht mehr in Betracht kamen - und auch keine dünnen! Nebenbei bemerkt enthielt der Bücherschrank im Arbeitszimmer des Vaters interessante Lektüren, in denen wir älter gewordenen Kinder gern und viel „schmökerten“. Vornehmlich waren es Klassiker, Jagdgeschichten, einige Romane und die Bücher, die unseres Vaters „studierte Brüder“ beim Weggehen von den heimatlichen Penaten hinterlassen hatten, und es gab Meyers dreizehnbändiges Lexikon der siebten Auflage von 1924. Von „dreiunddreißig“ bis zum Kriegsende war außer ein paar Romanen, Spoerls heitere „Feuerzangenbowle“ und natürlich jede Menge „Karl May“ auch nichts Bedeutendes hinzugekommen, jedenfalls gab es Hitlers „Mein Kampf“ bei uns nicht! - Was die Literatur im „Dritten Reich“ überhaupt angeht, so wurde jüngst in einer interessanten Analyse (in: „Vierteljahreshefte für Zeitgeschichte“) festgestellt, daß die „Bestsellerliste“ der Jahre 1933-1944 ganze vierzig Romane enthält, die in der betreffenden Zeit eine Auflagenhöhe von 300.000 Exemplaren erreichten. Davon wurde lediglich ein Viertel als nationalsozialistisch qualifiziert. Unter den „Top ten“ der allgemein interessierenden Literatur standen noch Wissenschaftsromane an der Spitze. Von diesem Genre stand auch in unserem Bücherschrank die Nummer eins der Bestsellerliste, nämlich K.A. Schenzingers „Anilin. Roman der deutschen Farbenindustrie“, gefolgt von „Metall. Roman einer neuen Zeit“. Diese beiden Bücher hatte ich als Schüler mit allergrößter Begeisterung verschlungen und sie befinden sich noch heute in meiner Bibliothek. Das Fazit der genannten Analyse besagt, daß der durchschnittliche Leser im Dritten Reich mit Vorliebe nicht NS-Romane, sondern wissenschaftsgeschichtliche, heitere und ausländische Romane las. - Auf einem Bauernhof unterhalb der Rittergutsgröße war man nicht zum Lesen geboren, sondern mußte existenznotwendig Praktiker sein. Die betont geistigen Leidenschaften der Gutsbesitzer hatten gewöhnlich mit dem Ende der Schul-, Militär- und Ausbildungszeit in gewissem Maße ihr vorläufiges Ende gefunden, so daß jeder, der dennoch regelmäßig „Wild und Hund“ las, schon als Intellektueller galt!

So war das normalerweise mit dem Feierabend, und was die Ferien anging, so galten vornehmlich die Liebhabereien und Passionen, wie die Jagd und das Reiten als Ferien, zu denen man sich als freier und normalerweise unabhängiger Grundeigentümer oft jede Zeit der Welt nehmen konnte. Unsere Mutter ist mit uns Kindern zwei oder dreimal vor dem Kriege ein paar Wochen auf der Insel Wangerooge gewesen, weil einer von uns allergische Ausschläge bekommen hatte, die bei diesen Aufenthalten auskuriert werden sollten. Und nach dem Krieg reisten unsere Eltern öfters zur Kur nach Bad Reichenhall, um eine chronische Bronchitis unseres Vaters zu bekämpfen. Das war's dann auch an Ferien gewesen, und ich wüßte mich nicht zu erinnern, daß der Großvater überhaupt jemals Ferien gemacht hätte, außer, daß er in den Jahren nach dem letzten Krieg gelegentlich für ein bis zwei Wochen zu seiner geliebten Tochter Gustchen nach Salzuflen fuhr. Dabei war es die größte Erholungsfreude für ihn, daß er seinem Schwiegersohn August von den außerordentlich großen Erfolgen und Leistungen seines Sohnes in Holzhausen vorschwärmte - und wenn er von dort zurückkam, seinem Sohn, unserem Vater, von Augusts exzeptionellen Errungenschaften, großem Gelingen und vorbildlicher Wirtschaftsführung nicht gerade leidenschaftslos vorschwärmte. Weder das eine noch das andere war prahlerisch oder Wichtigtuerei, es sollte motivieren - aber meistens nervte es in liebenswerter Nachsicht!

Die Feiern und Feste auf dem Hof waren ganz überwiegend Familienveranstaltungen, vor allem aus Anlaß von Geburtstagen, vornehmlich der „älteren Herrschaften“ oder wegen Konfirmationen. Und wie in unserer engsten Familie zwei Brüder zwei Schwestern geheiratet hatten, waren es immer viele und enge Verwandte, die dann zusammen kamen. Es wurde dazu gewöhnlich gar nicht extra eingeladen, denn die Freunde und Verwandten wußten ja, wann die Geburtstage waren. Dann kamen sie, und nur wenn jemand noch die Tante oder alle Kinder mitbringen wollte, dann „gab man Bescheid". Selbstredend aber war jeder zu jedem Anlaß willkommen und wurde versorgt und seinem Naturell entsprechend umhegt. Und derjenige, bei dem oder bei dessen Nachbarn ein paar Kühe kalbten oder just „Sauen vorkamen" und der deshalb zwingend als „Hebammer" wirken oder zur Saujagd mußte, war sowieso entschuldigt. Mehr oder weniger Gäste schienen nie ein Problem zu sein. Es mußte eventuell nur noch ein Tisch extra eingedeckt - abgedeckt wurde immer erst, wenn der Tag vorbei war - und es mußten vielleicht noch ein paar Stühle hergeholt werden.

Diese gesellschaftlichen Ereignisse begannen gewöhnlich in der Mitte des Nachmittags zum „Kaffeetrinken", setzten sich danach um einhalb acht mit dem Abendessen fort und endeten meistens nicht später als zehn Uhr am Abend. In der Vorbereitung solcher ländlichen „Events" jener Tage stand bei solchen Begegnungen vor dem Unterhaltungsprogramm die Klärung des Beköstigungsproblems. Ersteres bereitete nie Bedenken, weil es immer genügend Gesprächsstoff gab und die obligatorische Hof- und Stallbesichtigung vor allem die männlichen Gemüter in Bewegung hielt. Die ganze Beköstigungsfrage war eigentlich auch kein schwerwiegendes Problem, denn es wurde in quantitativer Hinsicht grundsätzlich mit etwa fünfzig Prozent mehr Gästen gerechnet. Und was an Speisen und (kalten) Getränken übrig blieb, wurde auf jeden Fall in den Folgetagen bestens selbst verwertet. Die Konsequenz für diese Flexibilität und Logistik war, daß es keine Gerichte gab, die zu portionieren waren, wie zum Beispiel pro Person eine Forelle oder eine kurzgebratene Fleischschnitte, die man heute Steak nennt. Es kamen auch keine komplizierten Menus in Betracht, denn die Zubereitung mußte rationell sein. So gab es vorweg natürlich eine Vorspeise, etwa eine leckere klare Boullion mit Sternchennudeln, dann den Hauptgang meistens mit Salat, verschiedenen Gemüsesorten, Kartoffeln und überwiegend Fleisch von Tieren aus „höfischer" Produktion oder aus eigener Jagd. Schließlich hinterher ein süßer Nachtisch. Diesen Anforderungen wurde unsere Mutter in mindestens zweidrittel aller Fälle mit ihrem Gäste-Spezialmenü gerecht, welches sich über Jahrzehnte ungebrochener hoher Beliebtheit erfreute: Vorweg die besagte Boullion, als Hauptgericht ein Zungenragout mit Saussicechen und Fleurons, dazu Kartoffelkroketten sowie Salat. Als Nachtisch gab es Birnenkompott oder zu besonderen Ereignissen den begehrten „Welfenpudding“, der aus weißem Stärkepudding und einem gleich dicken gelben Wein-Citrone-Schaum bedeckt war. Dieses köstliche Dessert, welches wir Kinder so besonders liebten und worüber schon berichtet ist, qualifizierte sich auch als eine Augenfreude in Wappenfarben der Welfen.

Aber bevor zum Abendessen gebeten wurde, hatte es am Nachmittag bereits einen ausgiebigen und nahrhaften Kaffee- oder Teetisch gegeben. Zum Kaffee standen mindestens fünf bis sechs Sorten Kuchen zum Genuß bereit: Zwei Sorten Platenkuchen mit Zucker oder Streuseln, immer ein „Frankfurter Kranz“, ein Marmorkuchen und zwei Sahne- oder frische Obsttorten und dazu erwartungsgemäß genügend Schlagsahne. Man war also gut beschäftigt mit Speis und Trank und hatte bis gegen zehn Uhr abends auch reichlich Zeit zur Unterhaltung, die nicht zuletzt aus der Analyse und den Gesprächen und Besichtigungen bestand. Die Gespräche betrafen natürlich auch weitgehend die Politik, vor allem die aktuelle Kommunalpolitik, die beruflichen Ereignisse, Jagdgeschichten, Anekdoten aus der Familie oder von „Originalen“ aus dem Dorf oder der Umgebung und viele andere Späßchen. Dabei zeichnete sich mein schon öfters zitierter Patenonkel Heinrich als großartiger Erzähler aus. Speziell für uns Kinder aber folgte der geliebte Onkel Danna (Daniel) von der Sennhütte als großer Erzähler. Danna war ja als junger Mann eine Zeitlang „auf Osire“, der Farm seines Bruders im ehemaligen „Deutsch-Süd-West-Afrika“ gewesen. Er hatte uns unendlich viele abenteuerliche aber auch kulturgeschichtlich interessante Erzählungen zu bieten. Neben den Gesprächen wurde, wie schon angedeutet, spätnachmittags zwischen dem Kaffee und dem Abendessen der Hof und vor allem die Ställe und das Vieh besichtigt, woran naturgemäß fast ausschließlich die Gäste mit landwirtschaftlichem Hintergrund teilnahmen. Dazu waren die Ställe und das Vieh auf Hochglanz gebürstet und der Gästerundgang sah aus, wie wenn eine hochkarätige landwirtschaftliche Prüfungskommission durch die Anlagen schritt, die jedes Tier begutachtete, verifizierend über die eigenen prahlte und mit leichten Nadelstichen oder gar Seitenhieben nicht sparte, wenn es sich anbot. Das führte gelegentlich zu Mißstimmungen oder gar vorzeitigen Abreisen derjenigen, die sich beleidigt fühlten. Wenn die Zeit reichte und das Wetter es zuließ, fuhren einige auch ins Feld, um Roggen, Weizen oder Rüben zu bestaunen.

Bevor diese Besichtigungen begannen und während alle Erwachsenen am Kaffeetisch mit Torten und Schlagsahne beschäftigt waren, trieben wir Jugendlichen, die wir meist ausschließlich Vettern und Cousinen waren, draußen unser Tun oder auch unsere Untaten. So kam es zu Stürzen vom Baum über Zertrümmern von Scheiben durch den Fußball bis hin zu Schußverletzungen durch grob fahrlässigen Gebrauch des Luftgewehrs oder Kleinkalibers in späteren Jahren. Dabei ist es kein Wunder, daß gleiches auch wieder unsere Kinder mit ihren Vettern glaubten nachvollziehen zu müssen. So schoß mein Patenjunge Ralf Anfang der siebziger Jahre in Holzhausen anläßlich eines solchen Familienfestes seinem Vetter Fritz durch das Wadenbein, was aber gottlob noch einmal „gut ging", weil das Bein „noch ,dran war".

Wenn keine oder nur einzelne Vettern dabei waren, konnte ich es nicht lassen, mich den Autos der Gäste zuzuwenden, die in Reih und Glied auf dem Hof standen. Dabei interessierte mich weniger das Aussehen als die Funktion. Ich habe deshalb immer versucht, mit den „Karren" zu fahren. Dies setzte voraus, daß ein Schlüssel steckte oder ich einen in der Garderobe der Gäste fand. So gelang es mir einmal - es war vor der Währungsreform 1948 - den Schlüssel zu einem dreirädrigen Kleinlaster, ähnlich dem damals berühmten „Tempo-Dreirad", in die Hände zu bekommen. Mit diesem waren Onkel August und Tante Gustchen aus Salzuflen-Wülfer mit Strauchpflanzen gekommen und der besagte Schlüssel steckte in Augusts Manteltasche. Es war mir bald gelungen, das Ding „in Gang zu kriegen", was gar nicht selbstverständlich war, weil das damals ja alles alte Klamotten waren, höchst überstrapaziert und abgenutzt sowie bar jeder besonderen Pflege mangels Geld und Ersatzteilen. Das Dreirad lief also - bis es nicht mehr lief und dann sang- und klanglos irgendwo auf dem Hof stehenblieb. Große Pein, denn so gut kannte ich mich in den Autos natürlich nicht aus und fragen konnte ich auch niemanden. Hinzu kam die große Angst, daß Onkel August plötzlich auftauchte, was wegen des nahenden Endes der vorgesehenen Stallbesichtigung nur eine Frage der

Zeit war. Also war es als erster und wichtigster Schritt, das Ding wieder exakt auf den Platz zu bringen, wo es gestanden hatte. Das war noch ein relativ geringes Problem, weil ich oben auf der nach Westen abfallenden inneren Hoffläche stand und das Dreirad ohne Motorkraft herunter rollen lassen konnte. Da zwar der Motor lief, das Fahrzeug sich aber nicht fortbewegte, war mir schon klar, daß es nur am Getriebe liegen konnte, doch wie sollte ich das auseinander nehmen und wie reparieren?. Von dem Getriebe, welches mit dem Motor einen Block bildete, der oben auf die Vorderradgabel montiert war, ging die Kraft über eine Antriebswelle auf ein konstruktiv ganz ausgefallenes Kardangelenk. Dieses hatte eine Kugel mit Einfräsungen, in die sogenannte „Mitnehmerklauen" eingriffen, welche wiederum auf die Radnabe des Vorderrades wirkten. Wie ich schließlich nach vielen iterativen Überlegungen und Versuchen nach der bekannten Methode „try and error" endlich festgestellt hatte, war die Kugel in dem Gelenk mitten durchgebrochen - aus Altersschwäche oder wegen meines vielleicht zu abrupten Anfahrens. Da hatte ich nun den Salat und die Frage, was zu tun war, mußte ich mir schnellstens selbst beantworten! Meine wichtigste Aufgabe war es nun zu erreichen, daß Onkel August später wenigstens anfahren und möglichst vom Hof fort kam - was dann passierte, mußte sein Problem werden. Wenn das aber nicht klappte und er erst gar nicht losfahren konnte, mußte der Verdacht bei mir landen, weil sonst niemand in Betracht kam! Ich will es kurz machen: Es gelang mir, die Kugel so wieder zusammenzusetzen, daß August spät abends, als er nach dem schönen Fest wieder die fünfzig Kilometer heim nach Wülfer fahren wollte, problemlos anfahren und sich vom Hof fortbewegen konnte, sogar noch einige hundert Meter, bis die Karre wieder stand. Ich war gerettet, August schimpfte über das „Mistauto" und Tante Gustchen beruhigte mit dem überzeugenden Hinweis, daß es ja besser sei, daß das Auto hier in der Nähe des Hofs kaputt gegangen ist als später in der Nacht irgendwo auf dunkler Landstraße. Recht hatte Gustchen!!

Eine andere Geschichte dieser Art ereignete sich ein- oder anderthalb Jahre später, jedenfalls gleich nach der Währungsreform, als ein neureicher Baustoffhändler namens Klötendonk, Horst-Rüdiger Klötendonk aus Solingen (dieser Name ist von Thomas Mann entliehen und diskretionshalber gegen seinen wirklichen ausgetauscht), ein sogenannter „Währungsgewinnler", bei uns war. Horst-Rüdiger gab eine eindrucksvolle Statur ab, maß etwa 185 Zentimeter in der Länge, strahlte stets heiter und selbstbewußt aus den klaren Augen seines leicht geröteten Gesichts, sprach gewöhnlich recht deutlich wie auch ebenso laut und war immer den Umständen oder Anlässen entsprechend elegant gekleidet. Sein Lebensprinzip schien vermutlich zu sein: Trinkfest und arbeitsscheu!

Klötendonk hatte bis zur erwarteten Währungsreform ein ansehnliches Warenlager anzulegen gewußt und dieses unmittelbar nach der Geldabwertung gegen neue gute „Deutschmarks", abgestoßen. Mit dem vielen neuen und endlich hartem Geld konnte er seine Firma modernisieren und schnell ausbauen, wie auch dann zügig weiter das „große Geld" machen. Das veranlaßte Klötendonk auch zu den endlich wieder möglichen Reisen und zu einer „Kur" in Bad Pyrmont. Zu dieser war er mit einem riesigen eierschalenfarbigen Maybach-Auto aus dem Ende der zwanziger Jahre inklusive Chauffeur, drei Reitpferden sowie Kind und Kegel angereist und hatte seine Pferde bei uns auf dem Hof in Holzhausen untergestellt. Er kam normalerweise täglich so gegen fünfzehn Uhr auf den Hof gebraust. Der Fahrer stellte gewöhnlich das schwere Maybach-Cabriolet, welches sicherlich zwei bis drei Tonnen wog, oben auf den Hof vor die Scheune. Klötendonk zum Reitvergnügen unterhalb der Gürtellinie in zünftige beigefarbene Breeches aus schwerem „Cavalry twill" und eleganten juchtenledernen Langschäftern rotbrauner Farbe nach englischer Fuchsjagdart gekleidet; oberhalb der Taille in großkariertes Harristweed-Jackett, einschlitzig, mit gelber Weste, weißem Plastron und brauner Schlägermütze. Er ließ für sich und seine Frau Gattin - dieselbe mit etwas üppiger Figur, leicht gedrilltem blond gefärbten Haupthaar, reichlich mit prunkendem Goldschmuck behangen und Krokotasche - die Pferde satteln und dann ritten sie aus. Währenddessen ging der Fahrer meistens fort, um sich irgendwo zu amüsieren und pflichtgemäß um siebzehn Uhr zurück zu sein. Die Reitersleute waren dann auch zurück und kamen immer noch ins Haus, um meinen Eltern „guten Tag" zu sagen. Wann immer es ging, wollten sie mit meinem Vater auch noch einen „Bügeltrunk" nehmen, wovor sich der Vater zu drücken versuchte, weil es nie „bei einem" bleib.

Aber das ist nicht das Thema, sondern das Auto des Herrn Klötendonk, für welches wir uns - Bruder Wilhelm und ich - wie für jedes Auto damals besonders interessierten. Es ging uns natürlich in erster Linie darum, das Ding „in Gang" zu setzen und ein bißchen auf dem Hof hin und her zu fahren, was selbstverständlich voraussetzte, daß kein Mensch mit seiner Anwesenheit uns störte. Nachdem der Chauffeur fort und Klötendonks endlich ausgeritten waren, fühlten wir uns unserer Sache sicher. Nun ging es zunächst daran, den Motor anzulassen, was ohne Zündschlüssel nicht so einfach war. Aber uns kam vorteilhaft zugute, daß wir den Wagen nicht zu öffnen brauchten, weil das Allwetterverdeck aufgeklappt und deshalb der Schlag leicht zu öffnen war. Es stellte sich bald heraus, daß das Zündschloß, ein sogenanntes „Bosch-Schloß" war, welches damals noch keinen sichernden Abschließmechanismus hatte, sondern als reiner Zündschalter funktionieren sollte, der als besondere Innovation den alten Druckschalter, wie man ihn von der Hausklingel kennt, abgelöst hatte. Dieses Zündschloß war deshalb, statt mit einem speziellen Zündschlüssel, im Notfall mit einem einfachen, aber etwas dickeren Nagel in Aktion zu setzen. Einen solchen fanden wir natürlich schnell im „Nagelkasten" des Großvaters, so daß es nur wenige Minuten dauerte, bis der Motor lief. Dann benötigten wir nur noch einige weitere Minuten, bis wir abwechselnd auf dem Hof 'rauf und 'runter „juckeln" konnten: Das ging dann solange gut bis, wie seinerzeit mit Onkel Augusts dreirädrigem Kleinstlaster, die Karre wieder stand. „Sch... im Kanonenrohr, kommt offensichtlich öfters vor!" Zudem war die Situation nicht nur Schitte, sondern ganz große". Wir hatten nämlich den schweren Wagen gerade unten auf die untere Hofseite gefahren! Nach schneller, aber eingehender „Problemanalyse" war klar, daß wir beiden Würstchen in der verfügbaren Zeit der Situation nicht Herr werden konnten. Eins nach dem anderen, dachten wir, was bedeutete, das Auto zuerst einmal dort wieder hinzustellen, wo es gestanden hatte und dann weitersehen - oder nach dem Motto „nix gewußt" so zu tun, als ob nichts geschehen sei. Aber wie den über zwei Tonnen schweren Koloß wieder dorthin bekommen, wo er stand? Schieben war unmöglich und Hilfe war nicht verfügbar. Aber solche Würstchen wie wir mochten zwar schwache Muskeln haben, doch konnten sie in der Not schöpferisch werden: Wir erinnerten uns, daß zu der Zeit gerade noch ein Pferd im Stall sein müßte. Es war der dicke „Castor", eins von den schweren belgischen Kaltblütern. Wir beschirrten ihn, befestigten eine schwere Eisenkette um die Vorderachse des herrlichen Maybach-Cabrios, hängten das Pferd in einen Schwengel und diesen an die Kette am Auto und los ging's. Castor zog das Tonnengewicht mit souveräner Leichtigkeit so weit nach oben, daß sogar noch etwas Gefälle ein Rückrollen in die richtige Ausgangsposition erlaubte. Das alles spielte sich in weniger als fünfzehn Minuten ab und „war gelaufen", bevor der Chauffeur wieder zurück und Klötendonk mit Frau Gattin auf den Hof kamen. Derweil waren wohl unsere Eltern noch nicht wieder zu Hause. Wir hatten uns mittlerweile hinter der Hecke an der oberen Hofausfahrt „verschanzt". Während der Bemühungen des verwirrten Fahrers, die Schadensursache zu finden sowie die Behebung derselben zu bewerkstelligen, vernahmen wir aus unserem sicheren Versteck nur die laute Schimpferei über das verfluchte Auto, aber auch eine gewisse Kritik Klötendonks an seinem Chauffeur. Wir registrierten die Absicht von Horst-Rüdiger Klötendonk, nach einem Monteur zu telefonieren. Da niemand im Haus war, hatte Klötendonk wohl mit Erfolg versucht, eine öffentliche Telefonzelle zu finden und eine Reparaturwerkstatt zu erreichen, während die gnädige Frau bei dem herrlichen Sonnenwetter im Fond des offenen Wagens sitzend die erzwungene Gelegenheit nutzte, ihrem entzückenden Köpfchen ein Sonnenbad zu gönnen. Nach einer Weile kam ein Mechaniker, dem es mit Hilfe des Fahrers nach geraumer Zeit gelang, den Wagen wieder flott zu kriegen. Inzwischen erschienen sowohl Klötendonk, wie etwas später auch unser Vater wieder auf dem Hof, so daß die Gelegenheit für den ersehnten Bügeltrunk und die ausführliche Schilderung des ganzen Malheurs die Stimmung wieder in Ordnung und uns Erlösung von unserer berechtigten Angst brachte!

Bevor ich nun den Hof und seinen Tagesablauf mit den Erinnerungen an die viele Arbeit und das Mühen der Menschen verlasse, muß ich doch noch auf die Vergnügen zurückkommen, die die Menschen damals trotz der schweren Zeiten dennoch hatten. Natürlich kannte kein normaler Mensch seiner Zeit sechs Wochen Urlaub, jede Woche Fußballspiele, die

Selbstverständlichkeit von Mallorca-Reisen oder die modernen Abenteuersportarten, welche die Grenzen menschlicher Möglichkeiten zu überschreiten trachten und es gab noch keine Spaßgesellschaften. Aber man ruhte sich natürlich auch aus, gönnte sich ein gelegentliches Vergnügen und ging, soweit man das überhaupt ermöglichen konnte, seinen Passionen und Interessen nach. Auf dem Hof waren das vor allem die kommunalpolitischen Engagements der Großväter, Väter und später des älteren Bruders. Weiterhin gehörte die Jagd und immer die Beschäftigung mit den Pferden zu den Passionen der virilen Hofgesellschaft. Ich habe beiläufig von allem erzählt, insbesondere von der ganz besonderen Jagdpassion meines jüngeren Bruders Wilhelm. Ich wies auf die Reiterfreuden unseres älteren Bruders mit seinem Spitzenpferd, dem Hannoveraner Fuchswallach „Nestor" hin und erinnerte mich auch des leidenschaftlich betriebenen Fahrsports unseres Vaters. Und gerade daran anknüpfend, gibt es noch die etwas sportlich-tragische, wenn auch nicht beängstigende „Geschichte von der Kutschwagen-Lampe" zu erzählen.

Unser Vater war von Natur aus ein großer Pferdekenner und galt darüber hinaus in seinen jungen Jahren auch als guter und erfolgreicher Pferdesportler, speziell als „Wagenlenker". Aber nicht einer, welcher den Cäsaren der Antike gleich, stehend in der Quadriga diesen vierjochigen Einachser lenkte. Er hingegen fuhr vorzugsweise sitzend den zweirädrigen Einspänner. Unser Vater übte diesen eleganten Fahrsport in den zwanziger und dreißiger Jahren in seinem, 1876 gegründeten, heimatlichen „Reit- und Fahrverein Bad Pyrmont" mit großer Freude und gewisser Leidenschaft aus. Er beherrschte die Lenkung aller Kutschwagentypen von schweren vierspännigen Mailcoach-Modellen über elegante Landauer, die gewöhnlich zwei Pferde zogen bis hin zum leichten Dogcart, einem zweirädrigen Einspänner für die Jagd. Das Dogcartfahren war seine besondere Leidenschaft und er fuhr dieses Gespann nicht nur sportlich, wenn er auf den ländlichen Reit- und Fahrturnieren der näheren und weiteren Umgebung seine Ausstattung von Wagen und Pferden, vor allem aber seine Pferde und schließlich auch sein Können präsentierte. Er nutzte dieses sportliche Gespann auch in täglicher Nutzanwendung, und ich erinnere mich an Fahrten mit dem Vater auf dem Dogcart, welcher von der bildschönen, doch ziemlich nervösen, weil vielleicht mit etwas zuviel Araberblut ausgestatteten Stute „Ninon“ gezogen wurde. Später war es die nicht weniger schöne, aber doch etwas ruhigere Hannoveranerin „Graci“, die dem Vater wegen ihrer hervorragenden Veranlagungen und ihres guten Charakters zu manchem Turniersieg verhalf - aber nicht zu allen, was an der Kutschwagen-Lampe lag.

Die Sache war so und die Lampe war diese: Bei einem Wettbewerb auf dem sommerlich strahlenden Reit- und Fahrturnier in der lippischen Bezirkshauptstadt Detmold hatte der Vater seinen Parcours exzellent beendet und hielt exakt vor dem Richtergremium programmgemäß und in voller Würde mit seinem schönen Pferd, der eleganten Beschirrung und dem hübschen Wagen an, grüßte das Gremium vorschriftgemäß zum Zeichen des Endes seiner Vorstellung und des Dankes wie vor allem auch in Erwartung des sicherlich erfreulichen Richterspruchs. Aber der vorsitzende Turnierrichter versuchte ihn mit einer letzten Prüfung, indem er unseren Vater aufforderte, noch die Lampen seines perfekt bespannten und gepflegten Gefährtes anzuzünden. Das war ein ganz unerwartetes und ungewöhnliches Verlangen zum Schluß seines, weiß Gott, schwierigen Parcours und bei dem hellen strahlenden Sonnenwetter. Unser Vater erkannte natürlich schnell, daß der Richter ihn auf dem falschen Fuß erwischte, denn er hatte keine Streichhölzer bei sich und konnte deshalb die Kerzen in den beiden Wagenlampen nicht anzünden - und fremde Hilfe erlaubte das Reglement nicht. Das kostete ihn den Siegerkranz. Er hat uns Kindern die Geschichte oft erzählt und dabei nie vergessen zu erwähnen, daß er seitdem nie ohne Streichhölzer eine Reise angetreten habe.

Mein Vater hat eine dieser Kutschwagenlampen, lange nachdem er mit dem Fahrsport aufgehört und der Pyrmonter Reit- und Fahrverein zu Anfang der 50er Jahre eingegangen war, von dem alten verstaubten Dogcart in der Remise abgeschraubt. Er schenkte sie mir als ich 1960 den eigenen Hausstand aufbaute, zur Erinnerung an mein Elternhaus. Das alte vor dem ersten Weltkrieg von der Firma P. Schlurer & Co. Düsseldorf hergestellte, edle versilberte, doch nun etwas heruntergekommene Wertstück wurde Mitte der 60er Jahre von der Lehrwerkstatt meiner

Frankfurter Siemens-Niederlassung „aufgearbeitet und elektrifiziert". Es beleuchtete jahrzehntelang die Terrasse unseres Hauses in Mainz und später die unseres Balkonplatzes in Kirchhofen, bis sie jetzt wieder restaurierungsbedürftig wurde. Weil es keinen Spezialisten mehr gab, der das konnte, habe ich im Sommer 2002 mit allergrößter Mühe selbst versucht, den alten Glanz von vor fast 100 Jahren wiederherzustellen, denn die Siemens-Lehrwerkstatt hatte schon damals nichts restauriert, sondern das antike Stück und vor allem deren Spiegel sowie sonstige versilberte Teile nahezu „sittenwidrig", lediglich überpinselt.

XI.

Soviel der Erinnerungen an eine Kindheit und Jugendzeit auf dem Lande, die nicht beendet werden sollen, ohne noch ein letztes Auge auf ein finales Jugendereignis zu werfen. Es handelt sich um das letzte Viertel meiner Schulzeit und ihr Schlußakt, die Matura, was mich noch lange Zeit geradezu verfolgte und an meinem Selbstbewußtsein nagte. - Zur Schule bin ich des Lernens wegen nie besonders gern gegangen, weil mir das Büffeln nicht so leicht fiel und mir, trotz gelegentlicher Erfolgserlebnisse, nur selten richtige Freude bereitete. Diese Gemütslage überfiel mich so langsam ab der Untertertia, als Latein dazu kam. Ich bekam mit dieser neuen alten Sprache, die ich allein ob ihrer Logik und ihres mathematische Genauigkeit verlangenden Studiums an sich sehr schätzte, nicht unerhebliche Schwierigkeiten. In entsprechender Weise zeigten sich diese auch beim Englischen und im Deutschen. Meine wunden Punkte lagen dort im Vorlesen, in der Orthographie und im Grammatikalischen. Und besonders schwer fiel mir auch der Musik- und speziell der Gesangsunterricht. Dennoch kam ich trotz dieser Handicaps noch recht und schlecht über die Runden.

Nach dem normalen Schulfahrplan sollte ich nach insgesamt dreizehn Schuljahren im Frühjahr 1951 die Schule abschließen. Danach hätte ich gern Medizin studiert, um später einmal als Chirurg zu arbeiten, so wie das der von uns bewunderte Onkel Richard am Kreiskrankenhaus in Hameln sehr erfolgreich tat. Ich war der Meinung, daß die Chirurgie für mich etwas sei, weil ich mich für Biologie beziehungsweise organisches Leben im allgemeinen und menschliches im besonderen zu interessieren glaubte. Zudem bildete ich mir ein, wegen meiner handwerklichen Fertigkeiten über gute Voraussetzungen für die Chirurgie zu verfügen. Dieses meinte ich vor allem nach erfolgreichen Jagden und der Versorgung, oder wie der Weidmann sagt, der „roten Arbeit" von erlegtem Schalenwild hinreichend unter Beweis gestellt zu haben. Das einzige Problem sah ich in meinem äußerst minimalen Latein, denn damals brauchte man für das Medizinstudium noch das „Große Latinum". Aber es sollte nicht zur Verwirklichung dieser Pläne kommen. Zum einen, weil der gute Onkel dringend von einem Medizinstudium abriet, da es angeblich schon viel zu viele Mediziner, vor allem Chirurgen gäbe. Zum anderen zerschlugen sich zunächst alle weiteren Pläne, weil ich 1950 nicht in die Oberprima versetzt wurde, was das eigentliche Dilemma war.

An sich ist dieses gar keine Geschichte, höchstens eine traurige, zumal das Ereignis nach der berühmten Morgenstern-Sentenz, „daß nicht sein kann, was nicht sein darf", für mich doch schmerzlich und überraschend kam. Es durfte einfach nicht sein, daß ich irgendwann einmal zu einer „Ehrenrunde", wie man so etwas heute verharmlosend sagt, antreten müßte. Das war damals noch eine sehr zweifelhafte „Ehre", höchst schmachvoll, denn es bedeutete „zu dumm", um nicht zu sagen „zu blöd" zu sein, um solch eine alberne Abiturprüfung zu bestehen. Das wäre, so stellte ich mir vor, nicht nur als Blamage, sondern als eine Katastrophe anzusehen. Ich befand mich zwar wegen des Lateins öfters in „schulischer Lebensgefahr", aber war mir dennoch sicher, mit Hilfe meiner guten Augen und meiner noch besseren Vordermänner schon das rettende Ufer der Matura erreichen zu können. So habe ich die Meinung meines damaligen Deutschlehrers Geiger, zwar höchst mißbilligend zur Kenntnis, aber nicht sonderlich ernst genommen.

Die Verkennung dieser Ernsthaftigkeit warf er mir an einem Spätsommertag des Jahres 1949 in seiner zynischen Art einmal an den Kopf, als mein Freund Flödi und ich zusammen mit ihm von der Schule heim gingen: Wir hatten auf dem Weg über dieses und jenes geplaudert und waren auf meine schulischen Probleme gekommen. Ich versuchte zu erklären, Geiger gab zu bedenken und es ging so hin und her, bis er, wie aus der Hüfte geschossen süffisant die für mich völlig hypothetische, ja geradezu absurde Frage stellte, ob es nicht für mich das Beste sei, wenn ich „mal sitzen bliebe". Ich zuckte nicht wenig zusammen, nahm es zur Kenntnis und antwortete spontan, daß das nicht nur nicht das Beste, auch nicht das Allerschlechteste, sondern das absolut Bescheidendste sei, so daß ich es mir gar nicht vorstellen würde. - Ich sehe noch Geigers Spott in seinem selbstgefälligen Lächeln, als er mir zur Verabschiedung an der Schiller-

Straße, wo sich unsere Wege trennten, die Hand reichte. Im Fortgehen dachte ich bei mir zu Geiger zurückblickend ‚Sie Armleuchter' - man duzte sich schließlich nicht!

Nach etwa einem halben Jahr, zu Ostern 1950 war ich sitzengeblieben, weil ich in Latein verdienterweise ein „ungenügend" eingeheimst hatte und Geiger meine Deutschkenntnisse als „mangelhaft" bewertete. Nach den Osterferien, hatten meine Eltern ihr Entsetzen und die sicherlich schmachvolle Enttäuschung über ihren Zweitgeborenen scheinbar akzeptierend unter Kontrolle gebracht und die ordnungsgemäße Fortsetzung der Schulausbildung diskussionslos angeordnet - ich wollte natürlich abbrechen - und so begab ich mich gehorsamst zum Schulanfang in die Penne. Ich reihte mich als „Repetent" in meine neue Unterprima ein, wo neben anderen mein jüngerer Vetter Klaus-Daniel nun mein Mitschüler war.

Zwei Jahre später war es dann geschafft. Ich war glücklich und zornig zugleich, denn der zweieinhalb Jahre alte „Tiefschlag", den ich natürlich etwas einseitig in erster Linie meinem ehemaligen Deutschlehrer anlastete, trieb mir immer noch die reine Wut in den Kopf. Mein Selbstbewußtsein hatte zunächst und ohne Zweifel Schaden genommen. Dieses beschädigte Selbstwertgefühl gesundete aber langsam in den folgenden zweieinhalb Lehrjahren in Bremen und war nahezu vollends überwunden, als man mir mit meinem Hochschulabschluß durch die Promotion bescheinigte, eine recht ordentliche wissenschaftliche Befähigung oder sogar Begabung zu haben, woran ich bis dahin immer noch gezweifelt hatte. In meinem daraufhin durchlebten Berufsdasein bin ich dann auch ganz gut zurecht gekommen. Erst viele Jahrzehnte später haben schließlich Fachleute im Rahmen der inzwischen üblich gewordenen Eignungstests meine schulische Schieflage unter dem Stichwort „Legasthenie" als eine gewisse Teilleistungsschwäche bei vergleichsweise normaler Allgemeinbegabung diagnostiziert, wodurch ich mich nun wohl endgültig „aus dem Schneider" des Selbstzweifelns gekommen sah.

Nach dem „Repetentendasein" hatte ich also nicht gerade unglücklich maturiert, war aber zunächst immer noch betrübt zugleich. Dennoch machte ich mich sogleich mit viel Schwung und Elan daran, unsere Feier zum Schulabschluß vorzubereiten. Als Besonderheit hatten wir uns dazu ausgedacht, mit einem dicken Traktor unseres Hofes und natürlich einen daran gehängten landwirtschaftlichen Anhänger, der mit hölzernen Sitzbänken versehen war, zu unserem Gymnasium und auf den Schulhof zu fahren, um unsere Zeugnisse im Rahmen einer kleinen Feierstunde entgegen zu nehmen. Danach wollten wir mit dem in diesem Fall ungewöhnlichen Gefährt zur eigenen, wie auch zur Freude der Menschen im Ort, mitten durch die Kurstadt zurück auf den Hof fahren, wo wir zusammen mit unserem verehrten Klassenlehrer Bodo Meyer und seiner Frau Uschi, die für uns die „Mutter der Kompanie" war, einen fröhlichen Umtrunk veranstalten wollten. Abends sollte dann ein zünftiges Fest gefeiert werden. Dies alles war gut vorbereitet, wir trafen uns irgendwo in der Stadt in der Nähe der Schule, der schon bekannte Schulfreund Vesting, mit landwirtschaftlichen Dingen vertraut, übernahm den Volant und los ging's. Alles lief fröhlich bis ausgelassen und wie geschmiert.

Zunächst die grandiose Einfahrt mit dem kompletten Schwerlastgefährt in den sakrosankten Schulhof hinein durch den, vom Pedell wie ein Heiligtum bewachten Eingangstorbogen. Durch diesen waren, außer Baufahrzeugen vielleicht, niemals mehrachsige Vehikel in den Schulhof gekommen. Selbst die radfahrenden „Schöler" mußten bei ihren täglichen Schulbesuchen absteigen und durften nur zu Fuß diesen, einem „Triumphbogen der Weisheit" gleichenden Zugang durchmessen, um ihre Räder in den Fahrradkeller zu bringen!

Wir hingegen erlaubten uns, ungefragt mit dem Bulldog samt vollbesetztem Anhänger hindurchzufahren, auf dem Schulhof nun zwei wirkliche „Ehrenrunden" zu drehen, während die meisten Schüler aller Klassen, die zu der Stunde noch Unterricht hatten, in den Fenstern hingen und dem Schauspiel zusahen. - Wir nahmen unsere Zeugnisse in einer kleinen Feierstunde entgegen, verließen so schnell es ging den Ort mancher Qualen und fuhren in Richtung Stadtmitte weiter.

Das Wohlwollen und die staunenden Lacher aus allen Schichten der

Bevölkerung hatten wir auf unserer Seite - bis, ja bis uns, die wir mit unseren Abiturszeugnissen in der Hand hoch auf dem grünen Wagen stehend, beim Rückweg auf der belebten Brunnenstraße mitten in der Stadt plötzlich ein „Arm des Gesetzes“ Halt gebot. „Wo ist die Genehmigung zur Personenbeförderung?“ Sie fehlte natürlich, wie hätte es unter diesen Umständen auch anders sein können? Das Auge des Gesetzes aber fand keine Gnade, nicht einmal ein schmunzelndes Zwinkern. Es folgten Protokoll, Aufforderung zum Absteigen und zur Fortsetzung des Weges zu Fuß. Sicher, durchaus korrekt - aber völlig humorlos. Oder war es nur als Scherz gemeint, als dem Klassenfreund Alex Engelhard, der, wie wir alle, den Zwischenfall sogleich von der heiteren Seite nahm, deswegen mit „Festnahme“ gewinkt wurde? Ungeachtet unserer Diskussionen und Argumentationen wie schließlich auch devoter Bitten sowie trotz lebhafter Interventionen von dabeistehenden Leuten, mußten wir uns dem armseligen Schupo unterordnen. Wilhelm fuhr das Fahrzeug von der Hauptstraße fort, so daß es aussah, als wolle er parken, während wir in bester Stimmung zu Fuß und singend folgten. Nach der nächsten Straßenecke stoppte Vesting an einer nicht ohne weiteres einsehbaren Stelle, wartete, bis wir kamen und erneut wieder aufgestiegen waren, um auf leicht veränderter Route die fröhliche Fahrt fortzusetzen. - Das ganze Unternehmen hatte insofern noch ein erbauliches Nachspiel, als der Lokalreporter (mit dem Kürzel *heiner*) unserer heimischen „Deister- und Weser-Zeitung“ am nächsten Tage darüber einen bebilderten Beitrag brachte, in dem er schließlich seiner Hoffnung Ausdruck gab, daß die Sache vielleicht durch einen scherzhaft gemeinten „Strafbefehl“ doch noch zu einem Spaß würde. Denn sonst müßte dem nächsten Jahrgang ernstlich geraten werden, zwei Ochsen zu mieten und sie vor einen Leiterwagen zu spannen ... So schmeichelte jedenfalls dieser Zeitungsbeitrag dem wenig spaßigen Polizisten nicht gerade, erfüllte uns hingegen mit um so größerer Genugtuung und Freude.

Mit diesem Finale und noch ein paar weiteren Wochen beseelter, aber letztmalig und nur für ganz kurze Zeit empfundener Freiheit, endeten meine Jugend, das glückhafte Leben in meinem behüteten Domizil auf dem Hof und in meiner ersten Heimat an dem „Hilligen Born“ Pyrmonts.

Am 31. März 1952 reiste ich mit einem schönen ledernen Köfferchen in der Hand nach Bremen, um am Tag darauf eine Außenhandels-Lehre bei dem renommierten Rohtabak-Import-Kontor „Gebrüder Kuhlenkampff" zu beginnen.